Editora
Charme

LIVRO
DOIS

CORAÇÃO
REBELDE

Autoras Bestseller do *New York Times*

PENELOPE WAR
VI KEEL

CB006417

Copyright © 2018. Rebel Heart by Penelope Ward and Vi Keeland
Direitos autorais de tradução© 2021 Editora Charme.

Todos os direitos reservados.
Nenhuma parte desta publicação pode ser reproduzida, distribuída ou transmitida sob qualquer forma ou por qualquer meio, incluindo fotocópias, gravação ou outros métodos mecânicos ou eletrônicos, sem a permissão prévia por escrito da editora, exceto no caso de breves citações consubstanciadas em resenhas críticas e outros usos não comerciais permitido pela lei de direitos autorais.

Este livro é um trabalho de ficção.
Todos os nomes, personagens, locais e incidentes são produtos da imaginação da autora.
Qualquer semelhança com pessoas reais, coisas, vivas ou mortas, locais ou eventos é mera coincidência.

1ª Impressão 2021

Modelo da capa: Micah Truitt
Fotógrafo: Leonardo Corredor
Designer da capa: Sommer Stein, Perfect Pear Creative, www.perfectpearcreative.com
Adaptação da capa e Produção Gráfica - Verônica Góes
Tradução - Alline Salles
Revisão - Equipe Charme

Esta obra foi negociada por Brower Literary & Management.

FICHA CATALOGRÁFICA ELABORADA POR
Bibliotecária: Priscila Gomes Cruz CRB-8/8207

W256c   Ward, Penelope

Coração Rebelde/ Penelope Ward; Vi Keeland;
Tradução: Alline Salles; Revisão: Equipe Charme;
Adaptação da capa e produção gráfica: Verônica Góes
Campinas, SP: Editora Charme, 2021.
260 p. il.

Título original: Rebel Heart

ISBN: 978-65-5933-016-4

1. Ficção norte-americana | 2. Romance Estrangeiro -
I. Ward, Penelope. II. Keeland, Vi. III. Salles, Alline. IV. Equipe Charme. VI. Góes, Verônica.
VII. Título.

CDD - 813

www.editoracharme.com.br

Editora
Charme

LIVRO
DOIS

CORAÇÃO REBELDE

Tradução: Alline Salles

Autoras Bestseller do *New York Times*
PENELOPE WARD
VI KEELAND

4   PENELOPE WARD E VI KEELAND

CAPÍTULO 1

Gia

Pensei que eu fosse desmaiar. O salão começou a girar, e precisei segurar no braço de Rush para me equilibrar.

— Gia? Você está bem?

Quando abri a boca para falar, uma queimação subiu pela minha garganta, um aviso do que eu temia ser vômito. Grudei a mão na boca e, de alguma forma, consegui balbuciar uma palavra coerente.

— Banheiro.

Rush me guiou para um banheiro no fim de um longo corredor e tentou entrar comigo. Parecia tão nervoso quanto eu. Coloquei a mão em seu peito, impedindo-o de se apertar no pequeno cômodo junto comigo.

— Estou bem. Só me dê uns minutos sozinha. São só o enjoo e meu nervosismo.

— Tem certeza?

Assenti e forcei um sorriso amarelo antes de me trancar no banheiro. Deslizando para baixo pela porta fechada, me sentei no chão com a cabeça nas mãos e comecei a hiperventilar.

Não é possível.

Meus olhos estão me trolando.

Hormônios. Definitivamente, são os hormônios.

Eu só tinha visto Harlan aquela única noite — meses atrás.

Mas o irmão de Rush se parecia *tanto* com ele.

Aqueles olhos verdes.

A pele perfeitamente bronzeada.

O maxilar quadrado.

O cabelo impecavelmente repartido e ondulado para o lado.

Mas ele não teria ido ao The Heights.

Rush e o irmão se detestam.

Não era possível *ele ter ido se divertir nos Hamptons.*

E... o cara com quem eu estivera se chamava Harlan, não Elliott.

Apesar de que...

Sempre senti que havia uma remota possibilidade de o cara ter mentido sobre o nome. O jeito que ele falou *Harlan* me chamou atenção por algum motivo esquisito — como se não tivesse saído de sua boca da forma como deveria. Seu padrão de discurso havia sido tranquilo, exatamente como suas frases, quando ele se aproximara e se sentara ao meu lado no bar. No entanto, quando falara seu nome, saiu quase meio gaguejado.

Acho que Elliott poderia ter ido até os Hamptons conversar com o irmão naquela noite. Embora, definitivamente, não houvesse sinal de Rush quando eu conhecera meu ficante de uma noite. E Rush *não* é o tipo de homem de quem esqueço de ter visto.

Quanto mais eu ficava sentada no chão, mais minha cabeça girava. Fui e voltei de *é claro que é ele* para *não é possível que seja ele* bilhões de vezes em um espaço de cinco minutos.

Uma batida suave na porta me fez pular e bati a parte de trás da cabeça na madeira.

— Gia. Está tudo bem, querida?

A gentileza na voz de Rush fez as lágrimas começarem a surgir. *Nossa, que porra é essa?* Isso não poderia estar acontecendo comigo. Já era bem ruim eu ter engravidado de um ficante — não poderia ser *aquele* homem.

Trinta segundos se passaram, e ele bateu mais alto.

— Gia?

Eu não tinha dúvida de que ele quebraria a porta se eu não respondesse imediatamente.

— Estou bem — gritei. — Só meio enjoada. Vou sair daqui a alguns minutos.

Nos cinco minutos seguintes, me convenci a acreditar que estava enganada. Elliott não era Harlan. Seria um absurdo. Eu tinha bebido um ou dois drinques naquela noite. Era alguém *parecido* com ele — do outro lado do enorme salão. Quando eu olhasse de perto, iria perceber que não se parecia em nada com o homem com o qual dormi.

Não havia outra opção para acreditar.

Em certo momento, após mais duas verificações de Rush, um choro silencioso e o rosto lavado, abri a porta. O cabelo de Rush me disse que ele o estivera puxando de preocupação. Estendi o braço e abaixei as partes que estavam espetadas.

— Estou bem. Desculpe. Aquilo... meio que veio do nada.

Rush suspirou de alívio.

— Vou ser um puta de um inútil na sala de parto. Nem consigo lidar com o fato de você se sentir enjoada porque fico muito preocupado que haja algo errado.

Meu coração se contraiu.

— Você... você quer ficar na sala de parto comigo?

As sobrancelhas de Rush se uniram.

— Lógico. Acho que simplesmente presumi que ficaria.

Olhei para um lado e para o outro entre seus olhos e me senti chorosa de novo. Desta vez, por um motivo completamente diferente. O homem diante de mim era realmente incrível. Dizia as coisas mais lindas sem nem saber. Não foi fácil Rush entregar seu coração, porém, quando entregou, foi com cento e dez por cento. Ele era meu parceiro mesmo nisso.

Seu polegar gentilmente secou uma lágrima que escorreu pela minha bochecha.

— Não preciso ficar se não quiser. Não chore.

Joguei meus braços em volta do seu pescoço.

— Não. Não. Eu quero que fique! Quero você onde eu estiver. Quero você ao meu lado durante todo o processo. Eu só... te amo tanto, e acho que só percebi isso, pela primeira vez, quando você disse que queria ficar comigo... e falou sério mesmo. *Comigo, comigo*... não simplesmente comigo.

Os olhos de Rush se estreitaram, e os cantos dos seus lábios se curvaram para cima.

— *Com você, com você*. Que bom que esclareci. Não tinha percebido que não estávamos na mesma página.

Eu o beijei.

— Cale a boca. Só me beije.

Ele lambeu meu lábio inferior.

— Não vou encontrar nenhum resto de vômito aqui, vou?

Dei risada.

— Você é muito nojento.

Ele lambeu meu lábio superior.

— O que almoçou? Estou com um pouco de fome...

Por alguns minutos, enquanto nós dois estávamos escondidos no canto do lado de fora do banheiro, me esqueci totalmente do pânico de uns minutos antes. Negação e autoproteção tingiam tudo de um tom rosado.

— Fiquei sabendo que você estava aqui. — A voz estrondosa de um homem estourou a bolha de segurança de que eu estava gostando tanto.

Rush enrijeceu em meus braços e apertou meu quadril conforme olhou para cima e assentiu de forma curta.

— Edward.

O pai de Rush tinha exatamente os mesmos olhos verdes surpreendentes do filho e a mesma altura e estrutura, porém a semelhança acabava aí. Os olhos de Rush eram preenchidos de calor enquanto os daquele homem eram gelados e distantes. Deve ter sido por isso que os pelos dos meus braços se arrepiaram.

— Não vai me apresentar à sua amiga? — seu pai perguntou.

— Gia, este é Edward Vanderhaus. Meu doador de esperma — Rush falou entre dentes cerrados.

O homem gargalhou. De forma calorosa e barulhenta. E totalmente falsa. Demorei menos de trinta segundos para entender, em primeira mão, por que Rush não gostava dele.

— Estou encantando em conhecê-la, Gia. — Edward estendeu a mão para mim.

Tive a sensação de que Rush poderia quebrar um dente pela força com que apertava a mandíbula quando, hesitante, dei a mão para seu pai.

— Igualmente.

Me soltando, Edward segurou um dos ombros de Rush.

— Venha se juntar à festa. Há alguns investidores aqui que eu gostaria que você conhecesse. É sempre bom mostrar a eles que uma família de acionistas é unida.

Surpreendendo-me, Rush não fez uma cena. Assentiu, entrelaçou os dedos com os meus, e, juntos, voltamos para a festa com seu pai. Embora alguns dos meus dedos tivessem ficado brancos pela força com que ele os segurava.

Fiquei ao seu lado, obedientemente, enquanto Edward nos apresentava a algumas pessoas, e eu tentava não deixar óbvio que estava procurando seu irmão. Eu precisava olhar mais de perto, mas parecia que ele tinha sumido.

Talvez tudo tenha sido obra da minha imaginação.

Hormônios. *Os hormônios estão me zoando.*

Na verdade, havia começado a relaxar de novo, me convencendo de que minha mente pregara uma peça em mim, quando, de repente, vi Harlan de novo do outro lado do salão.

Ou Elliott.

Jesus. Ele se parecia muito com Harlan.

Eu não conseguia parar de olhar.

Pensara que Rush tivesse engatado na conversa com seu pai e outro homem e não tivesse percebido para onde minha atenção estava voltada, porém deveria saber que ele não perderia nada. Pediu licença da conversa e nos levou até uma das mesas altas que estavam espalhadas pelo apartamento enorme.

— Senhor, gostaria de uma tartelete? — Um garçom com luvas ofereceu uma bandeja com o que parecia serem tortinhas.

Rush ergueu o queixo.

— Do que são?

— Caviar e crème fraiche.

Rush ergueu uma mão.

— Tem algum cachorro-quente lá nos fundos? Sabe, para o público não babaca?

O garçom deu um sorrisinho e relaxou sua postura rígida.

— Vou ver o que consigo arrumar.

Eu ainda não conseguia tirar os olhos do irmão de Rush do outro lado do salão. Deus... talvez não fosse ele. Daquele ângulo, ele parecia diferente do que eu me lembrava. Mas sua postura... sua risada...

— Sabe... — Rush se inclinou e sussurrou — se continuar secando meu irmão, vou começar a ficar com ciúme.

Merda.

Pensei que estava sendo discreta. Pega no flagra, senti a necessidade de inventar uma desculpa. Claro que, no momento, não consegui inventar uma simples desculpa de *estar procurando uma semelhança entre os irmãos.* Então balbuciei.

— Não consigo parar de pensar no quanto seu irmão me lembra de como imaginei um personagem do meu livro.

— Ah, é? Espero que esteja falando do vilão, e não do herói que fica com a garota no final.

— Humm... é. O personagem é meio babaca. Age como um cara legal, mas é falso.

Rush assentiu.

— Bom, então parece que acertou na mosca com esse personagem do livro se ele se parece com meu irmão. Vamos... deixe-me te mostrar o falso em carne e osso. Ainda não parabenizamos o convidado de honra.

Rush colocou a mão nas minhas costas e começou a andar, mas eu fiquei enraizada firmemente no lugar.

O pânico se instalou.

— Acho que é melhor não irmos lá.

As sobrancelhas de Rush se uniram.

— Não se preocupe. Ele vai ser educado comigo. O primogênito dá um bom show. Vai até parecer feliz que estou aqui... na frente das pessoas.

— Não é isso... Eu só...

— O que foi?

Do canto do olho, vi o irmão de Rush olhar em nossa direção. Colocou a mão no ombro do homem com quem estava conversando e apertou a mão dele, como se estivesse finalizando a conversa. Quando ele deu o primeiro passo em nossa direção, pensei que realmente vomitaria desta vez.

Elliott deu mais alguns passos na nossa direção, e Rush o viu com sua visão periférica.

— Parece que não precisamos decidir cumprimentar. Seu vilão está vindo diretamente em nossa direção.

Eu devia estar parecendo um veado iluminado pelos faróis do carro. Embora tivesse uma pele naturalmente morena e estivesse bronzeada pelo sol do verão, senti a cor desaparecer do meu rosto. Eu devia estar branca como um fantasma.

— Ora, se não é uma surpresa maravilhosa — o boneco Ken loiro disse ao se aproximar com a mão estendida na direção de Rush. — Lauren me contou que o convidou, mas imaginei que fosse estar ocupado demais para vir.

Só consegui ficar encarando. Será que Harlan tinha tantos dentes? O sorriso do irmão de Rush era tão amplo que parecia que sua boca estava abarrotada de pérolas brancas.

— Elliott. — Rush assentiu. — Só queríamos vir para perguntar como é ser um velho na casa dos trinta.

Ainda paralisada, prendi a respiração conforme os dois homens apertavam as mãos e, então, seu irmão voltou a atenção para mim. O sorriso plástico em seu rosto permaneceu firmemente no lugar.

— Elliott Vanderhaus... — Ele estendeu a mão e nossos olhos se encontraram. — Acho que não nos conhecemos.

De alguma forma, consegui erguer a mão para pegar a dele. Os olhos de Elliott eram da mesma cor verde linda dos de Rush, porém faltava o carinho e o brilho de seu irmão. Diferentes de Rush, cujos olhos eram uma janela para a alma, Elliott e Edward viam o mundo através de olhos frios que eram bloqueados e ilegíveis.

Não sabia se era minha mão que estava fria ou se era a dele que estava particularmente quente, porém, quando ele envolveu minha mão pequena com seus dedos compridos, o calor fez minha palma começar a suar. Quando não falei nada por um período incomumente longo, Elliott me perguntou:

— E você é...?

Pigarreei e, ainda assim, minha voz saiu rouca.

— Gia. Gia Mirabelli.

Se meu nome foi familiar, Elliott escondeu bem.

— É um prazer conhecê-la, Gia. Meu irmão raramente traz alguém de sua vida pessoal para conhecer a família. Você deve ser bem especial para ele.

Rush apertou meu quadril.

— Ela é. O que me faz perceber que talvez eu tenha sido meio louco de tê-la trazido comigo.

Elliott jogou a cabeça para trás e gargalhou. Devia ser um gesto Vanderhaus que, felizmente, Rush não tinha herdado. Dava para ver que era uma reação exagerada — apenas para exibição em vez de uma expressão de verdadeira diversão.

— Bem, fiquei encantado em conhecê-la, Gia. E não temos metade da maldade que meu irmão nos faz parecer ter. Juro.

Ele voltou sua atenção para Rush.

— Carl Hammond veio da Inglaterra. Está em nosso conselho na Sterling Financial. Gostaria de apresentar você a ele quando puder.

— Claro — Rush concordou.

Elliott estendeu o braço e apertou o ombro de Rush, abrindo um sorriso forçado.

— Estou muito feliz por você ter vindo, irmãozinho.

E, simples assim, Elliott se virou e sumiu. Ao vê-lo bem de perto, poderia jurar que era Harlan. Mas parece que eu estava errada. Ele não havia me reconhecido e meu nome não soou familiar para ele. Obviamente, eu estava enlouquecendo.

Me sentia sem ar, e meu coração batia no peito como se eu tivesse corrido uma maratona, apesar de não ter me mexido. Exatamente como acontecera daquela vez em que me meti na briga de dois clientes no The Heights, minha adrenalina começou a subir *depois* do incidente.

Eu estava enganada.

Harlan não era Elliott.

Então, por que me sentia tão ansiosa?

— E aí... o que achou? — Rush pegou dois bolinhos de batata de um garçom que passava e me entregou um. — Parece qualquer outro idiota do The Heights que chega com uma polo pastel com um símbolo bordado de cavalo ou baleia, certo?

— É. Definitivamente, ele é *familiar*.

Me perguntei se, algum dia, pensaria que o que acabou de acontecer na minha cabeça era engraçado e se contaria tudo a Rush. De alguma maneira, duvidava disso.

Meu cérebro ainda estava uma confusão terrível pelo susto da minha vida, e eu precisava de mais um minuto para colocar as emoções em ordem. Sem contar a água extra que estivera tentando beber todos os dias e agora enchia minha bexiga.

— Desculpe. Preciso ir ao banheiro de novo.

Rush me puxou para perto.

— Quer que eu vá com você? Daria minha bola esquerda para fazer você gemer alto através do sistema de áudio caro que eles têm tocando música de elevador por todo este lugar.

Sorri.

— Acho que não é uma boa ideia.

Rush me acompanhou até o banheiro.

— Está com seu celular, certo?

— Sim, por quê?

— Atenda quando eu te ligar. Só ouça. Vou te dar inspiração nova para seu personagem falso do livro.

Semicerrei os olhos.

— Do que está falando?

Ele beijou minha testa.

— Você vai ver.

No banheiro, realmente precisei usá-lo desta vez. Fiz xixi e comecei a lavar as mãos, quando meu celular tocou na bolsa. Peguei-o e, automaticamente, falei alô, apesar de Rush ter dito para eu só ouvir.

— Qual deles é Carl Hammond? O cara que queria que eu conhecesse. — A voz de Rush estava meio distante.

Ele não estava falando ao telefone, apenas segurando-o para captar a conversa com seu irmão. Aumentei o volume para ouvir, pois, aparentemente, era o que ele queria que eu fizesse.

— Finja que tem um pouco de classe quando eu te apresentar. Talvez inicie uma conversa sobre o tempo ou sobre a bolsa de valores em vez de tatuagens e parques de trailer. — O tom da voz era cheio de desdém, mas, com certeza, era Elliott quem estava falando. Um Elliott *bem diferente* daquele para o qual fui apresentada.

— Como Hammond é britânico — Rush disse —, pensei em perguntar a ele se conhece Maribel Stewart. Sabe, a mulher cuja garganta estava com sua língua no mês passado na reunião do conselho. Vi você no corredor com ela antes da votação.

— Minha língua não é a única coisa que Maribel gosta de ter na garganta.

— Você é um porco. Não faço ideia de como olha nos olhos da sua esposa.

— Falando em mulheres... — Elliott pausou. — *Gia* parece familiar. Já a conheci?

Meus olhos se arregalaram.

— Não. E não planejo trazê-la uma segunda vez. Ela é boa demais para você, e eu nunca deveria tê-la trazido aqui.

O som da voz de um terceiro homem interrompeu a discussão acalorada entre Rush e Elliott — um homem com sotaque britânico. Ouvi por mais um minuto enquanto Elliott se transformou de volta, perfeitamente, no anfitrião gracioso e apresentou Rush ao homem. Minha cabeça começou a girar de novo.

Elliott poderia ser Harlan?

Será que fingiu não me conhecer?

Ele havia falado que eu parecia familiar. Pela conversa que acabaram de ter, claramente, Elliott traía sua esposa.

Porra.

Eu estava me deixando louca.

Se ele fosse Harlan, não teria fingido não saber quem eu era.

O Elliott que acabou de falar *adoraria* contar ao irmão que tinha dormido com sua namorada.

Não tinha?

Com a animosidade entre os irmãos, eu tinha certeza de que Elliott iria se vangloriar ao contar para ele que havia ficado comigo.

Mas então...

Rush faria uma cena.

A esposa de Elliott viria correndo.

E depois?

Como ele explicaria para Lauren por que ele acabara de ter levado um soco na cara?

Uma batida na porta do banheiro me tirou dos meus pensamentos.

— Um minuto.

Só precisava sair dali. Pegar Rush e dar o fora daquele lugar. Voltar à nossa pequena bolha nos Hamptons e esquecer que aquela noite aconteceu. Nada de bom sairia dali e desse debate em minha mente. E estresse não fazia bem para o bebê. *O bebê de Elliott?* Deus, não poderia ser.

Então, endireitando meu vestido improvisado, dei uma olhada no espelho, abaixei meus cachos rebeldes e fechei os olhos para algumas respirações calmantes.

Abri a porta assim que bateram uma segunda vez e fui recebida do outro lado com um rosto que não esperava.

Elliott.

Ou Harlan.

— Gia. — Sua expressão estava de volta com aquele sorriso perfeito e cheio de dentes. — Não sabia que era você aí dentro.

Olhei para os dois lados no corredor silencioso.

— Cadê o Rush?

— Deixei-o conversando com um membro do conselho. Está tudo bem? Você está meio pálida.

— Humm. Está. Eu só… não me sinto tão bem. Acho que deve ser algo que comi. — Apontei para a festa, precisando dar o fora dali. — Vou encontrar Rush para ver se ele pode me levar para casa.

Elliott analisou meu rosto.

— Você parece bem familiar. Já nos conhecemos?

— Não — soltei.

Suas sobrancelhas se uniram.

O desejo de fugir era intenso. Eu precisava me controlar — me acalmar.

— Foi um prazer conhecer você.

Elliott ficou parado, me observando.

— Sim. Você também.

Dei um passo da soleira do banheiro e passadas longas pelo corredor. Chegando ao fim, vi Rush engajado em uma conversa com um cavalheiro mais velho do outro lado da sala. Não havia ninguém nas proximidades.

E…

Eu precisava saber.

Quem eu queria enganar?

Se eu saísse sem saber com certeza, nunca conseguiria relaxar. Isso me devoraria por dias. Meses. *Anos.*

Com outra onda de adrenalina subindo, me virei e respirei fundo. Elliott ainda estava ali parado, me observando quando marchei de volta a fim de ficar à sua frente.

— Na verdade... você também me parece familiar.

As engrenagens na cabeça de Elliott estavam funcionando conforme ele continuava tentando identificar de onde me conhecia.

Deus, que loucura.

Mas eu precisava saber.

Olhei-o diretamente nos olhos.

— Você parece alguém que conheci nos Hamptons. No The Heights, aliás. Talvez o conheça. — Respirei fundo uma última vez e soltei o restante. — O nome dele é Harlan.

Os olhos semicerrados de Elliott se arregalaram como se finalmente me reconhecesse. Então, o sorriso mais desprezível se abriu em seu rosto.

— *Gia*... você quer repetir?

CAPÍTULO 2

Rush

— Tem certeza de que está tudo bem?

Parecia que Gia estava meio avoada depois da noite anterior. Ficou quieta durante a volta para casa e, quando comecei a fazer umas brincadeirinhas — algo que nunca recusava e ela mesma iniciava ultimamente —, dissera que estava com dor de cabeça e cansada. Agora ela estava encarando sua tigela de cereais como se precisasse que ela lhe desse as respostas a todas as suas perguntas da vida.

Piscou algumas vezes e olhou para mim, porém, claramente, sua mente estava em outro lugar.

— Desculpe. Falou alguma coisa?

— Perguntei se se importaria se eu comesse meu cereal com seu leite materno assim que começar a sair.

Automaticamente, ela pegou a caixa de leite ao lado de sua tigela e me entregou.

— Hum. Claro. Aqui está.

Pelo menos, ela ouviu cinquenta por cento do que eu disse.

Minha cadeira arranhou o chão da cozinha em mosaico conforme me afastei da mesa. Puxei para trás a cadeira de Gia, peguei-a e me sentei com ela no meu colo. Colocando dois dedos debaixo do seu queixo, me certifiquei de que tivesse sua atenção desta vez.

— O que está havendo? Tem alguma coisa te incomodando. Está agindo de forma estranha desde a festa ontem à noite. O fato de ter visto Satã e a aberração do filho dele te assustou quanto a ficar comigo?

— O quê? Não!

Coloquei uma mecha de cabelo atrás de sua orelha.

— Então o que está te incomodando? Converse comigo.

— Eu... — Ela balançou a cabeça e desviou o olhar. — Não sei. Só fiquei cansada demais de repente e... apesar de ter feito progresso com meu livro, o prazo está realmente começando a me pressionar.

Assenti.

— Aposto que o fato de o meu irmão a lembrar do vilão do livro fez você pensar nisso. A cara daquele idiota pode arruinar o dia de qualquer um.

Ela assentiu.

— É. Deve ser isso.

Beijei sua testa.

— Olha, tenho que cuidar dos negócios hoje, de qualquer forma. Posso te motivar a escrever o dia todo! O que é um bom dia de escrita para você?

Ela deu de ombros.

— Talvez três mil palavras.

Fiz uma careta.

— Tenho praticamente certeza de que é mais do que escrevi nos anos de Ensino Médio e em um ano da faculdade que tranquei.

— Você foi para a faculdade?

— Fui. Escola de Artes Visuais. Queria aprender animação. Tinha essa ideia maluca de animar uma série de desenho adulto baseada nas minhas bebês aladas. Não um desenho pornô... mas mulheres sexy que voam e lutam contra o crime.

— Não é maluquice. Aposto que seria incrível que fosse parecido com sua arte. Mas por que trancou após um ano?

— Minha mãe me disse que meu pai tinha criado uma poupança para a faculdade e estava pagando. No segundo semestre, estava procurando uma cópia da minha certidão de nascimento no seu armário para fazer meu passaporte, e encontrei um monte de documentos de empréstimo. Meu pai não tinha pagado a faculdade. Ela estava tirando dinheiro do financiamento da casa para pagar a mensalidade. Quando eu chegasse ao terceiro ano, ela estaria devendo mais do que sua casa valia. — Dei de ombros. — Falei para ela que a faculdade não era para mim e tranquei. Não havia como deixá-la se endividar, sendo que havia trabalhado muito duro para pagar aquele financiamento em vinte anos. Meu plano era trabalhar um ou dois anos, guardar dinheiro e voltar quando eu mesmo pudesse pagar.

— Mas você nunca voltou?

— Não. Descobri a tatuagem e, então, certo dia, me deparei com o dinheiro que meu avô me deixara, e minha vida tomou um rumo diferente depois disso.

— Sua mãe sabe o motivo verdadeiro pelo qual você trancou?

— Não. — Apontei um dedo para ela. — E, se ela descobrir agora, vou saber quem contou. Você é a única pessoa para quem contei essa história.

Gia suspirou e entrelaçou as mãos na minha nuca.

— Você é um homem bom, Heathcliff Rushmore. Um homem muito bom.

Ergui as sobrancelhas.

— Heathcliff, hein? É melhor tomar cuidado. Estava pensando que sua recompensa por escrever três mil palavras seria eu pegar um DVD de comédia romântica, um potão de Chunky Monkey com duas colheres e trazer um óleo para eu massagear seu pescoço tenso depois de escrever o dia todo. Mas... se começar a me chamar de Heathcliff, vou trazer um pornô feminino, tomar uma casquinha no caminho e você vai usar o óleo para massagear o meu pau enquanto fico sentado com as mãos na nuca e você faz todo o trabalho.

Gia me presenteou com o primeiro sorriso genuíno desde a noite anterior, e foi como se eu tivesse visto o sol depois de um mês de céu cinzento. Me fez perceber o quanto estava envolvido com essa garota. Não existia muita coisa que eu não fizesse para deixá-la feliz.

Beijei sua boca.

— Vou sair para deixar você fazer seu trabalho. O que acha de ficarmos na minha casa esta noite para termos privacidade? Venho te buscar quando terminar de escrever.

— Ok. Será ótimo.

Com relutância, ergui Gia do meu colo e a sentei antes de pegar as chaves do carro e a carteira no quarto.

— Escreva pra valer — eu disse e lhe dei um beijo de despedida nos lábios uma última vez. — Porque nós não gostamos quando você está estressada. — Me abaixei e beijei sua barriga. — Não é, amiguinho? Gostamos da mamãe tranquila e sorridente.

Naquela tarde, ainda tinha algumas horas até chegar o momento de buscar Gia. Me vi perambulando pelo centro, querendo comprar um presente para ela que pudesse animá-la. O problema era que eu simplesmente não sabia o que comprar.

O desejo por um cigarro era gigante. Suguei um palito de dentes a fim de tentar conter minha vontade, mas não estava ajudando. Jogando o palito no lixo, xinguei baixinho, bem decepcionado com minha fraqueza.

Minhas duas vozes eram cigarro e sexo, e eu estava descobrindo o quanto era difícil deixar um sem ter o outro. Eu não fumara nem transara nas últimas vinte e quatro horas, e estava acabando mesmo comigo. Caminhei me sentindo totalmente desequilibrado, à beira do abismo.

No entanto, eu precisava tirar a atenção do meu probleminha e focar em Gia. O humor dela da noite anterior e daquela manhã estava bem peculiar. Eu teria feito simplesmente qualquer coisa para fazê-la se sentir melhor.

Passando por um brechó local, acabei notando algo na vitrine que me fez parar.

Uau.

Bingo.

Talvez tenha encontrado exatamente o que precisava. Era isso; ela iria amar.

Tocou uma campainha na porta quando entrei na loja que cheirava a mofo, como roupas e sapatos velhos. Um sentimento nostálgico me tomou, porque estar ali me lembrou de quando ia ao brechó do Exército de Salvação com minha mãe quando era criança. Costumávamos comprar muitas roupas lá. Me lembro de ficar bem empolgado para ir. Na época, tudo era novidade para mim, então, do meu ponto de vista, não havia diferença entre ir lá ou a uma loja de departamento. Minha mãe sempre me deixava escolher um brinquedo. Era apenas "a loja" para mim. E eles sempre tinham coisas que não se encontrava em outro lugar, coisas que nem eram mais produzidas. Então, de certa forma, era ainda mais legal do que uma loja de verdade. Nunca questionei por que as sacolas não tinham nome. E sabe de uma coisa? Olhando para trás, ganhar meu brinquedo do Exército de Salvação era mais divertido do que ter dinheiro para comprar o que eu quisesse agora, porque eu aproveitava muito mais.

Devolvi um conjunto antigo de cartões comerciais que estivera segurando quando a atendente chegou. Porra, ela cheirava a cigarros, e meu desejo voltou com força total.

— Com licença — disse a ela. — Quanto é aquela boneca da vitrine?

— Está brincando? Vou te pagar para levá-la. Fico aterrorizada com aquela coisa. É por isso que a coloquei olhando para a rua e não para mim. Está mais para uma decoração de Halloween agora.

Dei risada.

— Gostaria de dar um bom lar a ela. Conheço uma pessoa que realmente vai gostar. Mas não é certo eu não pagar por ela. Pode dar um preço?

— Um dólar está bom.

Peguei dez na minha carteira.

— Aqui. Dez?

— Obrigada. É mais do que generoso por aquela coisa.

Ela foi buscar a boneca na vitrine e, depois, tirou um pouco do pó dela. As partículas de poeira chegaram até mim conforme ela me entregou a boneca.

Quando se tratava da coleção de Gia, quanto mais feia, melhor. O engraçado era que minha mãe havia comprado outro tipo de boneca para ela, porém eu ainda não tinha dado a Gia. Não havia dúvida de que ela iria gostar mais dessa aqui. Tinha longos cabelos pretos cheios de nós e bagunçados, quase como se tivesse sido eletrocutada. Sua cabeça era enorme comparado ao corpo, e os olhos eram incomumente grandes com pálpebras que abriam e fechavam quando mexiam a cabeça dela. A única coisa que ela estava vestindo era uma camiseta branca manchada e não tinha calça. Parecia quase uma camisa de força.

Cadê sua calça?

Essa boneca era um tesouro.

— Obrigado de novo.

— Não, senhor. Eu que agradeço.

Balancei a cabeça, rindo, conforme saí da loja com a boneca na mão.

Andei quase um quarteirão, seguindo em direção ao meu carro, e vi o que parecia ser o Cadillac de Oak passar. Parou antes de dar ré de repente.

— Ei, Rush! — Oak abaixou o vidro e apontou com a cabeça para a boneca. — Tem algo que precisa me contar, cara?

Não consegui me conter e dei risada.

— É para Gia.

— Está bravo com ela ou algo assim?

Olhando para ela, respondi:

— Não. Na verdade, ela coleciona bonecas feias. É um hobby.

— Bom, então eu diria que acertou na escolha. Porque essa é uma boneca feia pra caralho.

— É. Por isso que é perfeita.

Ele colocou a cabeça mais para fora da janela.

— Precisa de uma carona? Por que está a pé?

— Não. Meu carro está estacionado a alguns quarteirões. Só resolvi caminhar para espairecer.

Oak estacionou em uma vaga, então saiu e se juntou a mim na calçada. Olhou para mim de cima a baixo com um sorriso grande e bobo.

Seu olhar me fez perguntar:

— O que foi?

— Nunca pensei que veria meu amigo Rush comprando bonecas para o amor dele. A vida é engraçada pra caramba.

— Engraçadíssima. — Revirei os olhos. — Bom, fico feliz por ter conseguido divertir você. Gia está se sentindo meio mal. Então espero que isso a anime.

— Hormônios da gravidez?

— Acho que sim. Ela só está pra baixo. Arrastei-a para uma festa na casa de Elliott, e quase acho que foi demais para ela sob essas circunstâncias. Ela está triste desde então. Sabe... tipo, ela pensa que está gorda, sendo que nunca esteve tão sexy.

— Entendo. Bem, acho que é normal se sentir assim na condição dela.

— É. Fiquei sabendo que mulheres grávidas simplesmente ficam assim de vez em quando.

Oak colocou a mão na testa a fim de bloquear o sol de seus olhos.

— Como você está se virando?

— Como assim?

— Quero dizer... é uma grande mudança para você, Rush. Não é só a vida de Gia que vai mudar para sempre. Alguém perguntou como você está?

Era uma pergunta interessante. Eu estava muito envolvido por Gia para descrever meus próprios sentimentos. Contudo, sabia que algumas coisas eram verdadeiras.

— Sinceramente? Nunca estive mais feliz. Também nunca estive com tanto medo. Mas estou vivendo um dia de cada vez. Um momento por vez. E neste momento? Só preciso muito de uma porra de um cigarro.

— Percebi que, ultimamente, não está fumando. Que bom para você.

— É, bom para mim se eu não matar alguém nesse meio-tempo. É mais difícil do que pensei.

— Resista a essa merda, Rush. Quanto mais rápido parar, melhor. Para mim, já faz vinte anos. — Ele colocou a mão no meu ombro. — Você vai ficar bem. Se um dia precisar desabafar, sabe que pode conversar comigo, certo?

— Sei. — Assenti.

Oak era um bom amigo. Eu tirava sarro dele o tempo todo, mas a verdade era que nunca faria algo para magoá-lo, nunca o demitiria nem em um milhão de anos. Era uma das poucas pessoas em quem eu confiava. Sem contar que sua estrutura grande e musculosa poderia acabar comigo se o irritasse.

— Então está certo. — Ele abriu a porta do seu carro e voltou para dentro. — Te vejo amanhã à noite.

— Ei... ãh, podemos não contar isso para ninguém do The Heights que me viu carregando uma boneca? — gritei.

Oak jogou a cabeça para trás, dando risada.

— Não se preocupe, chefe. Seu segredo está seguro comigo. Apesar de que seria divertido jogar isso na sua cara da próxima vez que ameaçar me colocar pra fora.

Me certifiquei de que tudo estivesse arrumado para Gia na minha casa quando chegássemos naquela noite. O sorvete Chunky Monkey estava no freezer, e eu tinha comprado uma lasanha pré-cozida no restaurante italiano da cidade que planejava colocar no forno para o jantar.

Ela viu a boneca imediatamente ao ir até o centro da mesa da cozinha, onde eu a havia colocado apoiada em um vaso de rosas vermelhas.

Sua boca se curvou em um sorriso raro.

— O que você fez?

— Surpresa.

Gia ergueu a boneca e a segurou.

— Ela é... ah, meu Deus... ela é...

— Feia pra caralho. — Cruzei os braços, sorrindo de forma orgulhosa.

— Eu ia falar... perfeita. Mas, sim, *feia* demais. O que a torna perfeita. Onde a encontrou?

— Tive sorte. Ela estava sentada na vitrine do brechó local só me esperando, só nos esperando encontrá-la e dar um bom lar a ela.

Ela apertou a boneca no peito, mas sua reação foi inesperada. Gia começou a chorar.

Porra.

Era para animá-la, tirá-la daquela tristeza, não a deixar mais triste.

— O que houve, Gia? Isso era para deixar você feliz.

Ela olhou para mim, secando os olhos.

— Nada. Está tudo perfeito.

Gia colocou a boneca na mesa e envolveu os braços no meu pescoço. Ainda tinha lágrimas nos olhos quando se inclinou. Seu beijo foi forte e intenso conforme ela passou os dedos no meu cabelo.

— Me leve pro quarto — ela pediu.

— Agora? Ainda não comemos.

Então caiu minha ficha. O que eu estava fumando? Crack? Estava com os hormônios malucos como Gia com a gravidez? Por que estava questionando? *Alôôô?* Ela queria transar. Bora!

Ela falou sobre os meus lábios.

— É. Agora.

— Não precisa pedir duas vezes.

Quando se tratava de querer sexo, ela tinha ido de gelada na noite anterior a totalmente quente hoje. Claro que eu não iria reclamar disso. Ou eu iria transar com ela a noite toda ou fumaria o maço inteiro de cigarro, então fiquei feliz por ela estar no clima.

Eu a carreguei para a cama. Conforme pairei sobre Gia, ela abriu bem as pernas.

— Olhe para você... toda pronta — provoquei.

Gia estava supermolhada ultimamente. Sempre falou que estar grávida a deixava dez vezes mais excitada, e ela não estava brincando. Estava incrivelmente lubrificada quando me enterrei nela, e foi fenomenal. Fazia pouco mais de um dia, mas parecia que não sentia isso há uma eternidade.

Ela me apertou contra si conforme a fodi bem e forte. Não consegui deixar de sentir que ela estava se segurando em mim como se sua vida dependesse disso.

CAPÍTULO 3

Gia

Eu não tinha contado a uma única alma. E isso estava me corroendo.

Enquanto Rush dormia, fiquei apenas encarando seu rosto bonito e pensando em mais quantas manhãs assim eu teria, em que eu acordaria me sentindo protegida e amada, em que Rush não estaria magoado e devastado.

A noite anterior tinha sido muito maravilhosa, porém estava manchada pela culpa gigante que eu sentia. Depois de fazermos amor, Rush me serviu uma lasanha bem deliciosa. Então assistimos a um filme tomando sorvete direto do pote. Ele me fez uma massagem nos pés até eu cair no sono no sofá. Deve ter me carregado para a cama porque nem me lembro como cheguei ali.

Agora tinha amanhecido, e o sol estava entrando pelas portas francesas que levavam à varanda. As ondas do oceano quebravam por entre o som do chamado matinal das gaivotas. Acordar na casa de Rush era o paraíso. Eu curtia todo e cada segundo daquela paz. Mas era amargo saber que a tranquilidade, provavelmente, teria vida curta.

Pensava e repensava em como lidar com as coisas. Em alguns instantes, pensava em nunca contar a verdade a ele. Em outros, não conseguia suportar guardar esse segredo. Por um milésimo de segundo, tinha até pensado em fugir e nunca mais voltar porque não conseguiria lidar com a vergonha.

Uma parte de mim imaginava se eu conseguiria me livrar de nunca contar nada, se Elliott nunca se questionaria sobre o bebê e se todo mundo simplesmente presumiria que fosse filho de Rush.

Outra parte de mim, a parte maior, sabia que eu não conseguiria conviver com este segredo pelo resto da vida. Iria me matar. Toda vez que olhasse nos olhos confiantes de Rush, um pedaço de mim morreria lentamente devido à culpa. Proteger Rush era minha prioridade. Sem contar que se, um dia, Elliott dissesse qualquer coisa sobre seu encontro amoroso comigo, Rush iria somar dois mais dois. Elliott poderia muito bem guardar isso e simplesmente liberar no momento certo. Ele não era confiável.

Não havia saída. Eu precisava contar a Rush que seu irmão era o pai do meu bebê. Me encolhi ao pensar nisso, incapaz sequer de pensar nas palavras. Era simplesmente insuportável. Não importava quantas vezes eu tinha dito a mim mesma, apenas não parecia real.

Senti que tinha que me abrir com alguém antes, porém havia poucas pessoas em quem eu confiava — basicamente eram Rush e meu pai. Riley era uma boa amiga, mas eu não poderia arriscar nem a mínima chance de ela contar a alguém. Confessar a gravidez a ela era uma coisa. Mas isto? Não.

Estava ficando cada vez mais claro para mim: eu precisava contar tudo ao meu pai.

O corpo de Rush se mexeu, tirando-me dos meus pensamentos. Ele se virou para mim e me puxou para um beijo. Estava gloriosamente duro, como ficava com frequência ao acordar.

— Você dormiu bem — eu disse.

A voz dele estava sonolenta.

— Você não?

— Não muito. Estou pensando em muita coisa e uma dor de estômago terrível me manteve acordada.

Está mais para dor no coração.

De repente, ele se levantou da cama. ·

— Aonde você vai? — perguntei.

— Vou pegar uma coisa. Já volto.

Quando ele voltou ao quarto, estava segurando outra boneca, mas essa parecia exatamente como um bebê de verdade. E não era nada feia.

— O que é isso?

Ele olhou para baixo e deu risada.

— Minha mãe teve uma ideia. Falei para ela que era bobeira, mas ela insistiu. Esta coisa é para simular um bebê de verdade. Pode ser programada para chorar às vezes e um monte de outras coisas. Ela disse que queria ter tido uma desta quando estava grávida de mim.

Ele a colocou nos meus braços. Parecia como eu imaginava que fosse um bebê de verdade mesmo. Era um menino, vestido com macacão azul-claro e com pés.

— Então podemos colocar para chorar algumas vezes. Assim, vamos nos acostumando a levantar e tal, para não ser um choque quando isso realmente acontecer — ele continuou.

Olhei para o rosto realista do boneco com pele macia e lábios perfeitos.

— Uau. Nem sabia que existia este tipo de coisa. Parece mesmo de verdade.

— E nem está ligado. Os membros se mexem também.

Ele o pegou de mim e apertou um botão localizado nas costas do boneco, que começou a mexer os braços e as pernas e até a fazer sons de choro.

— Isso é assustador, Rush. Parece que você está segurando um bebê real.

— Só que *nosso* bebê será muito mais fofo. — Ele deu uma piscadinha.

Nosso bebê.

Suas palavras foram como um soco no estômago.

— Ele arrota e faz mais um monte de coisa — ele disse, continuando a segurá-lo enquanto ficava parado do outro lado da cama. — Enfim... pensei que talvez fosse cedo demais. Mas, quando falou que ficou acordada pensando, achei que, talvez, quanto mais cedo nos acostumarmos com a ideia, melhor.

Ele o estava ninando delicadamente, e eu nem sabia se ele tinha percebido o quanto parecia ser natural dele. A visão desse deus forte e tatuado ninando aquele boneco era simplesmente a melhor e mais agridoce coisa que eu já tinha testemunhado.

Oh, Rush. Você está me matando.

Meu coração estava se partindo porque uma parte de mim sabia que aquele poderia ser o único jeito que eu conseguiria viver aquilo com ele.

No dia seguinte, estava sentada na sala de estar do meu pai no Queens vendo o homem que era meu herói, minha fortaleza, desmoronar diante de mim.

Todas as luzes estavam apagadas. Nem tínhamos percebido que a luz do dia havia ido embora e nem nos incomodamos em acender as luzes. Nunca tinha visto meu pai chorar... até agora. E pensar que eu havia causado isso. Era apenas um prelúdio da dor que eu vivenciaria em breve.

Durante a última hora, não somente contara a ele que estava grávida, mas acabei confessando a situação inimaginável em que tinha me metido com o irmão de Rush.

— Fale alguma coisa — pedi.

Meu pai simplesmente ficou sentado ali, em seu uniforme de polícia, por muito tempo com a cabeça entre as mãos.

Enfim, ele falou.

— Só me sinto muito mal por você, querida. Não sei o que dizer para fazê-la se sentir melhor. Vai ter que passar por tudo isso. E precisa encarar Rush.

—Não está bravo comigo? Porque sinto que te decepcionei profundamente.

— Bravo? Não. Talvez um pouco *triste*. Sei que isso vai dificultar bastante sua vida. E, sinceramente, queria ter uma solução de como lidar com Rush, porém simplesmente não tenho. Precisa contar a ele. E precisa fazer isso logo.

Pensar naquilo me encheu de medo conforme sussurrei:

— Eu sei. — Deitei a cabeça em uma almofada. — Não sei como vou lidar com tudo quando Rush for embora. Ele tem sido uma rocha para mim.

Meu pai se levantou e nos serviu um copo de água.

Sentou-se de novo ao meu lado e disse:

— Deixe-me te contar uma história que você não sabe sobre sua mãe.

Me sentei e bebi um pouco da água.

— Certo...

— Mesmo no início, quando estava grávida de você, sempre tive uma sensação estranha de que ela não iria ficar. Não me pergunte como eu sabia... talvez fosse intuição. Ela, simplesmente, não nascera para ser mãe. E sabe... Também fiquei assustado pra caramba quando descobri sobre você, no começo. Aterrorizado. Mas, minha menininha, quando você nasceu e dei uma olhada em seu rosto... todo aquele medo se transformou em algo diferente. O medo não mais se tratava se iria amar você ou não. Tratava-se de proteger você, mantê-la em segurança porque te amava demais. Ainda amo.

— Obrigada, pai.

— Mas a questão é... aprendi rapidamente que não havia nada que eu não fizesse por você e que realmente não precisava de mais ninguém. A força estava dentro de mim o tempo todo. Você a despertou. E sei que, não importa o quanto pareça difícil, você tem a mesma força em si. Não precisa de Rush nem de ninguém. Vai ficar bem, Gia. Seu filho ou filha também vai ficar bem. E ele ou ela vai ajudar você a encontrar essa força.

— Espero que sim. Espero que tenha razão.

— Mas sabe o que mais você tem que eu não tinha?

Sequei meus olhos.

— O quê?

— Tem a mim. Vou te ajudar, ok? Mesmo se precisar me aposentar um pouco antes do planejado... Vou me certificar de que você e meu neto fiquem bem. Então não tenha medo.

Erguendo a voz, eu disse:

— Não é sua responsabilidade.

— Você *é* minha responsabilidade, meu propósito. Sempre vai ser. Não ligo para quantos anos tenha.

Lágrimas escorreram pelo meu rosto.

— Não sabe o quanto significa, para mim, ter seu apoio. Estava com tanto medo de te contar. E agora, com as últimas novidades... Simplesmente estava bem envergonhada.

— Nunca sinta vergonha de conversar comigo. Pode me contar qualquer coisa. Fico feliz por não ter esperado mais. — Ele colocou as mãos sobre as minhas. — Quer que eu vá com você quando for contar para Rush?

Foi gentileza dele oferecer, porém não ajudaria.

— Não. Preciso enfrentar isso sozinha.

— Gosto muito dele mesmo, Gia. Parece ser um cara bom. Odeio que isso tenha acontecido.

— Sabe uma das coisas que amo em Rush... é que ele me faz sentir protegida como você sempre faz. Sei que, se isso não tivesse acontecido, ele teria sido o melhor pai para esta criança, independente de ele perceber isso ou não. Não importaria se não é filho dele; este bebê teria se tornado dele em todo o sentido da palavra.

— Está falando como se não houvesse chance de ele aceitar.

Me recusava a permitir ter esperança.

— Acha mesmo que ele conseguiria lidar com isso?

Meu pai suspirou e refletiu sobre minha pergunta.

— Acho que vai ser bem difícil para ele. *Bem* difícil. E vai levar um tempo para absorver. Mas não subestimaria os sentimentos dele por você. E não excluiria a possibilidade de acabar ficando com ele. A questão principal é... você não sabia sobre o irmão dele. Ele não pode te culpar... porque você, simplesmente, não sabia. Não escolheu isto.

Detestava que estivesse tentando me dar esperanças porque meu instinto dizia que não tinha como Rush aceitar essa situação.

— Eu não conseguiria aceitar, se fosse ao contrário. Se eu tivesse uma irmã e ele a tivesse engravidado, eu nunca iria cuidar do bebê. Seria doloroso demais. Então não devo esperar que ele aceite também. — Funguei e sequei os olhos de novo. — Sabe... pensei que meu maior problema fosse a gravidez... mas já estava me acostumando com a ideia da maternidade, até me empolgando. E tudo isso por causa dele... porque tinha o apoio dele. Essa reviravolta do destino me cegou e agora... Simplesmente não consigo mais enxergar um futuro, pelo menos não um que o inclua.

Ele me puxou para seus braços.

— Não pode viver assim. Jure para mim que vai contar a ele assim que voltar. Acabe logo com isso, Gia. Não vai ficar mais fácil.

Estava escuro e chuvoso na volta para casa. Tempo apropriado para o meu humor. Rush havia alugado novamente um veículo confiável para minha viagem à cidade. Liguei para ele do carro a caminho de casa.

Ele atendeu.

— Oi, amor. Está na estrada? Não deveria estar no telefone dirigindo.

— Coloquei no viva-voz. Está tudo bem.

— Está chovendo aí, não está?

— Sim. Bem forte.

— Tome cuidado.

— Vou tomar. Não se preocupe.

— Como foi a visita ao seu pai?

Expirei.

— Surpreendentemente boa, na verdade.

— Ele aceitou bem as novidades?

— Sim... tão bem quanto se poderia esperar.

— Deus, que alívio. Deve ter saído um peso dos seus ombros.

Se ao menos ele soubesse o peso que estava nos meus ombros no momento... Conversar com meu pai só tinha aumentado o peso do meu fardo, já que ele me disse para não esperar para contar a Rush. Fechei os olhos brevemente a fim de conter as lágrimas que estavam se formando. Se ao menos o fato de contar ao meu pai sobre a gravidez fosse o único obstáculo pelo qual eu tivesse que passar naquela semana...

— Quer que eu vá para sua casa esta noite ou está cansada? — ele perguntou.

— Acho que vou direto para a cama. Estou superexausta.

— Tome cuidado ao dirigir se estiver com sono. Pare, se precisar. Durma em um hotel. Te passo o número do meu cartão de crédito. Não quero que você...

— Rush... — interrompi.

— Sim...

Forcei as palavras a saírem.

— Preciso falar sobre uma coisa com você. Amanhã. Está muito tarde hoje, mas pode ir a minha casa depois do trabalho?

Ele pareceu assustado.

— O que houve, Gia?

— Não posso falar sobre isso no telefone, ok? Amo você, Rush. Não tem nada a ver com meus sentimentos por você nem nada parecido. Só é uma coisa importante.

— Amanhã tenho uma reunião de negócios na cidade. Quer que eu a cancele?

— Não — insisti, precisando do máximo de tempo possível para me preparar. — Não faça isso. Só vá para casa logo depois. Ok?

Houve uma longa pausa antes de ele responder.

— Ok.

CAPÍTULO 4

Rush

Nada iria estragar meu humor naquele dia.

Esperei a mulher atrás do balcão sair do telefone e olhei em volta para os quadros pendurados na parede. Se me deparar com aquele lugar não fosse um sinal lá de cima, eu não sabia o que era.

— Desculpe por isso. — A mulher desligou o telefone e foi até onde eu estava parado.

— Sem problemas. Não marquei horário nem nada. Estava só a caminho de uma reunião no fim da rua, e as fotos da sua vitrine chamaram minha atenção. Você é a fotógrafa?

A mulher me lembrava da minha mãe. Era pequena, com cabelo loiro-escuro comprido e esvoaçante e tinha uma *vibe* Stevie Nicks.

— Sim. São todas minhas. Este é meu estúdio. Sou meio que faz-tudo... atendo telefone, tiro as fotos, imprimo e as enquadro. Não consigo evitar. Sou controladora.

— Bem, parece funcionar para você. São incríveis.

Ela sorriu calorosamente.

— Obrigada. Estava procurando um tipo específico de foto? É para si mesmo? Ou um retrato de família?

— Gostaria de agendar uma sessão para uma pessoa... como presente. Para minha namorada... algo assim, talvez. — Apontei para a foto em uma moldura enorme de uma gestante bem barriguda olhando para baixo, para sua barriga exposta. Estava com uma mão cobrindo os seios e a outra na barriga. Era linda... a qualidade e a suavidade da foto davam um ar quase angelical. — Ela está meio pra baixo ultimamente, e acho que está ficando meio constrangida com o corpo. Quero que ela se enxergue como eu a enxergo.

CORAÇÃO REBELDE 37

— Oh, que maravilha. É uma boa surpresa. Muitas mulheres não se sentem lindas quanto ao corpo quando engravidam. Dar algo assim diz a ela que está orgulhoso do seu corpo e que ela também deveria estar.

— É o que espero. Ela está linda grávida.

— Tem ideia de quando quer trazê-la? Deixe-me pegar minha agenda, e posso te mostrar alguns pacotes. Já volto.

Meus olhos se moveram para o retrato emoldurado ao lado da gestante. As duas fotos penduradas na parede eram as mesmas da vitrine e chamaram minha atenção da rua. Era a combinação que me fez parar no meio do caminho para a reunião. Ao lado da gestante, tinha uma foto enorme de uma bebê. Provavelmente, ela tinha apenas alguns meses e estava deitada, dormindo em um cobertor branco peludo, com a bundinha empinada. Seus joelhos estavam debaixo do seu corpo minúsculo, e suas bochechas gordinhas descansavam nas mãos enquanto dormia. Mas o que me fez parar foram *as asas*. A anjinha tinha um par de asas brancas com penas. Realmente parecia um anjo.

— Aliás, sou Jenny. Provavelmente deveria ter começado com isso.

Estendi a mão.

— Rush. É um prazer conhecer você, Jenny.

Quando ela abriu a agenda, todas as páginas estavam preenchidas. Ela estava bem lotada.

— Parece que está ocupada.

— Não se preocupe. Vou te encaixar para quando quiser. Qualquer homem que pense que sua parceira grávida está bonita o bastante para querer lhe dar uma sessão de fotos é prioridade na minha agenda.

Ela não sabia de nada. *Bonita o bastante*. Queria devorar Gia vinte e quatro horas por dia. E poderia apostar que iria querer umas cópias extras das fotos para mim mesmo. Jenny poderia não me achar tão gentil se contasse a ela que queria fotos duplicadas para ter material para uma futura masturbação.

— Obrigado. Gostei disso.

— Então, todos os meus pacotes têm uma hora de sessão. Alguns dias depois da sessão, envio um link para as fotos, e você escolhe quais vai querer impressas. Tenho pacotes que vão de seleção de duas até oito fotos.

Cocei a barba por fazer no meu queixo e olhei de novo para as fotos.

— Tem algum pacote que inclui duas sessões de fotos? Estou pensando em contratar um para minha namorada agora e outro para quando o bebê nascer.

— Sim. Tenho um pacote de duas sessões com dez fotos selecionadas, aí você pode escolher dez fotos de uma combinação de ambas as sessões.

— Vou querer esse.

Jenny sorriu.

— Sua namorada é sortuda.

— Acredite em mim. Eu sou o sortudo.

Literalmente saí assobiando do estúdio para minha reunião, embora eu estivesse prestes a estar na companhia do meu pai e irmão. Jenny havia me dado um saquinho com um vale-presente dentro e um berloque pequeno dourado de anjo. Não poderia ter sido mais perfeito. Esperava que Gia gostasse do presente tanto quanto eu sabia que iria gostar.

Parei de assobiar de repente quando meu irmão entrou no elevador. Tínhamos uma reunião no trigésimo terceiro andar com nosso gerente do banco e umas pessoas sobre um investimento em potencial. Elliott abriu um sorriso falso e se virou para me dar as costas conforme as portas se fecharam.

— Tenho um bom alfaiate que pode fazer um terno legal para você. — Ele abotoou seu paletó caríssimo enquanto falava. — Se quiser, posso te enviar o número dele.

Eu estava de camisa e calça social, em respeito a Robert Harmon, o gerente com quem iríamos nos reunir. Ele era um bom amigo do nosso avô e merecia o respeito de eu vestir algo decente. Meu irmão babaca, por outro lado, não merecia nada.

— Diferente de você, não preciso gastar um monte de dinheiro para gostar de mim mesmo quando me olho no espelho. Personalidade e tato são muito mais baratos do que quatro mil por um terno.

Elliott riu em silêncio.

— Eu adoraria passar este tempo de qualidade trocando socos com meu irmão bastardo, porém realmente deveríamos falar sobre negócios antes de chegar lá em cima. — Eu o observei tirar um fiapo da frente do paletó pelo reflexo das portas brilhantes de metal antes de continuar. — Esta não é simplesmente a reunião anual com Robert. Precisamos que ele aumente nossa linha de crédito para este investimento.

— Para quê?

Ele suspirou.

— Para um hotel na Costa Rica.

Franzi a testa.

— Um o quê?

— Há uma propriedade à venda na Costa Rica. Está com o preço bem abaixo do valor de mercado e é um ótimo investimento. Dois dos proprietários que a estão vendendo vieram conversar conosco. Vão fazer uma apresentação a você e Robert.

— Ok... então por que precisa me envolver? Você quer investir, invista.

— Precisamos de um aumento em nossa linha de crédito para ajudar a comprar a propriedade. Significa que nossa empresinha familiar precisa de um voto para esse aumento.

— Por que precisa de um empréstimo para a linha de crédito? Financie a propriedade como faria com qualquer outro prédio.

— Precisa ser uma compra toda em dinheiro. Sem financiamento.

— Por quê?

— Porque o vendedor quer assim. Ele já recebeu outra proposta. Mas vai aceitar a nossa pelo mesmo preço. É uma oportunidade única na vida. O turismo está crescendo na Costa Rica.

— E você sabe alguma coisa sobre administração de hotel?

— Tem a equipe. Mas vou passar bastante tempo lá garantindo que as coisas sejam feitas adequadamente.

— Deixe-me adivinhar. Sua esposa vai ficar aqui em Nova York. Será como seu pequeno paraíso de sexo. Não, obrigado.

As portas se abriram, e meu irmão se virou a fim de me encarar.

— Escute a apresentação de hoje antes de tomar qualquer decisão apressada. Você vai ver. É quase bom demais para ser verdade.

Balancei a cabeça e saí do elevador antes do meu irmão, parando para olhar de volta para ele.

— Sabe o que dizem sobre coisas que parecem ser boas demais para ser verdade? *Que, provavelmente, são.*

Alguma coisa não batia. Dois dos proprietários fizeram uma apresentação de uma hora e meia e, ainda assim, parecia mais um argumento de vendas de um *timeshare*[1] para um resort de férias do que uma proposta comercial. O hotel era legal. Não havia como negar. Mas eu não conseguia entender duas coisas importantes: por que eles iriam vender se era um negócio tão lucrativo e por que não poderíamos comprar com financiamento.

— O lugar é lindo. Mas tenho algumas perguntas.

Meu pai e meu irmão fizeram uma careta.

— Mande — disse o dono que tinha falado a maior parte do tempo. — Estamos aqui para responder quaisquer perguntas que tiverem.

— Certo. Edward e Elliott estão interessados na propriedade. Eu não estou interessado em comprar uma coisa da qual não sei nada.

— Isso nunca te impediu — meu irmão murmurou.

Nem virei a cabeça para me dirigir a Elliott.

— Enfim. Entendo que esta compra precise ser em dinheiro, em vez de financiamento. O que significa que precisaria de uma linha de crédito... sendo assim, os interesses da Vanderhaus Holdings também estão em risco com essa aventura. Então gostaria de entender por que a propriedade não pode ser financiada.

Os dois homens se entreolharam e, depois, olharam para Elliott. Foi meu irmão que respondeu meu questionamento.

---

1   Em português, titularidade de férias partilhadas. É um tipo de contrato que dá direito de uso durante um tempo específico em um empreendimento. (N.E.)

— Há alguns proprietários-investidores que preferem uma transação discreta. Não estão listados como proprietários nos documentos legais. E há uma pequena questão com os impostos de um dos investidores listados.

Semicerrei os olhos.

— Pequena quanto?

Um dos dois investidores vendedores respondeu:

— A transação precisa ser em dinheiro, caso contrário, os fundos serão confiscados pelo governo por causa de uma ação fiscal. Não se preocupe… a propriedade da Costa Rica em si não está hipotecada. É somente com um dos investidores.

Alguma vez meu irmão se envolvia em algo que não fosse suspeito pra caralho?

Fiquei quieto depois disso. Minha decisão tinha sido tomada. Não me importava de mentir quanto aos gastos e às taxas dos meus negócios quando se tratava dos meus impostos, porém não iria me envolver em transações enormes em dinheiro que eram estruturadas para evitar que alguém pagasse os impostos em atraso, e Deus sabe lá o motivo de os outros investidores precisarem de uma transação *discreta*.

A reunião terminou, e os dois proprietários do hotel se despediram. Robert, nosso gerente, ficou para conversar com Edward, me deixando com o babaca do meu irmão. Robert havia colocado uns formulários no meio da mesa, os quais todos nós precisaríamos assinar a fim de aumentar nossa linha de crédito em milhões de dólares com o banco.

Elliott tirou uma caneta do bolso do paletó e a jogou na mesa para mim.

— Por que não assina agora para poder ir embora logo?

— Não vou assinar nada. — Deslizei a caneta que tinha chegado diante de mim até o meio da mesa. — Posso não saber muito sobre administração, mas reconheço um acordo suspeito quando vejo um. Este é exatamente o tipo de coisa da qual o vovô não iria nem chegar perto.

O rosto do meu irmão se contorceu.

— Pare de ser tão ingênuo e só assine a porra do contrato. É um bom investimento. Você nunca vai precisar tirar um centavo do bolso para pagar o empréstimo. Os lucros vão cobrir tudo.

— Acho que não é uma decisão sábia colocar todos os negócios da Vanderhaus em risco por causa de um único hotel na Costa Rica. Primeiro, você não faz ideia de como gerenciar um hotel. Segundo, há algo suspeito nesse acordo. Os proprietários acabaram de te dizer, claramente, que precisam que seja em dinheiro porque estão tentando evitar pagar o imposto. Acha que eles vão ser mais honestos com você do que com o governo?

Elliott se levantou. Sua cadeira virou para trás pela forma como ele se levantou tão rapidamente. Ergueu a voz.

— Já é bem ruim termos que dividir os lucros com você, agora está interferindo em como lucramos. Deveria agradecer que sequer recebe alguma coisa da gente.

— Acho que está esquecendo que não recebo nada de *vocês*. Nosso avô me deixou ações da empresa *dele*. Se você não fosse tão mimado e arrogante, veria que há uma diferença.

— Você está só sendo vingativo. Já não é hora de aceitar que sua família sempre vai pegar as sobras dos Vanderhaus?

Me levantei.

— Vá se foder.

Elliott gesticulava com seu relógio caro.

— Sua namoradinha desprezível nem foi uma boa foda, de qualquer forma.

Meu sangue começou a correr. Devia ter entendido errado.

— O que acabou de falar?

— Nem me lembrava que tinha feito essa loucura até ela me lembrar na minha festa. — Ele balançou a cabeça. — Fácil de esquecer.

Bati os punhos na mesa e me inclinei na direção do meu irmão.

— De que *porra* está falando, babaca?

Elliott olhou de um lado a outro entre meus olhos cheios de raiva. Um sarcasmo diabólico que me deu arrepio se espalhou por seu rosto.

Ele inclinou a cabeça.

— Ela não te contou, não foi?

— Me contou o quê?

Uma coisa era ele insultar minha perspicácia para os negócios e a mim, particularmente, mas não deixaria aquele babaca falar merda sobre Gia. Mal conseguia me conter.

Ele fez tsc, tsc, tsc.

— Deve ser uma característica genética dos Rushmore. Primeiro, sua mãe tentou roubar o que minha mãe já tinha. E agora você está transando com uma das minhas sobras.

Pulei por cima da mesa mais rápido do que Elliott conseguiu se mover. O sorrisinho não saiu do seu rosto quando o ergui contra a parede e pressionei o antebraço em sua garganta. Edward e Robert tentaram me arrancar dele, mas não me movi.

— Nem diga o nome da Gia. Ela não perderia tempo com você.

O babaca começou a ficar vermelho, mas, de alguma forma, conseguiu falar.

— Ela perdeu tempo comigo, sim. Duas vezes naquela noite, se me lembro corretamente. Gostei de verdade da pinta com formato de coração na bunda dela quando a peguei de quatro.

De repente, senti que era eu que estava sendo sufocado. Meu aperto diminuiu um pouco, não porque queria deixá-lo respirar, mas porque era eu que não conseguia respirar agora. Elliott se aproveitou do meu choque e empurrou meu braço de sua garganta.

Ele tossiu enquanto fiquei ali, paralisado. Não havia como Gia ter dormido com meu irmão. Ela nunca faria isso comigo. Deveria ter outro jeito de ele saber sobre a pinta com formato de coração.

Edward colocou o braço em volta do filho e me repreendeu:

— Você é um animal mesmo. — Olhou para Elliott. — Está tudo bem?

— Está. — Sua voz estava rouca por quase ter tido a traqueia esmagada. Olhou para mim e me deu um último sorriso perverso. — Diga à sua namorada que Harlan mandou oi.

CAPÍTULO 5

Rush

Ninguém atende. *De novo.*

Joguei meu celular no balcão de madeira e acenei para o barman.

— Outra vodca com 7 up.

— Dia ruim no trabalho? — ele perguntou enquanto me fazia um terceiro drinque.

— Pode-se dizer que sim. Tenho negócios com minha família distante.

O cara deu risada e deslizou meu drinque pelo bar.

— Este é por conta da casa. Não trabalharia com minha família nem se me pagassem.

Eu deveria ter dirigido para casa depois de sair do escritório. Em vez disso, me vi no boteco mais próximo e me enraizei em um banquinho. Agora eram quatro da tarde, e eu estava meio bêbado e a mais de cem quilômetros de Gia, que não estava atendendo à porra do celular.

Bebi metade do drinque em um gole. Vodca barata. No dia seguinte, eu pagaria por isso.

Um milhão de situações tinham passado pela minha cabeça na última hora. Talvez ele estivesse mentindo — de alguma maneira, havia descoberto aquela informação sobre Gia e a usou para me irritar. Gia poderia ter conversado com Lauren na festa por um tempinho, e eu não tinha percebido. Talvez tivesse mencionado que estava grávida de um cara chamado Harlan. E Lauren havia contado ao marido.

Poderia acontecer.

Embora eu tivesse bastante dificuldade para explicar *como* ele sabia sobre a pinta com formato de coração na bunda dela.

Apertei tão forte o copo que pensei que fosse quebrar. Pensar em Elliott sabendo, em primeira mão, da pinta de Gia fazia meu coração querer explodir.

Criei mais uma dúzia de outras situações. Nenhuma delas era bonita.

Gia devia saber quem eu era desde o começo. Tinha dormido com meu irmão e, então, quis ficar comigo para se vingar de Elliott por transar com ela e deixá-la grávida.

Isso simplesmente não é possível. Era Gia, pelo amor de Deus.

Gia e Elliott ainda estão dormindo juntos.

Gia era uma isca de Elliott e Edward para tentar me distrair.

Minha mente parecia estar correndo de forma desenfreada, e quanto mais eu bebia, mais loucas eram as situações que eu imaginava.

A coisa toda deveria estar errada, de alguma forma. Havia uma explicação lógica para isso. Eu só precisava me acalmar. Quando eu, finalmente, chegasse até Gia, ela explicaria e tudo faria sentido.

Ainda assim, eu não conseguia parar de pensar em como Gia havia descrito Harlan nos últimos dois meses.

Bem-vestido — o típico público dos Hamptons.

Elliott *era* o típico babaca dos Hamptons.

Articulado e elegante.

Meu irmão podia ser um idiota, mas era bem-educado e passava uma imagem boa.

Ela o conhecera no The Heights.

Elliott *tinha* aparecido algumas vezes quando eu não estava lá no início do verão. Meus funcionários me disseram no dia seguinte.

Sem contar que, agora que eu estava pensando nisso, *Harlan* era o nome do cachorro do meu pai quando era criança. Esse fato havia desaparecido totalmente da minha memória, apesar de a tarde em que vi o cachorro pela primeira vez estivesse clara como o dia em minha mente no momento.

Eu tinha uns onze ou doze anos, e minha mãe havia me levado para visitar meu avô. Era a semana antes do Natal, e ele tinha a maior árvore que eu já vira montada ao lado da lareira na sala de estar. Havia trens montados em volta dela. Meu avô me contara que havia um controle para os trens subirem na cornija e que eu poderia brincar com eles enquanto ele e minha mãe conversavam na outra sala. Quando fui pegá-lo, vi um porta-retrato da família perto do controle. Um porta-retrato da família do meu pai. Parecia saída de *Os Waltons*[2] — todos tinham um sorriso forçado. A mãe estava sentada em uma poltrona chique, o pai estava em pé atrás dela com uma mão em seu ombro, e o menino, com um joelho no chão ao lado de um Golden Retriever. Me lembro de pensar que eles poderiam vender aquela merda como a foto que vem dentro dos porta-retratos da loja. Por mais que eu detestasse, também não conseguia parar de encará-la. Acabei nunca brincando com os trens. Quando meu avô voltou, eu ainda estava com a foto emoldurada na mão, e perguntei qual era o nome do cachorro.

Harlan.

Foi o que ele respondera.

Como havia me esquecido disso até agora?

Acho que eu não tinha motivo para desconfiar de nada. Ou talvez estivesse cego demais por um par ótimo de peitos e uma bunda linda para ver qualquer coisa que estivesse me encarando diretamente.

Como sou burro.

Bebi o resto do drinque e comecei a me sentir anestesiado. Era exatamente do que eu precisava: embriagar bastante meus pensamentos a fim de parar de pensar um pouquinho.

— Tem alguém sentado aqui? — Uma mulher se inclinou ao meu lado.

Acenei para uma dúzia de banquinhos vazios ao lado do que ela estava apontando.

— Parece que tem um monte de banquinhos para escolher.

Ela piscou sedutoramente os cílios.

— Que bom. Escolho este aqui.

Minha nova vizinha acenou para o barman e decidiu que iríamos ser amigos.

— Sou Amanda.

---

2   Série de TV sobre uma família na área rural da Virgínia, no período entre a Grande Depressão e a Segunda Guerra Mundial. (N.E.)

— Rush. — Assenti, mantendo a cabeça para a frente.

— Mora na região? Acho que nunca te vi aqui.

— Não.

O barman se aproximou, e ela apontou para o meu drinque.

— Vou querer o que ele está bebendo.

— Tem certeza? — ele perguntou. — É basicamente um copo de vodca com um pouco de 7 Up.

— Tenho. Tive um dia ruim. E dê mais uma dose para o meu novo amigo, Rush. — Ela deslizou uma nota de cinquenta dólares pelo bar. — Por minha conta.

Estendi a mão.

— Obrigado, mas eu pago meu próprio drinque.

Eu a flagrei fazendo beicinho pelo canto do olho.

— Não estava pedindo para se casar comigo. Era só um drinque. Parece que você também teve um dia ruim. Imaginei que pudéssemos nos lamentar juntos.

Agora me senti um babaca. Olhei para o barman.

— Ponha o dela na minha conta, por favor.

Amanda sorriu.

— Obrigada.

Assenti.

Nenhum de nós falou de novo até depois de o barman trazer nossas bebidas. Ela deu um gole e franziu o nariz.

— Isto é forte.

— É.

— Quer jogar um jogo?

Olhei para ela e voltei para a frente.

— Não.

Mais beicinho.

— Ah, vamos lá. Dá para ver que nós dois tivemos um dia de merda. Vamos comparar os dias de merda, e o que tiver tido o dia de menos merda precisará pagar as bebidas hoje.

— Não, obrigado.

— Tá bom então... eu começo...

Balancei a cabeça, mas não impedi que ela abrisse a boca.

— Bom... Trabalho na Forever 21... você sabe... a loja de roupas. Eu estava sendo considerada para uma promoção a fim de ser gerente-assistente, e meu chefe promoveu Tatia... uma garota nova que começou há apenas dois meses. Trabalho lá há dois anos e só faltei duas vezes quando estava doente. Ela está lá há alguns meses e já faltou vários dias. Então fiquei chateada e fui almoçar no McDonald's, onde comi um Big Mac *e* um cheeseburger, junto com batatas fritas e Coca grande... nem sequer era Coca Diet. Quando voltei para o trabalho, resolvi ir falar com o gerente e descobrir por que não consegui a promoção que deveria ser minha. No entanto, quando fui até o escritório nos fundos, descobri o motivo sem ele falar uma palavra. Tatia estava no colo dele, montada nele sentado na cadeira. A vadia sorriu para mim quando os peguei no flagra e voltou a brincar de cowgirl.

Pela primeira vez, olhei para Amanda. Minha primeira avaliação foi que, se ela come quando está estressada, não deve ficar chateada com frequência. Amanda era muito bonita — o tipo de mulher que normalmente me atraía. Bastante maquiagem e cabelo escuro, uma camiseta decotada que exibia peitos grandes e uma saia curta que mostrava bastante perna.

— Que merda — eu disse.

Um sorriso se abriu em seu rosto e ela uniu as mãos.

— Bebidas grátis para mim!

Balancei a cabeça, levei minha quarta vodca aos lábios e dei um gole enorme.

— Minha namorada está grávida do meu irmão.

Ela ficou boquiaberta.

— Ah, meu Deus. Está brincando?

Mexi o gelo no meu copo.

— Não.

Ela abriu a bolsa e tirou um cartão de crédito. Colocando-o no bar, falou:

— Bebidas por minha conta.

Nós estávamos chapados.

Acabou que Amanda era bem legal, e foi bom descarregar toda a merda maluca que tinha na minha cabeça para uma estranha. Eu sempre fora o tipo de cara que pensava que as pessoas que iam ao psicólogo eram covardes — que não conseguiam aguentar firme e lidar com os problemas. Mas, definitivamente, eu estava começando a enxergar que o desabafo, em vez de guardar toda aquela merda, poderia ter suas vantagens.

— Meu namorado do Ensino Médio transou com a pessoa que era minha melhor amiga.

— Isso é bem ruim — eu disse.

Ela fez uma cara de paisagem.

— A pessoa se chamava *Darren*.

Nós dois caímos na gargalhada. Na última hora, tínhamos relembrado coisas horríveis que aconteceram em nossa vida, contando um ao outro histórias aleatórias de situações zoadas pelas quais passamos. Eu tinha praticamente certeza de que nós dois estávamos falando palavras arrastadas, talvez até conversando em nossa própria língua de bêbados que ninguém mais conseguia entender. Mas era minha vez de contar uma história de merda, então dei outro gole grande.

— Quando eu tinha treze anos, recebi um oral pela primeira vez... da irmã de dezesseis anos do meu melhor amigo. Eu era jovem demais para me controlar e terminei na boca dela. Ela não ficou feliz com isso, então contou ao meu melhor amigo que eu tinha batido nela e apertado sua bunda, embora tivesse sido ela a dar em cima de mim. Ele resolveu que iríamos brigar por isso. Eu tinha errado, então deixei o merdinha magrelo me deixar com o olho roxo e o nariz sangrando, achando que aquilo o faria sentir que tinha vencido e para que pudéssemos voltar a ser amigos. Não funcionou. Perdi meu melhor amigo por causa de um boquete.

Amanda deu risada.

— Já aprendeu a se controlar mais?

— Essa porra me traumatizou. Com certeza, nunca mais cometi esse erro. Você precisa de permissão. *Não goze até deixarem*. Esse tem sido meu lema nos últimos dezesseis anos.

Amanda quase caiu do banquinho de tanto rir. Estávamos nos divertindo, como dois caras comparando histórias de guerra. Só que Amanda, com certeza, não era um cara. De repente, esse fato ficou claro quando ela descansou a mão na minha coxa.

— Para você saber, eu não ligaria de você perdesse o controle.

Caralho.

Repentinamente, aquela conversa foi de inocente para errada pra caralho. Olhei para a mão dela na minha coxa e, então, para cima, nos olhos da minha nova amiga.

— Eu a amo pra caralho.

Ela abriu um sorriso triste.

— Eu sei. Mas, se quiser, talvez, ficar quite... Moro a algumas quadras daqui.

Balancei a cabeça.

— Não posso.

— Tem certeza? Sem compromisso. Pode ser bom deixar toda essa nossa raiva sair. — Ela se inclinou e sussurrou: — Gosto que seja meio bruto. — Então se levantou. — Pense nisso. Vou ao banheiro.

Gosto que seja meio bruto.

Porra.

Finalizei meu drinque e disse ao barman para colocar as duas contas no meu cartão, em vez de no cartão de Amanda. Enquanto eu pegava minha carteira do bolso, meu celular começou a vibrar no bar. O nome de Gia apareceu, e meu coração acelerou. *Finalmente.* De repente, me senti sóbrio. Deslizei para atender.

— Onde esteve o dia todo? Estou tentando te ligar há horas — disse, bravo no celular.

— Desculpe. Acabei dormindo porque fiquei acordada passando mal ontem à noite.

Ignorei a dor no peito ao saber que ela não estava se sentindo bem.

— Quem é o maldito pai do seu bebê, Gia?

— O quê? — Ela só precisou falar isso para eu ouvir a voz dela estremecer.

— Quem é a porra do pai, Gia? — gritei mais.

Silêncio.

— *Me responda, caramba!*

Sua voz estremeceu.

— Rush, vamos conversar sobre isso quando você chegar em casa. Lembra que era para conversarmos esta noite?

— *Quem. É. A. Porra. Do. Pai. Gia?*

Ela começou a chorar, mas não consegui me sentir mal. Precisava ouvi-la dizer.

— Me responda.

— Não consigo!

— Você transou com o meu irmão?

Soluços.

— *Caramba, Gia. Me responda. Está grávida daquele merda?*

— Sinto muito — ela chorou. — Só fiquei sabendo na festa de aniversário. Estava planejando te contar esta noite. Sinto muito, muito.

— *Diga. Diga as palavras, Gia.* Preciso ouvi-las.

— Por favor, Rush. Onde você está? Precisamos conversar sobre isso ao vivo. Vou até você. Está em casa?

— *Diga!* — O desgraçado sádico em mim precisava ouvir.

— Não consigo.

— Eu *preciso* ouvir, Gia. Não estou brincando. *Diga.*

Ela fungou, e as palavras mal soaram como um sussurro. Mas ela falou. As palavras que estilhaçaram meu coração em um milhão de pedaços.

— Elliott é o pai do meu filho.

CAPÍTULO 6

Gia

Assim começou, provavelmente, a pior noite da minha vida.

Rush, perturbado, havia desligado depois da minha revelação. Não o culpava. Era exatamente a reação que eu esperara.

As horas que se seguiram foram de pura tortura. Fiquei preocupada. Realmente preocupada com ele. E não ajudava o fato de não conseguir falar com ele a fim de confirmar se estava bem.

Descobrir por meio de Elliott era o pior cenário possível. O irmão dele não fazia ideia da notícia que realmente estava dando a Rush. Presumi que ele não tinha noção de que eu estava carregando seu filho. Descobrir que eu tinha dormido com Elliott já teria sido uma notícia horrível por si só. Mas Rush ter recebido a notícia de forma tão fria, sabendo o que realmente significava, foi simplesmente cruel.

Fiquei acordada a maior parte da noite ligando para ele, sem sucesso. Ele não atendia de jeito nenhum. Quando, enfim, aceitei o fato de que, talvez, ele precisasse de um tempo longe de mim a fim de processar tudo, tentei me obrigar a dormir um pouco, embora fosse extremamente difícil relaxar. Meu corpo cansado, em certo momento, sucumbiu ao sono, e acabei dormindo por umas duas horas.

Quando acordei, os pássaros cantavam e o sol estava começando a nascer. Não devia ser mais do que seis da manhã. Alguém lá embaixo estava fazendo café, e o cheiro me deixava enjoada.

Meu coração palpitava conforme, urgentemente, peguei o celular para ligar para ele de novo. Ainda sem resposta. Tentei de novo.

Vamos, Rush. Atenda.

Apenas caiu na caixa-postal de novo. Começando a entrar em pânico, resolvi vestir uma roupa e dirigir até a casa dele.

Quando cheguei, o oceano estava agitado e o vento, feroz. Combinava com o clima tumultuado daquela manhã. Os sinos de vento pendurados na porta da frente de sua casa estavam trabalhando dobrado a fim de acompanhar.

Geralmente, Rush estacionava na entrada, mas estava vazia. Olhei para dentro pelas janelinhas acima da porta da garagem. Seu carro também não estava ali.

Cadê ele?

Eu não tinha certeza se realmente queria saber, embora uma parte de mim *precisasse* saber a resposta.

Ele não tinha voltado para casa ontem à noite?

Talvez tivesse bebido demais e deixado o carro em algum lugar? Talvez outra pessoa o tivesse trazido? Bati insistentemente na porta da frente.

Nada.

Ele, definitivamente, não estava em casa.

Voltando ao carro, peguei meu celular e liguei mais uma vez para ele.

Para minha surpresa, desta vez, alguém atendeu. Mas não foi Rush.

— Alô?

Era uma mulher com voz sonolenta. Meu coração começou a bater mais rápido.

— Quem é?

Ela repetiu minha pergunta.

— Quem é?

— Aqui é Gia. Cadê o Rush?

— Gia? Gia! A mulher que transou com o irmão de Rush? Uau. Por que sequer está ligando para ele? Você tem coragem.

Meu coração apertou. Provei a bile que voltou do meu estômago, sentindo-me meio traída por ele contar sobre a gente para uma vadia que acabou de conhecer.

— Quem é? Cadê o Rush?

— Você é mesmo incrível. Perdeu um dos bons, sua vaca.

— O que disse?

Não houve resposta. Então a linha ficou muda. Ela tinha desligado na minha cara.

Meu carro balançou devido ao vento. Apoiando a cabeça no volante, eu queria chorar, porém o choque do que acabou de acontecer deve ter secado minhas lágrimas.

Ele estava com uma mulher.

Perceber aquilo foi como se tivesse acabado de morrer. Por mais difícil que fosse aceitar, nem poderia ficar brava com ele. Estava triste, no entanto, não tinha o direito de ficar brava. Depois da notícia horrorosa que eu tinha lhe dado, como poderia esperar que ele conseguisse lidar com as coisas sozinho? Sim, estava com ciúme e enjoada, mas uma parte de mim entendia.

Fechando os olhos com força, tentei ignorar os pensamentos de Rush transando com outra mulher.

Apertei minha barriga, olhando em direção à casa que teria sido meu lar. Agora era bem provável que meu bebê nunca visse o quarto que Rush havia feito. Era apenas um dos muitos sonhos que tinham sido arruinados por uma decisão bem ruim.

Naquela noite, logo antes do meu horário de trabalhar, fiquei parada do lado de fora do The Heights, hesitante em entrar. Ele poderia estar lá dentro. Será que me encararia ou continuaria me ignorando? Como me sentiria ao olhar para ele sabendo que esteve com outra mulher? Tantas perguntas entravam e saíam do meu cérebro. Meu coração estava esmurrando meu peito. Deus, esse nível de estresse não poderia ser bom para o bebê.

Não me sentia preparada para lidar com nada disso. Mas, sinceramente, não tinha escolha a não ser trabalhar naquela noite. O cerne da questão era que, no momento, eu não tinha outro emprego, não tinha dinheiro e tinha um bebê a caminho. Isso me lembrou de que realmente precisava priorizar o fato de arranjar outro emprego antes de me mudar de volta para a cidade.

Inspirando fundo, fui em direção à porta e entrei.

Oak estava parado perto da recepção, parecendo que estava à minha espera.

— Oi — cumprimentei.

Ele parecia ansioso.

— Oi, Gia.

Engoli em seco.

— Rush está aqui?

— O chefe está no escritório dele. Não sei o que está havendo. Ele não quer falar comigo, mas não está com a cara boa. Na verdade, nunca o vi assim. Parece que foi atropelado por um caminhão e, pelo cheiro, parece que foi jogado em uma lixeira de bar. Pode entrar e ver como ele está.

Meu coração apertou.

— Há quanto tempo ele está aqui?

— Há horas. Não saiu e gritou comigo algumas vezes para deixá-lo em paz.

Soltei a respiração.

— Tenho praticamente certeza de que sou a última pessoa que ele quer ver agora.

Oak assentiu, compreendendo.

— Oh... Certo, então isso tem a ver com vocês dois. Era o que eu temia. — Ele franziu o cenho. — Sinto muito por saber disso.

— É. Acho melhor eu deixar que ele saia quando quiser. Ele sabe que vou trabalhar. Acho que vai me procurar quando estiver pronto. Tenho medo de chateá-lo mais.

Ele olhou em volta e baixou a voz.

— Posso saber o que aconteceu?

Simplesmente neguei com a cabeça. Felizmente, ele não insistiu.

Naquela noite, meu turno foi um martírio. Não conseguia passar dois minutos sem olhar para o corredor a fim de ver se Rush saía do escritório. Não saiu nenhuma vez. Até passei por ali algumas vezes e coloquei a orelha na porta para ver se conseguia ouvir algo. E nada. Estava começando a pensar que ele tinha saído de fininho durante uma das poucas vezes em que fiquei ocupada demais para perceber.

No fim da noite, não aguentava mais. Precisava colocar dinheiro no cofre, então pensei que era uma boa desculpa "oficial" para entrar em sua sala.

Quando abri a porta com o dinheiro na mão, as luzes estavam apagadas. Presumi que ele tivesse saído até sua voz estremecer meu corpo inteiro.

— Quem está aí?

Congelei.

— Sou eu. Tenho dinheiro para pôr no cofre.

— Deixe na mesa — ele exigiu friamente.

Fiquei ali parada no escuro. A porta estava entreaberta, então a única luz iluminando a sala vinha do corredor.

— Você está bem? — perguntei finalmente.

— Não.

A dor em sua voz era palpável. Eu queria muito me aproximar, porém sabia que não era uma opção. Sabia que ele iria me afastar. Então fiquei onde estava, perto da porta.

— Sei que não está pronto para conversar comigo. Mas preciso que saiba que realmente pretendia te contar. Eu mesma ainda estava absorvendo. Sinto muito que tenha descoberto por ele. Faria qualquer coisa para voltar no tempo. Eu...

— Gia... — Seu tom seco acabou comigo. — Não consigo fazer isso agora. Você entende? Queria ser mais forte por você, mas, no momento, simplesmente não sou. — Ele repetiu: — Não consigo fazer isso.

Lágrimas começaram a se formar nos meus olhos.

— O que posso fazer? Me diga, por favor — implorei. — Farei qualquer coisa.

Ele estava passando as mãos no cabelo repetidamente. Detestava pensar onde estiveram aquelas mãos na noite anterior.

— Não dá, Gia — ele finalmente disse. — Não há nada que você possa fazer para mudar isso. Só preciso de tempo.

— Tempo para quê? Tem ao menos uma decisão para tomar?

— Não sei. Como eu disse... Simplesmente não consigo...

Queria perguntar a ele onde esteve na noite anterior e quem era aquela mulher, mas me contive, embora minha curiosidade estivesse me matando. Não era a hora nem o lugar de adicionar ainda mais drama a uma situação já fodida. Ele estava magoado, e era isso que era importante, não meu ciúme.

— Rush. Estou sentindo a mesma dor que você.

— Sei disso. E queria poder te ajudar. Sei que não é fácil para você também. Mas, Gia, estou pronto para matar um. Não consigo controlar minha raiva no momento e é melhor se... — Suas palavras sumiram. Não conseguia vê-lo claramente, mas seus ombros tremiam. Tinha quase certeza de que ele estava chorando.

Meu coração estava se partindo. Eu amava aquele homem com todo o meu ser. Vê-lo chorar e não conseguir fazer nada quanto a isso — e saber que era eu que tinha causado — era a coisa mais dolorosa que já tinha sentido. Tinha medo de piorar se encostasse nele, e me recusava a lhe causar ainda mais dor.

Após um pouco de silêncio no qual apenas o ouvi respirar, enfim, ele disse:

— Só não consigo suportar conversar sobre isso até minha cabeça estar nos eixos de novo.

Sequei meus olhos.

— Ok.

Fui até a mesa e coloquei o dinheiro lá. Cerrando os punhos, novamente precisei me conter para não chegar perto dele. Andei de volta até a porta, mas fiquei parada ali.

Suas palavras seguintes realmente me pegaram desprevenida.

— Preciso viajar por um tempo.

Meu coração parou de bater.

Ele ia viajar?

Arregalei os olhos.

— Viajar?

— É.

— Aonde vai?

— Ainda não sei... A algum lugar para tentar espairecer. Vou deixar Oak no comando do The Heights.

— Vai manter contato enquanto estiver fora?

— Não se preocupe comigo. Só cuide de você... e do bebê.

Será que eu deveria insistir mais para quebrar os muros que ele erguera? Meu instinto me dizia que não havia nada que eu pudesse fazer para impedi-lo, que não havia como resolver aquilo na conversa. Não queria pressioná-lo. Então resolvi lhe dar o tempo e o espaço para lidar com isso. Meu coração estava me dizendo para deixá-lo ir.

Então, foi exatamente o que fiz.

60   PENELOPE WARD E VI KEELAND

CAPÍTULO 7

Rush

Todo mundo já tinha ido embora fazia tempo, e eu ainda estava sentado no meu escritório escuro.

Fiquei feliz por ela ter me ouvido e ido embora, porque realmente ainda não conseguia suportar ficar perto dela.

Ainda a amava muito. Isso não mudou nem por um segundo. Eu só não sabia como lidar com o que estava sentindo; não conseguia articular minha dor. E, certamente, não poderia tomar nenhuma decisão sobre o meu futuro com essa mentalidade.

A verdade era que eu não fazia ideia do que fazer agora. Por mais que sentisse que nunca conseguiria abandonar Gia, também sentia que nunca seria capaz de aceitar as coisas como eram.

Aceitar o bebê como meu quando seu pai era um fantasma anônimo e sem nome era uma coisa. Aceitar o bebê como meu sabendo que o pai é o meu próprio irmão — indiscutivelmente meu maior inimigo — era uma história totalmente diferente.

O fato de eu não conseguir me forçar a ficar e lidar com isso estava me irritando pra cacete. Nunca fora de fugir dos meus problemas. Mas parecia ser a única opção no momento. Minha raiva estava profunda demais para estar perto dela e, com certeza, precisava ficar bem longe de Elliott por um tempo a fim de amenizar meus desejos assassinos.

De madrugada, me obriguei a levantar da cadeira e sair para o estacionamento. Meu plano era dormir um pouco, depois fazer a mala de manhã e ir para onde o vento me levasse.

Na metade do caminho para casa, meu celular tocou. Presumi que fosse Gia ligando para ver como eu estava.

Mas não era.

Definitivamente, eu não estava esperando ver aquele nome na tela.

Beth.

Beth?

Beth era minha melhor amiga na infância, até eu arruinar tudo ao dormir com ela. Ainda mantínhamos contato de vez em quando após ela ter se mudado para o Arizona, mas por que estaria me ligando naquela hora da noite? *Bem esquisito.*

Atendi.

— Beth?

— Heath. Desculpe estar ligando tão tarde para você.

— O que houve?

Houve uma longa pausa antes de ela responder.

— Meu pai. Heath... ele faleceu hoje. Acabou de acontecer no início da noite. Ele desabou depois do jantar em frente à televisão. Infarto fulminante. Estou ligando para todos os nossos amigos e família.

— Ah, meu Deus. — Imediatamente, parei o carro em uma estrada de terra e coloquei a mão na testa. — Você está bem?

— Estamos todos bem nervosos. Acho que ainda estou em choque. Aconteceu bem rápido.

— Como está sua mãe?

— Devastada.

O pai de Beth, Pat, tinha sido como um pai para mim. Essa notícia era chocante e não poderia ter vindo em pior hora. Já sentia que meu mundo tinha acabado por completo, mas, aparentemente, ainda havia espaço para mais devastação.

— Que merda, Beth. Nem sei o que dizer. Sinto muito.

— Imaginei que fosse querer saber. Vocês eram bem próximos uma época. E sei que ele iria querer que eu te contasse.

— Queria ter as palavras certas neste momento. Nada que eu possa dizer vai ajudar.

Ela estava chorando.

— Só de ouvir sua voz já ajuda.

— Quando é o funeral?

— Ainda não chegamos nessa parte, mas, provavelmente, em algum momento dos próximos dias.

De repente, não precisava mais pensar aonde eu iria.

Iria para o Arizona.

Era surreal entrar no funeral e ver Pat Hurley deitado lá em um caixão. Não o via há anos, mas sempre mantivemos contato, principalmente nas datas comemorativas. Agora me sentia culpado por não termos nos comunicado mais. Me arrependeria, enquanto vivesse, de não ter ligado para ele com mais frequência.

Sendo uma criança sem pai, eu gostava mais da atenção de adultos homens do que a média; até ansiava por isso. Pat sabia que eu precisava de um direcionamento, e ele se tornou essa figura paterna para mim.

Foi ele que me ensinou a jogar futebol americano, a pescar, e com quem conversava sobre os bons assuntos "de adolescente". Esse último acabou sendo irônico quando, no fim, transei com a filha dele. Pat também descobriu sobre isso e me deu uma surra. Mas, mesmo depois disso, ainda se importava comigo. Ele me amava e nunca me deixou esquecer disso, mesmo quando, literalmente, arrancou minha pele.

Fiquei parado ao lado do caixão e encarei seu corpo. Pat estava vestido com um terno bonito, e sua boca tinha um sorriso feito. Ele parecia bem para um cara morto. Nem conseguia acreditar que estava pensando assim em relação a Pat, ou que ele tinha ido embora para sempre deste mundo.

Deus, isso era uma merda. Era uma merda muito grande.

Sequei meus olhos e, depois de fazer umas orações, fiquei ereto e olhei em volta. Parecia que alguém tinha ligado o aquecedor a cem graus. Gotas de suor se formavam na minha testa. Parecia que minha gravata estava me sufocando, então a afrouxei.

Havia uma longa fila de pessoas esperando para dar os pêsames à família. Fiquei no fim dela, aguardando com todo mundo.

A mãe de Beth, Ann, era a primeira. Vi o quanto ela envelhecera, mas, caramba, tinha passado bastante tempo, não tinha? Mais de dez anos. O irmão de Beth, Adam, estava depois de sua mãe. Ele tinha engordado um pouco.

Beth estava parada ao lado dele. Quase não a reconheci. Ela estava bem diferente. Nunca foi gorda, mas sempre teve bastante carne. Agora, estava quase o que se consideraria magrela. Seu cabelo, antes castanho-claro, estava tingido de loiro. Ela estava com um batom brilhante e um vestido justo preto. Estava bonita.

Um menininho com cabelo comprido e bagunçado estava parado ao lado dela. Eu sabia que Beth era casada e tinha um filho, então presumi que fosse ele. Tinha os olhos amendoados dela e parecia ter uns seis anos.

Quando me deparei com Ann, ela colocou as mãos em minhas bochechas e chorou.

— Heath... Não acredito que você veio. Queria que Pat estivesse aqui para te ver.

As palavras certas me escaparam e eu disse simplesmente:

— Sinto muito, Ann.

— Vamos ter um jantar em família depois daqui. Pode ficar e jantar conosco?

— Sim. Vou ficar na cidade por um tempinho.

— Que bom. Te vejo lá.

Conforme abraçava o irmão dela em seguida, pude sentir o peso dos olhos de Beth em mim.

Quando chegou a vez dela, demorou menos de um segundo para ela me puxar para um abraço forte.

Ela estava tremendo. Senti sua respiração quente na minha pele enquanto chorava no meu ombro.

Suas mãos apertaram meus braços e ela falou:

— Heath. Você veio. É tão bom te ver. Você não tem noção.

Máscara de cílios escorria por seu rosto, porém os borrões destacavam seus olhos azuis brilhantes. Eu tinha me esquecido de como Beth era bonita.

— Como está indo? — perguntei.

— Só seguindo o fluxo. Ainda parece surreal.

— Eu sei. Não consigo acreditar que seja ele ali. Parece que ele deveria estar bem aqui em pé, batendo nas minhas costas e me xingando por não ligar o suficiente.

Ela abriu um sorriso.

— Tenho certeza de que ele está olhando para baixo neste instante e está muito feliz de você estar aqui com a gente.

— Também estou feliz de estar aqui. Queria que fosse sob circunstâncias diferentes. Mas não há outro lugar em que deva estar hoje.

Seu olhar se demorou no meu antes de ela olhar para baixo e pegar a mão do garotinho.

— Owen, este é Heath. Ele é um dos mais velhos amigos da mamãe.

O menino olhou para mim e disse:

— Ele não é tão velho.

Dei risada.

— Estou chegando lá, amigão. — Estendendo a mão para ele, falei: — É um prazer te conhecer.

Ele apertou minha mão.

— Você também.

A fila precisava continuar andando, então eu disse a ela:

— Te vejo depois.

Ela segurou minha mão a fim de me impedir de sair.

— Haverá um jantar hoje à noite em casa. Venha, por favor.

— Sim. Sua mãe mencionou. Estarei lá.

— Te mando o endereço por mensagem.

Assenti.

— Certo.

O lar dos Hurley era uma casa modesta de família rodeada por cactos no deserto do Arizona. Não era nada como a casa conjugada em que Beth cresceu em Long Island.

Ann havia arrumado um buffet na sala de jantar e tinha convidado umas cinquenta pessoas para ir à casa após o funeral. Embora o clima fosse melancólico, havia bastante conversa. Eu só queria comer e me sentar um pouco. Tinha sido um longo voo, e estava começando a sentir o cansaço da viagem. O dia seguinte seria ainda mais longo com o enterro.

O irmão de Beth também estava casado. Seus dois filhos corriam pela casa com Owen. Ann estava quieta, sendo consolada por pessoas diferentes constantemente. Não conseguia imaginar o quanto ela estava arrasada. Ela e Pat tinham sido casados por mais de trinta e cinco anos. Eram o exemplo perfeito de um casal carinhoso e pais amáveis. Eu sempre invejara a família de Beth.

O falecimento de Pat era um motivo tão triste de estar ali, mas, de uma forma estranha, provavelmente era uma das únicas coisas que teriam conseguido mudar o foco da minha própria situação. A morte tem o dom de fazer isso.

Enquanto levava meu prato de frango recheado e arroz para um canto na sala de estar, vi uns porta-retratos que decoravam uma estante de livros. Cara, como eu queria falar dos meus problemas com Pat agora. Imaginei como ele se sentiria com tudo, que conselho me daria. Nunca nem tinha pensado em me abrir com ele sobre Gia, principalmente, porque se tornou meio estranho conversar com ele sobre mulheres depois de ter acontecido o negócio com Beth. Eu sabia que ele gostava muito de mim, mas as coisas definitivamente mudaram depois de eu ter partido o coração da filha dele antes de se mudarem. Sempre me arrependeria de passar do limite na minha amizade com ela naquela época, mas não podia voltar atrás. Eu era um adolescente idiota que não conseguia controlar o pau.

Beth descobriu meu esconderijo no canto da sala de estar.

— Ei. Aí está você. Estava te procurando.

Minha cabeça ainda estava voltada em direção às fotos.

— Estava só olhando essas fotos, pensando no seu pai, em como tive sorte de tê-lo na minha vida.

— Ele amava você como a um filho. Mesmo depois que você e eu nos afastamos, ele sempre falava de você, Heath. Sempre. Realmente sentiu sua falta quando nos mudamos. — Ela hesitou. — Eu também senti.

Enfim, olhei para ela, e nossos olhos se encontraram. Era muito bom ver Beth. Uma época, ela fora minha melhor amiga. De um jeito estranho, com a morte dele, Pat havia me dado exatamente o que eu precisava: um lugar longe de casa, mas com o conforto de rostos familiares.

— Ei — eu disse. — Ia perguntar... se aceitar minha ajuda amanhã, eu gostaria de carregar o caixão.

— É muito gentil da sua parte. Sei que papai adoraria isso. Vou falar com minha mãe. Com certeza, podemos fazer isso.

— Obrigado. Significaria muito mesmo para mim.

Ann ainda não sabia, mas eu planejava fazer um acordo com a funerária a fim de cobrir todas as despesas. Era o mínimo que eu poderia fazer por um homem que tinha me dado tanto.

Beth se sentou na cadeira à minha frente e cruzou as pernas.

— Então, me conte o que está acontecendo em Nova York. Os negócios estão indo bem? Seu irmão ainda é um babaca?

Porra. Não fale dele agora. Estou tentando esquecer.

Uma imagem de Gia transando com ele estava se infiltrando na minha mente agora.

Droga. Por que eu não estava bebendo?

Respirei fundo e, literalmente, balancei a cabeça a fim de me livrar dos pensamentos.

— Sim. Ainda é um babaca.

— Imaginei. — Ela deu risada, então mudou de assunto. — Está saindo com alguém?

Não tinha como eu falar sobre tudo no momento.

— É complicado. — Adorava como essas duas palavras simplesmente evitavam ter que explicar mais.

— Ah, certo. — Ela sorriu, depois mexeu a bebida com gelo. — Quanto tempo vai ficar em Scottsdale?

— Não sei. Pelo menos, acho que uma semana.

— Eu adoraria me encontrar com você, conversar.

— Bom, não conheço nada por aqui, então seria legal — comentei.

— Fico feliz por não ir embora tão rápido.

Olhei em volta, imaginando por que ainda não tinha sido apresentado para o marido dela.

— Cadê seu marido? Não o conheci.

— Ele foi ao funeral antes de você chegar. Veio para deixar Owen.

— Ele não está aqui?

Ela encarou seu drinque.

— Não.

— Por que não?

Beth me olhou nos olhos.

— Não estamos mais juntos. Nos divorciamos.

CAPÍTULO 8

Rush

Tinha me esquecido do porquê éramos melhores amigos antes de eu estragar tudo — antes de nós dois percebermos que ela era menina e eu, menino, antes de eu me distrair com seus peitos empinados de adolescente e sua bunda redonda. Mas aquele dia trouxe tudo isso de volta.

Beth havia tirado uma semana de folga depois que seu pai faleceu, então ela tinha bastante tempo livre para me levar para todo lugar. Quando eu chegara à sua casa a fim de buscá-la para nosso dia de passeios turísticos, ela falou que tinha combinado com sua vizinha de cuidar de Owen. No entanto, depois de descobrir ontem que ela estava divorciada, pareceu errado passar o dia sozinho com ela. Amiga ou não, as coisas entre mim e Gia estavam instáveis, e eu não ficaria muito feliz se ela passasse nosso tempo separados passeando com um cara com quem tinha dormido — principalmente um tão gostoso quanto Beth estava em seu shortinho e sua blusinha cropped hoje. Então insisti para que Owen fosse em nossa aventura turística. Primeiro, percebi que ela ficou decepcionada. Provavelmente estava ansiosa para uma saída de adultos. Mas, depois de eu mostrar a Owen uma foto de uma das coisas que eu queria fazer no dia, ele ficou tão empolgado que ela não poderia negar.

Nós três dirigimos por duas horas até Sedona a fim de ver as Red Rocks. Eu ligara antes para reservar dois quadriciclos, um com uma gaiola em volta que seria mais seguro para Owen e um normal, do estilo aberto. Claro que presumira que eu dirigiria o que não tinha gaiola de segurança. Tinha me esquecido do estilo selvagem de Beth.

Nosso guia nos mostrou como usar as máquinas e, então, deu capacetes a todos nós. Beth subiu no quadriciclo sem a gaiola.

— O que pensa que vai fazer? — perguntei.

Ela deu a partida, e o som alto do motor rugiu.

— Vou acabar com sua raça, é isso que vou fazer — ela gritou.

— Não acha que a gaiola seria mais segura para Owen?

— Não vou levar Owen. Ele e eu juntos, provavelmente, quase chegaríamos ao seu peso. Preciso manter meu peso leve para ganhar esta corrida.

Franzi as sobrancelhas.

— Que corrida?

Ela deu um sorrisinho.

— Lembra a aposta que fizemos quando tínhamos dez anos? Eu tinha acabado de ganhar aquela nova bicicleta Schwinn azul, e te desafiei para uma corrida até a casa do velho Caulfield. Você ganhava de mim em toda maldita corrida que apostávamos, e tive certeza de que minha nova bicicleta me daria o que eu precisava.

Eu me lembrava vagamente disso. A única parte que estava clara na minha mente era que eu a fazia comer poeira. Com bicicleta nova ou não, suas pernas frangas na época não tinham chance contra as minhas, fortes.

— Eu venci. Claro. — Me virei para Owen e me exibi. — Sua mãe e eu costumávamos competir em tudo. Eu sempre ganhava. Sabe por quê?

Ele abriu o melhor sorriso tolo.

— Por quê?

— Porque garotas vão a Júpiter para se estupidecer; garotos vão a Marte para comer mais chocolate.

Owen achou engraçado, e Beth revirou os olhos.

— Não dê ouvidos a Heath, Owen. Ele nem se lembra do velho ditado. O certo é *garotos* vão a Júpiter para se estupidecer, *garotas* vão a Marte para comer mais chocolate. — Ela semicerrou os olhos para mim. — Você me fez comer uma formiga e uma mariposa morta. Lembra?

Dei risada. Tinha me esquecido de que gostávamos de apostar para ver o outro comer inseto. O vencedor escolhia um inseto para a outra pessoa comer. Mas ela tinha tanta certeza de que sua nova bicicleta chique a levaria à vitória que dobrou nossa aposta de sempre.

— A mamãe comeu insetos? Ela nem come peixe se não estiver cortado para não conseguir ver a cabeça, os olhos e tal.

— Sua mãe era moleca. Subia em árvore, jogava pedrinhas no lago, e lançava de forma espiral melhor do que qualquer menino. — Me inclinei para Owen e dei uma piscadinha. — Exceto eu, lógico.

Beth colocou o capacete.

— Quem perder come TRÊS insetos. E, acredite, Rushmore, precisa de garfo e faca para comer os insetos do Arizona.

Antes de eu poder discutir mais, ela acelerou e saiu.

— Você tem medo de subir naquela coisa, amigo? — Ergui o queixo para a gaiola.

— Claro que não. Vamos acabar com a raça da mamãe!

— Você trapaceou.

Olhei para o meu parceiro no crime.

— Para trapacear, teríamos que ter regras, certo, cara?

O sorriso de Owen se alargou tanto que eu poderia contar quantos dentes havia em sua pequena boca.

— Não ouvi a mamãe falar nenhuma regra.

— Vocês dois... — Ela balançou o dedo para nós. — Foi golpe baixo.

Owen e eu não conseguiríamos alcançar Beth depois que ela saiu, então bolamos um plano. Um plano arriscado. Estacionamos nosso quadriciclo e Owen desceu e fingiu que estava passando mal. O garoto poderia ser ator do jeito que apertava a barriga e gemia quando ela deu a volta para ver se estávamos bem. Quando ela desceu e veio até nós, Owen subiu de novo no quadriciclo e segurou firme enquanto eu acelerei. Literalmente, nós a fizemos comer poeira — a deixamos tossindo em uma nuvem de poeira com nossa partida.

Ergui a mão para cumprimentar Owen.

— Não te falei? Garotas vão a Júpiter...

Owen bateu forte na minha mão.

— Para se estupidecer.

— Não vou comer um inseto, seus trapaceiros! — Beth disse.

Dei risada.

— Verdade. Não mesmo. Vai comer *três*, lembra?

Owen dormiu quase assim que entramos no carro para voltar a Scottsdale. Tínhamos passado algumas horas passeando pelas Red Rocks e, depois, fizemos a trilha até a Cathedral Rock e vislumbramos uma paisagem linda. Eu mesmo poderia ter tirado uma soneca se não tivesse que dirigir por duas horas.

— Obrigada por hoje. Não me lembro da última vez que Owen e eu nos divertimos tanto.

— *Eu* que agradeço. Você me deixou monopolizar seu dia inteiro.

Beth olhou por cima do ombro para o banco de trás e baixou a voz.

— Ele gostou mesmo de você. Tem tido problemas para se conectar a homens desde que Tom e eu nos separamos. Infelizmente, o ano anterior ao nosso divórcio não foi legal. Houve muitos gritos, e Tom tem uma voz bem grossa, então costumava assustar Owen.

Olhei para ela e de volta para a estrada.

— Sinto muito que vocês dois tenham passado por isso. Mas ele é um ótimo garoto. Nunca imaginaria que tivesse problema em se conectar com alguém. Ele pareceu tão animado.

Ela sorriu.

— Todo mundo fica animado perto de você.

Isso estava bem longe de ser verdade ultimamente.

— Diga isso para os meus funcionários. Fiquei sabendo que muitos deles têm medo de mim.

Ela deu risada.

— Por que eles teriam medo de você?

— Às vezes, acho que sou meio... rabugento.

— Bom, deve ter deixado esse seu lado em Nova York, porque o sr. Rabugento não estava aqui hoje.

Arqueei uma sobrancelha.

— Sr. Rabugento?

— Desculpe. Dou aula para o terceiro ano e tenho um filho de seis anos. Meu linguajar está mais para menores de dez anos atualmente. Não consigo me lembrar da última vez que realmente conversei com adultos, com exceção dos meus colegas de trabalho e da família.

— Como assim?

— A maioria de minhas amigas são casadas, e ainda não tive vontade de sair com minhas poucas amigas solteiras. Elas vão à caça o tempo todo, e não estou pronta para voltar para essa vida.

Assenti. Me fez pensar que, se as coisas terminassem entre mim e Gia, como eu iria voltar para essa vida? Pensar em estar com outra mulher parecia mais uma tortura do que uma tentação, e nem queria pensar em Gia voltando para a vida de solteira.

— É. Deve ser difícil.

— Sabe o que é triste? Sinto falta de ter um homem em casa mais para consertar coisas do que sinto falta da intimidade. Talvez eu entre em um desses sites de encontros e, quando perguntarem o que estou procurando em um homem, vou postar minha lista de consertos. Como acha que vai ser? Solteira, vinte e nove anos, mãe de um garoto adorável de seis anos, procura homem com habilidades de marcenaria, elétrica e hidráulica. — Ela deu risada. — Acha que vou conseguir alguma resposta?

Olhei para ela.

— Vista a roupa certa com um pouco de decote e vai ter homens respondendo mesmo se escrever que está procurando alguém para ser castrado.

Ela balançou a cabeça.

— Triste... porém, verdade.

Conversamos o caminho inteiro de volta; na maior parte do tempo, relembrando todas as histórias engraçadas que tínhamos do seu pai. Estar ali, falando dele, realmente me fez perceber como a vida era curta. E como eu tinha deixado a idiotice me fazer esquecer de alguém que era importante para mim. Quando chegamos, eu estacionei.

— Olha, Beth. Realmente sinto muito por ter perdido contato com seu pai e por você e eu termos nos falado por mensagens poucas vezes por ano. Ele era muito importante na minha vida, e não demonstrei isso a ele nos últimos dez anos.

Ela sorriu com tristeza.

— Só porque não falava com ele o tempo todo não significa que ele não soubesse que você gostava dele. Ele sabia. Sei que sabia.

Percebi que Beth estava me consolando, quando deveria ser o contrário.

— Desculpe. Eu não deveria estar descarregando minha consciência pesada em você. Eu que deveria estar ouvindo. Consolando você.

— Não seja bobo. Você me consolou o dia inteiro. Eu precisava conseguir conversar com alguém sobre os bons tempos com o papai. Ainda é cedo demais para minha mãe, e estou me sentindo melhor agora do que me sentia há dias. Estivera focando na perda, em vez de na vida que tive com ele. E você me fez lembrar de que tenho muito para ser grata.

— Bom, não sei como fiz isso. Mas fico feliz em saber que, pelo menos, está se sentindo melhor.

— Por que não entra? Faço um jantar para nós, uma massa ou algo assim.

— Na verdade, estou acabado. Antes de viajarmos de volta, pensei em pedir para você dirigir e eu ir para o banco de trás ficar com a língua para fora enquanto dormia, como Owen.

Beth olhou para seu filho.

— Ele meio que dorme igual um filhote de cachorro, né?

Dei risada.

— Você que está falando, não eu.

— Bom, obrigada de novo por hoje. Quer fazer alguma coisa amanhã?

— Pode apostar. Trago o almoço. Sanduíche de pasta de amendoim e geleia para mim e meu amigão, e vou trazer um garfo e uma faca para seus três insetos enormes do Arizona.

— Não vou comer insetos, trapaceiro.

Ela abriu a porta do carro. Olhei para trás quando a luz interna acendeu, e Owen nem tinha se mexido.

— Ele está apagado mesmo, hein?

— Esse garoto consegue dormir mesmo com um alarme de incêndio soando alto dentro do seu quarto.

— Não sei se é uma boa coisa. Vai tentar acordá-lo?

— Não. Vou só pegá-lo no colo e colocá-lo na cama.

— Eu faço isso. — Owen era uma criança bem grandinha para sua idade. Devia pesar uns vinte ou trinta quilos. — Ele pesa metade de você, no mínimo.

Beth não estava brincando. Owen nem abriu os olhos enquanto tirei o cinto dele, peguei-o do carro e o coloquei no ombro no estilo bombeiro. Estava totalmente largado também.

— Onde é o quarto dele? — perguntei assim que entramos pela cozinha.

— No fim do corredor, primeira porta à esquerda. Preciso ir ao banheiro rapidinho.

— Certo.

O quarto de Owen estava escuro, e eu não queria arriscar tropeçar em alguma coisa, então acendi a luz. Como desconfiava, ele nem se incomodou. Gentilmente, eu o coloquei na cama e puxei as cobertas por cima dele. Nunca tinha colocado uma criança para dormir, e a situação me pegou desprevenido. Analisei o rostinho de Owen por um minuto. Ele era tão legal, tão cheio de aventura e felicidade.

Como seria colocar meu próprio filho para dormir toda noite?

Leria uma história para ele. Com certeza, ele iria gostar de histórias de terror. Nada de histórias bobinhas para o meu filho sobre trens que falam. Sorri pensando em Gia entrando enquanto eu lia algo completamente inapropriado para a idade dele e nos repreendendo pela décima vez. Eu o observaria dormir por uns minutos, depois apagaria as luzes e iria para o meu quarto, onde faria coisas indecentes com a mãe dele.

Por mais que a sensação acolhedora tivesse me tomado conforme imaginei aquilo acontecendo, de repente, me lembrei de que não estaria colocando meu próprio filho para dormir. Estaria colocando o filho de *Elliott*.

Dei uma última olhada para Owen e fui para a porta.

Beth estava na cozinha servindo vinho. Havia duas taças na mesa.

— Quer uma taça de vinho?

— Não. Estou tranquilo. Mas obrigado. Te vejo amanhã? O que acha de ser lá para as onze?

Seu sorriso sumiu, porém ela forçou a boca a sorrir de novo.

— Claro. Ótimo. Obrigada de novo por hoje, Heath.

De volta ao meu quarto de hotel, abri uma cerveja do minibar e pensei se enviaria uma mensagem para Gia. Falara para ela que precisava de um tempo, o que precisava mesmo, então não era muito justo com ela eu continuar entrando em contato até ter certeza de como as coisas ficariam. Falava com Oak umas duas vezes por dia, e ele me dizia que ela estava bem e as coisas, tranquilas. Mas não era suficiente. Precisava saber dela, mesmo que fossem apenas palavras em uma mensagem de texto. Mesmo assim, ainda falei com Oak.

Rush: Como está tudo por aí?

Oak: Tudo tranquilo aqui, chefe.

Rush: Como Gia está? Parece bem? Alguém a está incomodando?

Após digitar isso, imaginei um sorriso enorme no rosto de Oak. Eu não dava a mínima. Precisava saber.

Oak: Parece que sua mulher está bem. Chegou no horário, e estou prestando muita atenção nela.

Rush: Ela está ficando bastante sentada?

Alguns segundos mais tarde, recebi uma resposta. Só que não foi de Oak.

Gia: Está falando com Oak por mensagem neste instante?

Merda.

Rush: Estou. Só para saber como está tudo.

Gia: Engraçado. Porque ele acabou de olhar para mim, depois digitou no celular.

Sorri. Era bom ler suas palavras. Sentira falta de ser repreendido por ela.

Rush: Pode ser que eu tenha perguntado como você estava... não era para ele deixar você saber.

Gia: O homem tem dois metros, não dá para passar despercebido.

Dei risada.

Rush: Vou tentar me lembrar disso.

Ela ficou quieta depois disso. Não consegui deixar a conversa acabar assim.

Rush: Então, agora que fui descoberto, como está se sentindo?

Chegou uma nova mensagem de Oak.

Oak: Ela está sentada agora, olhando para baixo e sorrindo. Está bem, chefe.

Eu nem tinha percebido o quanto meus ombros estavam tensos, até eles relaxarem ao ler aquilo.

Gia: Estou me sentindo bem. Não passei mal mais. Mas acho que ganhei uns cinco centímetros na cintura da noite para o dia. Tive que entrar no seu escritório há uma hora e passar um elástico pelo buraco do botão da minha calça e amarrar. Estava muito apertada.

Uma visão de Gia com uma barriga grande redonda apareceu na minha mente. Fechei os olhos a fim de bloquear todo o resto e imaginar melhor. Deus, eu a adorava grávida. Me fazia querer voltar para casa só para ver sua barriga de novo. E então... lembrei.

O filho de Elliott está naquela barriga.

Era como se meu cérebro quisesse me torturar. Sentia que estava tudo bem, de alguma forma esquecendo a merda que aconteceu, e então voltava à minha memória de forma vingativa. Aqueles trinta segundos em que me esquecia eram muito bons, porém só piorava quando a verdade me dava um tapa na cara de novo — como se cortasse uma ferida aberta repetidamente.

Rush: Que bom que está se sentindo bem. Tenha uma boa noite, Gia.

CAPÍTULO 9

Rush

A porta do inferno tinha se aberto.

Eu havia aparecido para buscar Beth e Owen às onze no dia seguinte. Mas, quando cheguei lá, os dois, definitivamente, não estavam prontos para passear. Na verdade, parecia que tinham perdido um pouco a sanidade. Fiquei tentado a ficar na porta por um tempo enquanto assistia à comédia acontecendo, porém isso só levaria a um prejuízo maior. Estava vazando água com força total da torneira da cozinha, e os dois estavam com água até o tornozelo. Owen segurava um balde rachado e estava pegando água do chão e jogando em um latão de lixo. Só que a rachadura em seu balde deixava vazar metade do líquido antes de ele erguê-lo do chão até o topo do latão de lixo. Beth estava com as mãos em volta da torneira para tentar impedir que a água saísse. Ainda assim, continuava espirrando água por todo lado — inclusive diretamente no rosto dela. Parecia que ela estava ali há um tempo. Sem contar que uma porta do armário da cozinha tinha soltado das dobradiças, e aquilo era... *Cheerios* boiando na água?

— O que está acontecendo aqui?

Beth respondeu freneticamente, gritando acima do som da água espirrando.

— Graças a Deus você chegou! Como que fecha a água?

— Virando a válvula debaixo da pia?

Ela abriu seu punho cerrado a fim de revelar uma válvula enferrujada.

— Quebrou!

— Onde está seu registro?

— Meu o quê?

— Esqueça.

Me virei e corri para a parte de trás da casa. Circulando o perímetro da propriedade, encontrei o registro e fechei toda a água da casa. Quando voltei ao caos central, a água tinha parado, e os dois estavam recuperando o fôlego.

— O que houve?

— À noite, colocamos o lixo da cozinha na pia para manter longe de Mark.

— Mark?

— Nossa gata. É menina — Owen respondeu, dando de ombros.

— Mark gosta de derrubar o lixo para comê-lo — Beth disse. — Então o colocamos fora do alcance dela. Ela deve ter pulado no balcão da cozinha, derrubado o lixo e, de alguma forma, abriu a torneira nesse processo. Quando me levantei de manhã, a cozinha já estava alagada. Tentei fechar a torneira, mas a válvula idiota quebrou na minha mão.

Tirei os sapatos e comecei a arregaçar a calça.

— Por que não me ligou?

Ela apontou para o canto perto da geladeira, onde havia algo boiando.

— Tentei, mas derrubei meu celular. Não sei seu número de cor.

Entrando na cozinha, peguei o balde das mãos de Owen.

— Tem um aspirador de líquidos, amigão?

— No porão.

— Vamos. Me mostre.

Segui Owen até o porão e peguei o aspirador. Owen estava olhando para baixo com as mãos nos bolsos. Sua calça e camisa estavam ensopadas, e ele parecia derrotado.

Coloquei o aspirador de volta no chão e me ajoelhei.

— Vai ficar tudo bem. Vamos limpar tudo.

— Meu pai disse que era para eu cuidar da casa e da mamãe. Mas eu não sabia como consertar — ele falou com a cabeça ainda baixa.

Droga.

Ergui seu queixo.

— Acho que o que ele quis dizer era para você ajudar com o que puder. E foi o que fez. Pelo que vi, você estava pegando água com o balde o mais rápido possível. Sem você, provavelmente, a água estaria, no mínimo, na sua cintura, e não nos seus tornozelos.

Ele arregalou os olhos.

— Sério?

— É. Basicamente, você salvou a casa e ficou bem calmo, pelo que vi. Essa é a primeira coisa que precisa fazer em uma emergência, sabia? Ficar calmo — menti.

Sua expressão franzida se transformou em um sorriso.

— Mamãe estava surtando. Ela não estava calma, estava?

Sorri.

— Não. Então ainda bem que ela tinha você. No entanto, vou te ensinar umas coisas para que, caso isso aconteça novamente, você esteja mais do que preparado.

— Certo!

Levei o aspirador para cima e o coloquei na cozinha. Beth estava no quarto se trocando, então aproveitei a oportunidade para ensinar uma coisa a Owen.

— Venha, deixe-me te mostrar onde fica o registro.

Nós dois saímos, e mostrei a ele onde fechar a água da casa. Então o levei de volta à cozinha e lhe dei uma aula de eletricidade e água. Deus me livre de a água ter subido mais, porque teria chegado nas tomadas e eletrocutado a água em que eles estavam.

Beth saiu secando o cabelo com a toalha e vestindo roupas secas.

— Owen, vá colocar uma roupa seca.

— Mas vou ajudar Heath a arrumar a cozinha.

— Vai, é? Certo... bem... vá colocar uma sunga e tirar a camisa e as meias molhadas, pelo menos.

— Tá, mãe! — Ele saiu correndo em direção ao seu quarto.

— Sinto muito por isto — Beth disse. — Arruinei nosso passeio da manhã.

— Não seja tola. Fiz uma lista de coisas que queria fazer aqui; a primeira era ver as Red Rocks e a segunda era limpar o chão.

Ela deu risada.

— Obrigada por levar na esportiva. Mas não precisa me ajudar a limpar. Eu faço isso.

— Pode deixar. Vá se sentar por uns minutos. Você parece meio acabada.

— Caramba, obrigada.

Enquanto eu aspirava toda a água, Owen fazia como eu o instruíra — secava o celular da mãe e o colocava dentro de um saco cheio de arroz. Beth voltou para a cozinha com uma pilha de panos quando o excesso de água do chão tinha sido aspirado. Ela começou a estendê-los no chão e secar o resto do espaço.

— O que aconteceu com a porta do armário?

— Nem queira saber — ela respondeu. — Estávamos correndo como duas galinhas sem cabeça até você chegar. Derrubei meu celular. Owen tentou pegar o cereal do armário enquanto tirava a água porque estava com fome, e acabou derrubando a caixa inteira na água. Então pedi que pegasse uma fita isolante para eu tentar vedar a torneira. Ele não conseguia alcançar, então usou a porta do armário como banquinho e a quebrou.

Dei risada.

— Vocês tiveram uma manhã bem ruim.

Pelas três horas seguintes, minha sombra e eu arrumamos tudo. Depois de tudo seco, fomos à loja de materiais de construção e compramos o que eu precisava para instalar uma torneira e uma válvula novas. Owen ficou ao meu lado o tempo todo. Era muito fofo mesmo.

— Primeiro, vou consertar a válvula que quebrou. Assim, quando instalarmos a torneira nova, podemos abrir o registro e controlar tudo daqui de baixo no caso de dar algo errado.

— Entendi. — Ele assentiu.

O armário de madeira debaixo da pia estava ensopado, embora não houvesse mais água visível. Provavelmente, demoraria uns dias para secar. Tirei minha camisa antes de me sentar no chão. Precisaria ficar deitado de costas dentro do armário para consertar a torneira e a válvula. Tive que engolir minha risada quando o garotinho também tirou sua camisa. Owen conseguiu caber dentro do armário da cozinha e observar tudo que eu fazia enquanto consertava a válvula e a torneira. E fez umas perguntas muito boas enquanto trabalhávamos.

— Quebrou porque estava enferrujada?

— Sim, é isso que acontece. A ferrugem faz o metal se desintegrar e, então, desmancha quando você precisa encostar nela um dia. Basicamente, o metal podre se desfaz.

— Então preciso trocar as dos dois banheiros? Olhei debaixo das pias. Acho que também estão enferrujando.

Que garoto... nem estava me pedindo para consertar. Imaginei que fosse fazer sozinho depois de me observar consertando uma. Levou bem a sério a responsabilidade de cuidar da mãe. Eu conhecia esse sentimento e o respeitava bastante.

— Bem pensado. Vou ver como elas estão e, talvez, possamos fazer isso juntos.

Um pouquinho mais tarde, obviamente, sua mente viajou.

— O papai estaria xingando bastante se estivesse aqui.

— É? Bem, cá entre nós, eu também xingo às vezes. — Traduzindo, xingo pra cacete.

— Ele fica muito bravo. Por isso que ele não gosta mais daqui.

Parei de apertar o parafuso e olhei para Owen.

— Todos os adultos ficam bravos de vez em quando. Tenho certeza de que seu pai gostava daqui. É só que, às vezes, as pessoas precisam ficar separadas para gostar umas das outras de novo.

— Você mora separado da sua esposa?

Não, mas acabei de voar três mil quilômetros para ficar longe da mulher que amo.

— Não tenho esposa, amigão.

— Como não?

— Simplesmente, não tenho. Às vezes, demora um tempo para encontrar a pessoa certa e saber que é hora de se casar.

Estou tendo esta conversa com um garoto de seis anos. Debaixo de uma pia. Nós dois sem camisa.

— Nunca vou me casar.

Dei risada.

— Foi o que eu sempre falei também. Mas isso pode mudar quando se encontra a pessoa certa.

Quando terminamos de trocar a peça debaixo da pia, saímos de lá. Beth estava parada em pé na cozinha e deu uma toalha para cada um de nós.

Sequei as mãos e olhei para Owen.

— Obrigado pela ajuda, cara.

Quando meus olhos se voltaram para Beth, vi que os dela não estavam olhando para seu filho como os meus estavam. Os dela estavam focados no meu peito. Levou uns bons trinta segundos para ela erguer os olhos e encontrar os meus. Então vi sua expressão.

Merda.

Era uma expressão que eu conhecia bem. Mais porque eu a fazia toda vez que Gia estava por perto. Poderia estar sendo bem exibido, porém eu tinha praticamente certeza de que conhecia a cara de *quero lamber seu corpo* quando a via. Normalmente, era minha expressão preferida em uma mulher quando eu estava nu. Mas não naquele dia. Não com aquela mulher. Peguei minha camisa do balcão da cozinha e a vesti, tentando amenizar a sensação pesada que senti de repente.

— Owen me mostrou como consertar a pia. O garoto é bem esperto. Deve ter puxado ao pai. — Dei uma piscadinha.

— É. A mamãe nem consegue consertar o controle quando a parte de trás dele cai. — O garoto tinha um ótimo senso de humor para alguém de apenas seis anos.

— Dois espertalhões. Exatamente do que eu precisava depois da manhã que tive — Beth comentou. — Owen, o que me diz de ir se lavar para irmos comprar o almoço?

— Certo. Estou morrendo de fome!

Owen saiu e deixou nós dois sozinhos na cozinha.

Beth inclinou a cabeça para o lado.

— Você tem bem mais tatuagens do que tinha quando me mudei de Nova York para cá.

— É. Dei uma parada agora. Mas há mais algumas que gostaria de fazer antes de a minha pele começar a ficar flácida.

— Acredite em mim, seu corpo ainda vai demorar bastante para ter alguma flacidez. — Ela olhou para mim de cima a baixo. — Você está bonito, Heath. Muito bonito.

E lá estava aquela sensação de novo. Como se eu estivesse fazendo algo errado por ela sequer estar dizendo isso. Me incomodou, mas não quis ser grosseiro.

— Obrigado. Você também está bonita.

Felizmente, Owen correu de volta para a cozinha. Eu tinha praticamente certeza de que ele só teve tempo de lavar uma mão, mas não se importava de comer sujo.

— Sua mãe que vai pagar... então está a fim do quê? Caviar? Bife de Kobe?

Owen franziu o nariz.

— O que acha de Taco Bell?

— Boa, amigão.

Depois do almoço, no qual Owen me contou uma piada ruim atrás da outra, voltamos para a casa deles para eu poder terminar de consertar a torneira. Acabou sendo um projeto maior do que previ, e tive que voltar à loja de materiais de construção mais algumas vezes antes de tudo estar funcionando normalmente. Meu amiguinho grudou em mim como cola de novo.

Beth aproveitara para fazer compras e voltou com duas sacolas cheias de comida. Fui até a porta a fim de pegá-las dela e, quando me virei, Owen estava com as mãos no ar para eu lhe dar uma.

— Owen, falei com a mãe de Jack. Ele quer saber se você quer ir lá para jogar um pouco de Xbox. Ele ganhou um jogo novo.

Os olhos dele se iluminaram e, então, ele olhou para mim.

— Acabamos?

— Com certeza. Por que não vai se divertir? Trabalhou bastante hoje.

Dez minutos depois, alguém buzinou na frente da casa e Owen saiu. Estava na metade do caminho até o carro, então correu de volta para mim.

— Estará aqui quando eu chegar em casa?

— Provavelmente, não. Mas vá se divertir. Você mereceu depois de tudo o que fez hoje.

Eu não esperava, mas o garotinho abraçou minha cintura.

— Obrigado por nos ajudar.

Me abaixei para poder olhá-lo nos olhos.

— Foi um prazer. E, Owen, está fazendo um ótimo trabalho cuidando da sua mãe e da casa.

— Obrigado.

Quando Beth voltou para dentro após conversar com a mãe do amigo de Owen, pegou duas cervejas da geladeira e me entregou uma e inclinou a cabeça para o lado em direção à sala de estar.

— Venha. Vamos nos sentar.

Nos sentamos juntos no sofá.

— Lembra quando meu pai flagrou a gente dando uns amassos no nosso antigo sofá azul da sala?

Até hoje, eu me sentia mal por isso.

— Claro. Ele tirou a bota de trabalhar do pé e a jogou em mim quando saí correndo pela porta. Aquela coisa tinha o bico de metal. Doeu pra caralho. Mas mereci. — Bebi metade da cerveja.

— Sabe, aquela semana que ficamos juntos significa muito para mim.

Beth era virgem quando destruí nossa amizade ao levar as coisas por aquele caminho.

— Também significou bastante para mim. E sinto muito pela forma como terminei tudo. Fui... um idiota.

Ela sorriu.

— Na verdade, não foi. Nós concordamos que era apenas casual, nada mais. Mas eu não sabia como separar sexo de sentimentos naquela época.

Isso era uma coisa na qual sempre fui bom. Sexo era apenas sexo. Os únicos sentimentos associados com sexo eram empolgação e avidez. Até, do nada, uma certa atrevidinha aparecer atrás do balcão do bar certa noite.

— Éramos jovens. Você cresceu bem mais rápido do que eu.

— Eu cresci rápido *demais*. Me casei aos vinte e dois, tive filho aos vinte e três. Essas duas coisas levaram ao divórcio aos vinte e oito. Tom não era ruim. Era só que nenhum de nós tinha vivido muito antes de nos encontrarmos aos vinte. Não tínhamos muita experiência.

— Pelo menos, tiveram um grande filho com isso. Owen é ótimo.

— Você foi ótimo com ele. Ele gostou mesmo de você. Quer ter filhos um dia?

Tracei o dedo na boca da garrafa de cerveja.

— Pensei que não quisesse. Mas... é complicado.

Ela sorriu.

— Foi o que você disse quando perguntei se estava saindo com alguém.

Senti vontade de me abrir um pouco.

— Ela... vai ter filho. Só que não é meu. Aconteceu antes de nos conhecermos.

— Oh. Uau. Bom... isso realmente complica as coisas. Mas espero que não deixe que isso impeça você de ficar com ela. Porque também não cairia bem para minha perspectiva de futuro... mãe solteira de um garoto de seis anos e tal.

Assenti.

— É complicado.

— Foi o que você disse...

Comecei a pensar alto.

— Só não sei se consigo ser pai do filho de outra pessoa. Principalmente o cara que é o pai do filho dela.

— Vi você hoje com Owen. Acredite em mim, você tem o dom. E, se está preocupado com o DNA, não fique. Meu pai não era como um pai para você?

— É. Ele era.

— Vocês não tinham o mesmo sangue.

— Verdade.

— Seu pai biológico é como um pai para você?

Minha expressão respondeu sem precisar de palavras. Beth estivera lá nos anos de merda com meu doador de esperma.

— Viu? E vocês *têm* o mesmo sangue. Um pai não tem nada a ver com DNA.

Lá no fundo, eu sabia que ela tinha razão. Mas ela não entendia minha situação zoada.

— É... — Ia dizer que era complicado e, então, percebi que eu parecia um disco riscado. — Difícil. É difícil.

— Tudo acontece por um motivo, Heath. Você está aqui para lembrar do meu pai. Não acho que é para usar este momento para lamentar. Acho que a morte do meu pai serviu para te lembrar que dá para ser pai sem ser biológico.

Precisei de um minuto para realmente refletir sobre isso. Talvez ela tivesse razão. Por mais estranho que soasse, acho que o pai dela iria querer que sua morte me ensinasse alguma coisa. Era exatamente o tipo de homem que ele era. Um homem bom. Uma figura verdadeira de pai.

Olhando para cima, vi Beth me observando. Semicerrei os olhos.

— Quando se tornou uma psicóloga tão boa?

— Você quer a verdade?

— Lógico.

— Hoje, quando você chegou, minha camisa branca estava ensopada e eu estava sem sutiã. Meus mamilos estavam te cumprimentando, e você nem percebeu. Mais cedo, quando você estava sem camisa, eu praticamente salivei ao ver seu abdome trincado. Faz um tempo. Pareceu que você estava pronto para correr para as colinas quando me viu encarando. Então descobri rapidamente que o que quer que fosse complicado... significava que era amor complicado. E, embora parte de mim esteja com um pouco de ciúme, sempre

quis que você fosse feliz. Meu pai também. Então parece certo que, talvez, ele...
e eu... consiga ajudar você a enxergar as coisas com clareza.

Encarei-a. Balançando a cabeça, eu disse:

— Você não mudou nada. Ainda é tão boa amiga aos vinte e nove quanto
era aos nove anos.

Beth se inclinou para a frente e segurou minha mão.

— Vamos aproveitar um ao outro e a memória do meu pai esta semana.
Como nos velhos tempos, como irmão e irmã. Se acontecer de a minha mente
pensar no seu abdome ou na sua bunda, simplesmente ignore... são os
hormônios.

Arqueei a sobrancelha.

— Minha bunda? Pensei que tivesse olhado somente para o meu abdome.

Ela sorriu.

— Só quando você está de frente.

CAPÍTULO 10

Gia

— Ohmmmmm.

Sentada na posição de lótus, com as palmas das mãos unidas, dava meu máximo para seguir o vídeo de meditação de gravidez a que estava assistindo no YouTube.

Uma gestante bem barriguda estava demonstrando movimentos narrados por um homem que tinha um sotaque britânico suave. O fundo era uma praia linda. Nunca tinha tentado nada assim, mas, se havia uma época da minha vida que precisava tentar, era agora.

— Inspire e expire — ele disse. — Imagine que seu bebê consegue ouvir todos os pensamentos positivos emanando da sua mente. Mande amor ao bebê por meio da sua lombar.

Minha lombar?

Nossa, esperava que meu bebê não conseguisse ouvir nenhum pensamento negativo que passava pela minha mente ultimamente. Isso seria prejudicial.

Eu tinha resolvido tentar yoga e meditação para relaxar, tirar minha mente de todo o estresse pelo qual estivera passando ultimamente, mas não sabia se estava funcionando para mim.

A melodia tocando no fundo do vídeo parecia algo entre canção de ninar e meditação instrumental chinesa.

Algumas coisas que saíam da boca do narrador me faziam rir.

— Envie vibrações positivas para seu filho... imagine uma linda luz passando por sua vagina e viajando até o bebê.

Na minha o quê?

Por algum motivo, eu só conseguia imaginar o que Rush diria se estivesse ali. Com certeza, tiraria sarro disso.

"Eu que vou viajar pela sua vagina. Como uma porra de um foguete."

— Deixe seu amor fluir para o bebê enquanto se posiciona na postura do Cachorro Olhando para Baixo.

Lá vinha Rush de novo:

"Tenho muito amor para te dar no estilo cachorrinha."

Eu só ficava ouvindo Rush e rindo, e isso me deixou totalmente sem capacidade de me concentrar no que era para estar fazendo.

Bem, claro que eu estava ouvindo o velho Rush, o que não estava triste pela terrível reviravolta do destino com que nos deparamos, o que ainda conversava comigo.

Talvez eu não conseguisse tirar Rush da cabeça porque não fazia ideia de onde ele estava ou do que estava fazendo. Ele sabia como eu estava por meio de Oak, porém ainda não tinha me contado o que estava fazendo ou quando iria voltar. Nesse meio-tempo, eu não tinha escolha a não ser simplesmente seguir minha vida, tentando escrever durante o dia e trabalhando no The Heights à noite. A única coisa boa era que minha escrita havia realmente decolado. Não sabia se era porque a angústia mental incentivava a criatividade, porém, estava realmente arrasando com minha história, e esse era, literalmente, o único consolo em toda essa confusão.

— Abrace seu filho e se imagine atravessando um campo correndo na direção dele.

Por algum motivo, quando o homem falou isso, só consegui me imaginar correndo pelo campo aberto com meu bebê e Rush ao meu lado. Simplesmente não conseguia imaginar passar por essa situação sem ele, não conseguia enxergar a vida sem ele. Quando imaginava qualquer coisa em relação ao bebê, Rush sempre estava lá. Seria um hábito difícil de perder.

Naquela noite no trabalho, eu não estava me sentindo mais relaxada, apesar das minhas melhores tentativas de mais cedo. Encarava o corredor na direção do escritório de Rush como se ele estivesse lá dentro. Sua presença estava em todo lugar, principalmente ali. Estar no The Heights sempre era a parte mais difícil do dia. A marca de Rush estava em tudo.

Oak fez questão de vir até mim durante um período calmo.

— Ei, Gia. Como está se sentindo esta noite?

Dei de ombros.

— Estou bem.

Deus, isso era uma mentira total.

— Tem certeza? Parece bem chateada. Mas eu entendo.

— Sinto falta de Rush — confessei. — Ele já falou com você?

Oak abriu um sorriso solidário.

— Hoje, não. — Ele pausou. — Mas acho que ele estava indo ao Grand Canyon, certo?

— Grand Canyon? Ele está lá no oeste?

A expressão de Oak se fechou.

— Merda. Você não sabia que ele estava no Arizona?

— Não. Não fazia ideia. O que Rush está fazendo no Arizona?

— Eu e minha boca grande. — Ele balançou a cabeça. — Não deveria ter falado nada, mas não pensei que fosse segredo. Ele foi a um funeral lá. Um homem de quem era amigo quando ele era mais jovem faleceu. Seu nome era Pat.

Meu coração estava batendo para fora do peito.

— Ah, meu Deus. O cara que era como um pai para ele quando era mais novo.

Oak assentiu.

— Foi de repente. Teve um infarto.

Meu coração se partiu por ele. Isso ter acontecido no meio de tudo parecia tão injusto. Então meu coração realmente começou a acelerar porque me lembrei de toda a história que ele me contou sobre Pat... e a filha dele. *Beth.* Definitivamente, sempre me lembrava do nome dela. Aquela com quem ele dormira. Pat era pai dela. Eles eram bons amigos antes de acabarem dormindo juntos. Então, se ele estava no Arizona... ele estava com Beth.

As pessoas que moravam comigo acumularam tantas coisas ao longo do verão que não conseguiram levar com elas ou não conseguiriam guardar na cidade, como pranchas de bodyboard e equipamentos de surf. Então, no dia seguinte, organizei um bazar para esses itens.

Elas concordaram em me deixar ficar com uma porcentagem dos lucros em troca de ficar do lado de fora o dia inteiro vendendo as coisas. Eu precisava de dinheiro agora que me mudaria de casa e, em breve, estaria desempregada.

No início da semana, eu tinha pendurado cartazes pela cidade fazendo propaganda do bazar. Adicionei um monte de pertences pessoais meus para venda. Eu não sabia o que fazer com tantas roupas e sapatos que tinha e, agora que o bebê estava chegando, precisava ter menos coisas. Então, escolhi várias que queria adicionar ao montante. Quanto menos eu tivesse para levar de volta à cidade comigo, melhor.

Colocando duas mesas juntas do lado de fora, espalhei todos os itens. Algumas das coisas maiores, como pranchas de surf, apoiei atrás da minha cadeira.

O movimento estava lento. Os carros acabavam parando, mas, na maioria das vezes, as pessoas não compravam nada. A cada dez minutos, mais ou menos, aparecia alguém que tinha visto os cartazes.

Um pouco após o almoço, um monte de pessoas apareceu ao mesmo tempo. Vendi todos os itens maiores de surf para um comprador, e sobrou metade das outras coisas. A pequena multidão também deixou para trás uma bagunça na mesa dos itens em que mexeram, e precisei arrumar.

Fiquei virada de costas para a rua conforme reorganizava as roupas e os pequenos bens em exibição.

— O que é tudo isso?

A voz dele vibrou pelo meu corpo.

Me virei de forma tão abrupta que fiquei meio tonta.

Meu coração quase parou ao vê-lo. Rush nunca esteve tão lindo. Talvez fosse sua ausência, talvez fossem os hormônios da gravidez, mas precisei de toda a minha força de vontade para não pular em seus braços. O reconhecer o seu perfume era lindo e doloroso ao mesmo tempo. Eu o desejava, mas não me permiti ir em sua direção.

Me sentindo instável, murmurei:

— Rush...

— Oi, Gia.

O Rush que fora embora há algumas semanas estava um desastre completo. O Rush parado diante de mim não tinha mais olhos vermelhos nem uma expressão de dor. Não diria que ele parecia feliz, mas parecia em paz, como se o período longe tivesse, de alguma maneira, mudado algo dentro dele. Ainda estava tentando descobrir o que, exatamente, isso significava para mim.

Soltando o ar de forma trêmula, eu disse:

— Você voltou.

— Voltei.

Meus olhos estavam trabalhando demais, subindo, descendo e procurando nele sinais de que estivera com outra pessoa, de que tinha se apaixonado por outra mulher ou de que seu coração não mais era meu — como se pudesse saber essas coisas só de olhar.

Ele estava vestindo uma jaqueta que eu nunca tinha visto. Pensei se teria comprado no Arizona. Seu cabelo não mais estava bagunçado por passar os dedos nele. Ele também não estava cheirando a cigarros, então fiquei feliz em saber que, provavelmente, não tivera uma recaída durante a viagem.

— Sinto muito por Pat.

Ele apertou os olhos, como se estivesse tentando descobrir como eu soube.

— É. Foi inesperado.

— Oak me contou que era onde você estava.

— Contou, é?

— Sei que não queria que eu soubesse onde você estava. Ele falou sem querer.

Deus, eu não conseguia parar de encará-lo. Só queria que ele me tocasse, me abraçasse, me beijasse... qualquer coisa. Não conseguia me lembrar da minha necessidade física por ele ser tão intensa quanto era naquele instante. Eu não me importaria nada de esquecer tudo por uma noite e apenas entrar na minha casa e descontar todas as nossas frustrações um no outro. Mas claro que isso era fantasia; o olhar duro para mim no momento era a realidade.

— Não era que eu não quisesse que você soubesse. Em relação a mim e a você, onde eu estava era irrelevante. Eu precisava espairecer, manter a cabeça em outro lugar que não fosse na raiva. E precisava fazer isso longe de você. Infelizmente, Pat faleceu no meio disso, e minha espairecida se tornou mais sobre ficar de luto por ele e menos sobre clarear a mente.

Continuei encarando-o, meu corpo profundamente consciente de sua presença, desejando que ele me tocasse.

— Você está bem? — perguntei.

— Estou, sim. Mas a morte dele, definitivamente, tirou meu chão. — Ele olhou para minha barriga, depois de volta para mim. — Você está bem?

Dei de ombros.

— Aguentando firme.

Ele olhou para todos os itens ainda espalhados na mesa.

— Por que está vendendo essas coisas?

— Está quase acabando o verão, e todos nós acumulamos muita porcaria. Além do mais, preciso me livrar de umas coisas.

Rush sugou as bochechas.

— Se livrar? Parece que não fui o único que refletiu enquanto eu estava fora.

Olhei para baixo e assenti.

— Resolvi voltar para o Queens.

— E está decidida... simples assim? Sem conversa?

— Preciso fazer o que é melhor para nós. — Automaticamente, minha mão foi para minha barriga. Estivera fazendo isso com frequência ultimamente... acariciar a barriga e nem perceber que fazia isso.

— Fugindo? Porque fugir resolve tudo, certo? — ele disse amargamente.

— Não estou fugindo. Só estou fazendo o que sinto que preciso fazer neste momento.

Nós nos encaramos. Após bastante tempo, respirei fundo e perguntei:

— Consegue me dizer que quer ficar comigo? Que aceita a situação em que nos encontramos e seguirá adiante?

Sua expressão estivera dura, revelando sua raiva ao saber sobre minha ideia de vender minhas coisas antes de me mudar. Mas, quando lhe fiz essa pergunta, seus traços suavizaram. Isso me mostrou qual era sua resposta: ele se sentia mal por não conseguir me dizer para ficar com ele. A viagem deve ter lhe feito bem, mas, aparentemente, a briga interna que estivera tendo não acabou a meu favor.

Rush olhou para baixo.

— Queria conseguir, Gia. Queria conseguir.

CAPÍTULO 11

Gia

Fiquei sentada na frente de casa com os produtos não vendidos por muito tempo depois de escurecer. Quando Rush foi embora horas atrás, me sentei em uma cadeira de praia que deveria estar tentando vender e não saí dela. Se alguém tinha uma pergunta, eu respondia da cadeira, sem me incomodar em me levantar. Quando queriam pagar, tinham que me trazer o dinheiro. A visita rápida dele havia drenado toda a minha energia.

Precisei de toda a força de vontade para me obrigar a levantar e guardar tudo que não tinha sido vendido. A maior parte das coisas simplesmente joguei em caixas, pensando que, no dia seguinte, iria ver com meus colegas de casa quem tinha me dado o que para vender. Dobrei as mesas e arrastei as coisas maiores para a garagem.

Só queria me jogar na cama, porém ficara sentada no sol, lá fora, o dia todo, e depois arrastei as caixas para dentro naquela noite úmida, então tinha praticamente certeza de que deveria tomar banho.

No banheiro, enquanto me despia, vi uma manchinha na calcinha. Isso já havia acontecido comigo, e meu médico dissera que, contanto que fosse clara, não era tão incomum. Então tentei não ficar assustada, embora tenha ficado meio preocupada. Entretanto, depois de lavar o cabelo, olhei para baixo e vi que a água descendo por minha perna tinha um tom rosado.

Com medo, me enxaguei e peguei o celular, ligando para o médico enquanto pingava no box do banheiro. Era tarde, então caiu na caixa-postal, que dizia que o médico iria me ligar de volta. Foi o tempo de me secar e me enrolar na toalha para o celular tocar.

— Oi, dr. Daniels. Obrigada por ligar de volta tão rápido.

— O que aconteceu, Gia? A mensagem dizia que você está tendo sangramento. Está sentindo cólica também?

— Não. Cólica, não. Era uma manchinha e, então, quando entrei no chuveiro, vi a água descendo rosada por minha perna.

— Fez alguma coisa diferente hoje, em termos de esforço? Carregou alguma coisa pesada ou algo assim?

— Arrastei umas caixas... mas não carreguei muita coisa. Só arrastei a maioria das coisas.

Deus, espero que meu bazar idiota não tenha machucado o bebê.

— Certo. Bem, uma gota de sangue pode tingir uma boa quantidade de água de rosa. E uma pequena quantidade de sangue é comum, de certa forma, principalmente, no início. Então não fique tão preocupada com isso. Mas talvez seja melhor você ser avaliada. Meu consultório está fechado, então por que não nos encontramos no hospital South Hampton daqui a mais ou menos uma hora? Vá até a Emergência, e é só falar para a enfermeira que vai me encontrar. Ela vai deixar você entrar e verificar seus sinais vitais se chegar antes de mim.

— Certo, dr. Daniels. Obrigada. Até mais tarde.

Assim que desliguei, corri como uma louca para me vestir, embora o hospital fosse a apenas dez minutos dali de carro. Ele falara para não entrar em pânico, mas era a mesma coisa que falar para um cubo de gelo não derreter no sol.

Depois de me vestir, peguei o celular para ligar para Rush. Meu dedo pairou sobre seu nome na lista de contatos e, então, lembrei que Rush e eu... nós não estávamos... o que quer que estivéssemos antes. Precisava fazer isso sozinha. Mas também estava com medo de dirigir, caso o sangramento ficasse mais intenso. Então, em vez disso, liguei para Riley.

— Oi. Onde você está?

— Chegando em casa depois de uma partida de vôlei na praia. Estou a uns três quarteirões. Por quê? O que houve? Precisa de alguma coisa? Sorvete e picles, talvez? — ela zombou.

— Não. Preciso de uma carona para o hospital.

— Parece que está tudo bem. — O dr. Daniels tirou as luvas e se levantou no fim da maca.

Tirei meus pés dos estribos e me sentei.

— Então o sangramento foi normal?

— Às vezes, a produção de hormônios quando se está grávida pode causar alterações no colo do útero, deixando-o mais macio e, de vez em quando, causar mais tendência a sangramentos. Na verdade, você ainda está sangrando um pouco, então acredito que seja apenas isso. Seu ultrassom parece bem, porém estou preocupado com sua pressão arterial. Está meio alta esta noite.

— Estou bem nervosa... e... passei por estresse hoje.

— Tenho certeza de que é somente isso. Acredito que vá baixar naturalmente em algumas horas. Mas, porque está um pouco alta e você teve um pequeno sangramento, vou te internar esta noite para ficar em observação. Só como precaução. As chances de aborto são mínimas, mas é melhor você ficar, já que está aqui.

Fiquei feliz por ele não verificar novamente minha pressão arterial porque, no instante em que ele mencionou aborto e que iria me internar, meu coração acelerou. Sem dúvida, minha pressão iria aumentar também.

Dr. Daniels foi conversar com a enfermeira e deixou Riley entrar.

— Você está bem? O médico disse que você vai ficar aqui.

— É. Falou que é só por precaução.

Ela analisou meu rosto e segurou minha mão.

— Você parece estar nervosa.

Forcei um sorriso.

— Estou. Me sinto tão impotente. E estou muito brava comigo mesma por fazer aquele bazar hoje.

Ela arregalou os olhos.

— Ele falou que foi o bazar que provocou isso?

— Não. Mas perguntou se carreguei alguma caixa. Na verdade, não carreguei as caixas pesadas, porque sei que não posso. Mas arrastei as coisas de um lado a outro.

— Deus. Eu não deveria ter ido jogar vôlei. Deveria ter ficado e te ajudado.

— Não seja boba. Não é culpa sua. O médico nem acha que é culpa minha. Eu só... poderia ter sido mais cuidadosa.

Riley permaneceu ali e me fez companhia por horas. Lá para umas dez e meia, eles, finalmente, me levaram da Sala de Observação para um quarto no andar superior. Havia duas camas, contudo, felizmente, a outra ao meu lado estava vazia, então eu tinha o quarto inteiro só para mim. Minhas pálpebras estavam tão pesadas que comecei a dormir enquanto Riley conversava comigo.

— Acho que estou deixando você entediada. — Ela deu risada quando meus olhos se abriram de novo.

— Não. Desculpe. Só estou bem cansada.

— Está tarde. E foi um longo dia. Primeiro, você ficou no sol para o bazar e, depois, isto. Daqui a pouco, vou me deitar nessa outra cama.

Sorri.

— É melhor você ir para casa.

— Tem certeza? E se precisar de alguma coisa?

Ergui o pequeno interruptor que a enfermeira tinha grudado à grade da minha cama.

— Tenho uma campainha. Chamo a enfermeira.

— Certo. Mas me ligue se precisar de qualquer coisa. — Ela se abaixou e me abraçou. — Voltarei bem cedo, G. Durma um pouco.

Essa foi a última coisa de que me lembrava antes de me mexer, em algum momento, no meio da noite. Quando meus olhos conseguiram focar no escuro, primeiro, não sabia onde estava. Mas fiquei ainda mais confusa ao ver Rush jogado na cadeira ao lado da minha cama, dormindo profundamente. Eu não tinha ligado para ele. Tinha?

Me sentei a fim de tentar clarear a mente. O barulho baixo dos lençóis se mexendo deve ter sido o bastante para acordá-lo.

— Oi — ele sussurrou. — Como está se sentindo?

— Bem. Mas... como soube que eu estava aqui?

— A cabeça de ameba ligou mais cedo falando que não ia trabalhar porque estava doente.

— Cabeça de ameba?

— Sua amiga, Riley. Ela ligou dizendo que não estava se sentindo bem e que precisava ficar em casa. Parecia bem para mim. Mas, quando perguntei a ela como você estava... ela agiu de forma engraçada. Tentei ligar no seu celular para ver se estava tudo bem, e você não estava atendendo.

— Acabou a bateria na Sala de Observação, e não tinha carregador.

— Fiquei preocupado e fui até sua casa. A cabeça de ameba não me deixou entrar. Falou que você estava bem e dormindo. Tinha alguma coisa errada, então a demiti e disse que ela não se qualificava para o bônus integral da temporada que estava tão perto de conseguir.

— Você a demitiu?

Ele deu de ombros.

— Consegui fazê-la dizer onde você estava.

Fechei os olhos.

— Desculpe ter preocupado você.

— Por que não me ligou?

Desviei o olhar.

— Preciso começar a fazer as coisas sozinha. Independente se estou feliz, triste, brava ou com medo, meu primeiro instinto é pegar o celular e te ligar.

Rush ficou quieto por tanto tempo que precisei olhar para ver o que ele estava fazendo. Estava com a cabeça apoiada nas mãos.

— Fodi mesmo com as coisas entre nós.

— Não. Tudo que aconteceu é culpa minha.

Rush se levantou.

— Vá para o lado.

Fui para um lado, enquanto Rush fechou a cortina à nossa volta, embora não tivesse mais ninguém no quarto. Então ele tirou os sapatos e subiu na cama. Deitou-se de costas, me colocou em seu ombro e começou a acariciar meu cabelo.

— Fiquei com tanto medo. Acho que dirigi a centenas de quilômetros por hora até aqui.

— Também fiquei com medo. Deve ser por isso que minha pressão estava alta, e o médico quis que eu passasse a noite.

— Desculpe por não estar aqui para você.

— Bem, não tinha como você saber.

— Não importa.

Rush acariciou meu cabelo, e nós dois ficamos em silêncio por um tempo. Era muito bom estar na cama com ele, mesmo que fosse apenas abraçada. O calor do seu corpo, a forma como me dobrava e cabia perfeitamente em seus braços, tudo pareceu certo de novo mesmo que no meio de vinte e quatro horas malucas.

— O médico mencionou aborto ontem à noite — contei. — Embora eu não esteja nem na metade da gestação, e minha vida provavelmente fosse muito mais fácil se eu não estivesse... — Nem conseguia dizer em voz alta. — Quero dizer... consertaria tantos problemas. Mas não quero perder este bebê, Rush. Já o amo, e pensar em acontecer alguma coisa me deixa aterrorizada.

Rush beijou o topo da minha cabeça e me apertou mais forte.

— É.

— Desculpe. Mil desculpas por tudo ter acontecido assim. Daria tudo para você ser o pai deste bebê.

Rush ficou em silêncio de novo. Sua voz falhou quando, enfim, falou.

— Eu também, Gia. Eu também.

Tirar aquilo do meu peito e estar em seus braços me fizeram relaxar tanto que, logo, comecei a cair no sono de novo. A voz sonolenta de Rush interrompeu meu sono.

— Já o ama.

— Humm?

— Você disse que o ama. Também acha que nosso bebezinho é um menino.

Acordei com um raio de sol aquecendo meu rosto. Semicerrando os olhos, olhei para o espaço vazio ao meu lado na cama, e um pânico repentino me tomou.

Cadê o Rush?

Me acalmei um pouco quando vi alguém sentado na cadeira. Só que... não era Rush. Tentando esconder minha decepção, forcei um sorriso o melhor que pude.

— Oi, pai. Quando chegou aqui? E cadê o Rush?

Ele se inclinou para a frente na beirada da cadeira e tirou o cabelo da minha testa.

— Estou aqui há uns dez minutos. Não vi Rush. Mas fiquei feliz de *ele* ter me ligado hoje cedo. Por que não me ligou, Gia?

Suspirei.

— Desculpe. Não queria te preocupar. Era tarde quando me colocaram em um quarto.

— Deveria ter me ligado no minuto em que pensou que tinha algo errado. Eu teria ligado para a delegacia local e enviado alguém para te buscar e levar para o hospital, com luzes e sirenes.

Sorri.

— Foi exatamente por isso que não te liguei. Estou bem. Conversei com o médico ao telefone, e ele falou para eu vir por precaução. Só fiquei aqui à noite porque minha pressão estava meio alta.

Meu pai olhou no monitor acima da minha cabeça.

— Agora está boa e baixa. A máquina a aferiu enquanto você estava dormindo.

Suspirei alto.

— Ah, que bom. Espero que eu possa sair daqui esta manhã.

Atualizei meu pai sobre tudo que aconteceu na noite anterior. Quando estava quase terminando, houve uma batida na porta. Me virei e vi Rush entrando com dois copos de café na mão. Ele os colocou na bandeja de comida ao lado da minha cama e estendeu a mão para o meu pai.

— Sr. Mirabelli. — Rush assentiu, e meu pai se levantou para apertar a mão dele.

— Me chame de Tony, filho. E agradeço muito por ter ligado. Principalmente, porque minha *filha* não pensou que era importante me avisar.

Os olhos de ambos pairaram em mim com expressões sérias.

— Sem problemas. — Rush balançou a cabeça. — Ela não pensou que era importante me ligar também.

Revirei os olhos.

— *Eu estava bem.*

Rush assentiu em direção ao café na bandeja.

— Trouxe descafeinado para você. — Ele olhou para o meu pai. — Pode pegar o outro, Tony. Já tomei um, e posso comprar outro a caminho do trabalho.

— Obrigado.

De repente, o ambiente ficou estranho. Rush enfiou as mãos nos bolsos da calça jeans e olhou para fora pela janela, parecendo perdido em pensamentos. Em certo momento, seu foco voltou e ele olhou entre mim e meu pai algumas vezes. Sua expressão estava triste.

— Acho que é melhor eu ir, então. Tenho uma entrega de frutos do mar chegando esta manhã no restaurante. Volto depois.

Meu pai se levantou.

— Vá fazer o que precisa fazer. Eu assumo a partir daqui. Não precisa voltar. Obrigado, de novo, por me ligar.

Eu não queria que Rush fosse embora, e não parecia que ele queria ir. Ou talvez eu estivesse vendo só o que queria. Mesmo assim, ele me deu um beijo de despedida na testa.

— Me envie mensagem avisando quando estiver em casa em segurança. Certo?

Assenti.

Ele foi até a porta do quarto do hospital e parou. Por um segundo, aumentou minha esperança de que, talvez, ele tivesse mudado de ideia. Em vez disso, ele olhou para trás por cima do ombro uma última vez e disse:

— Se cuide, Gia.

CAPÍTULO 12

Rush

Ultimamente, eu me sentia de duas formas: irritado e *irritado pra caralho*.

— Não estou nem aí para o que vai fazer com isso! — gritei para um dos meus funcionários que tinha tentado me perguntar onde deveria colocar uma caixa de champagne que fora entregue para a festa do fim do verão. — Se vire. — Pelo menos era apenas Rhys. Esse otário tinha sorte de ainda ter emprego, de qualquer forma.

Uns minutos mais tarde, Riley se aproximou para contar que havia perdido o avental e me perguntou onde encontrava outro. Olhei-a desafiadoramente até ela se afastar com o rabo entre as pernas. Deveria tê-la demitido uma segunda vez. Ou talvez fosse terceira. Havia perdido a conta.

Não muito tempo depois, eu estava sentado no bar adicionando algumas notas fiscais quando Oak me cutucou no ombro.

— Chefe, você tem visita.

Não olhei para cima.

— Fale para cair fora! Estou ocupado.

Não foi a voz de Oak que respondeu.

— Tenho uma arma. Não sei se "cair fora" é uma boa resposta para me dar.

Merda.

O pai de Gia.

Exatamente do que eu precisava.

— Desculpe. É um daqueles dias.

Tony riu e me deu um tapa no ombro.

— Um daqueles dias ou três deles?

Eu sabia aonde ele queria chegar. Após Gia ter saído do hospital, eu a fizera tirar uns dias de folga como precaução, embora o médico a tivesse liberado para voltar ao trabalho. Fazia três dias que eu não a via — o que acabou sendo o mesmo número de dias em que estivera uma desgraça. Tony era policial. Nem me esforcei para tentar mentir para ele. Em vez disso, me levantei e dei a volta para trás do balcão.

— O que quer beber?

Ele ergueu uma mão.

— Só uma água com gás está ótimo. Vou voltar dirigindo para o Queens.

Tony tinha ficado na casa alugada de Gia desde que ela saiu do hospital. Me proporcionou um pouco de alívio saber que, pelo menos, alguém estava cuidando dela.

Servi água com gás e a deslizei pelo balcão, então comecei a fazer algo bem mais forte para mim.

— Não vou dirigir para nenhum lugar. Espero que não se importe, mas algo me diz que, se você apareceu aqui sozinho... vou precisar.

Ele sorriu.

— Faça seu drinque. E venha sentar.

Terminei de misturar uma vodca com água com gás que era mais vodca do que água com gás e fui me sentar no banquinho ao lado de Tony.

Ele colocou a mão nas costas para pegar o cinto de sua calça e tirou um saquinho. Abrindo-o, colocou uma pilha de cartões-postais unidos por um elástico no balcão.

Olhei para a pilha.

— Lembrancinhas de férias? Talvez possa comprar um na farmácia da cidade se estiver querendo aumentar sua coleção.

Tony balançou a cabeça.

— Não. Não são lembrancinhas de férias. Bem, de nenhuma que eu tirei, de qualquer forma. São de Leah, mãe de Gia.

Tony viu a confusão no meu rosto.

Tirando o elástico, ele começou a jogar um por um diante de mim.

— Olhe as datas do carimbo postal.

Peguei alguns e olhei para a tinta gasta.

— Todos no aniversário de Gia?

— É. Todo ano, no aniversário de Gia, a mãe dela enviava um cartão-postal de um lugar diferente.

— Ela nunca falou disso.

Tony parou de jogar os cartões um por um e se virou para me olhar nos olhos.

— Porque ela não sabe. E espero manter assim, se é que me entende.

Assenti.

— Entendi.

— Enfim. — Ele jogou mais alguns diante de mim e ficou segurando um. — Eles chegavam todo ano, como um relógio. Eu conheço a letra de Leah, então sabia que eram dela, mas sempre estavam em branco.

— Certo...

— Quando a mãe de Gia foi embora, ela me disse que não queria ficar presa com uma criança, que seu destino era viajar e conhecer o mundo. Eu a tinha conhecido enquanto nós dois estávamos de férias no Novo México. Ambos tínhamos um pouco de sede de viajar. No primeiro ano que ficamos juntos, visitamos quinze estados. Quando nos casamos, planejávamos ver todo o resto e começar a Europa. Tínhamos grandes planos. Estávamos guardando dinheiro para tirar um ano sabático e não fazer nada além de viajar. — Tony pausou para beber um pouco de sua água com gás, mas também tive a sensação de que ele precisava de um minuto. — Enfim, Leah engravidou e isso mudou tudo. Primeiro, ela ficou empolgada, pensando que não precisaríamos mudar nossos planos. Mas a realidade chegou rapidamente. Fiz a prova da polícia para uma renda estável e plano de saúde, e me chamaram logo antes do primeiro aniversário de Gia. Leah ficou em casa com Gia. Com um bebê, a grana era curta demais para viajar. Não era o que planejávamos, mas a vida nem sempre é do jeito que planejamos, não é?

— Não, senhor.

— Enfim, minha filha fala que consigo transformar uma piada de "O que é? O que é?" na Declaração da Independência, então vou tentar resumir e ser breve desta vez. Leah não gostou da mudança de planos e foi embora um dia, deixando uma carta. Um desses cartões-postais chegava pelo correio todo ano, sempre em branco, até o aniversário de dezoito anos de Gia. — Ele jogou o último cartão que estava na mão em cima da pilha. Não estava em branco como os outros. Olhei para ele e de volta para Tony.

— Vá. Dê uma lida, filho.

Querido Tony,

Este é o último cartão-postal que vai receber. Passei os últimos dezoito anos viajando de um lugar a outro, procurando alguém ou alguma coisa que parecia nunca encontrar. Hoje, me dei conta. Estivera procurando alguém para substituir você e Gia. Procurei partes de você em todo relacionamento que tive. No fim, nada se comparava ao original. Você ficara no meu coração por muito mais tempo do que esteve na minha vida.

Hoje, nossa filha é uma mulher. Espero que ela seja como você. Forte o suficiente para ter a coragem de lidar com o inesperado e não fugir quando a vida acaba sendo diferente do planejado. Acredite em mim, você pode fugir das pessoas, mas não pode fugir do que está em seu coração.

Para sempre, Leah

— Não deixe passar dezoito anos para parar de fugir, Rush.

Tony havia me deixado ainda mais arrasado do que estava antes de ele aparecer. Só que não estava mais bravo; só me sentia para baixo. Como se tivesse perdido meu melhor amigo, parado de fumar e alguém tivesse atropelado meu cachorro — tudo na mesma manhã. Obviamente, ele havia me levado os cartões-postais da mãe de Gia para me mostrar que cortar uma pessoa da sua vida nem sempre permite que siga em frente. Mas a questão era que, diferente da mãe de Gia, eu não pensava que houvesse coisa melhor e que precisava sair à procura. Gia era melhor do que eu merecia.

Sem conseguir me concentrar, cansei de ficar sentado no meu escritório. Por três dias, eu só pensava em Gia, e só estava piorando. Precisava vê-la, mesmo que fosse uma babaquice fazê-lo, já que eu não conseguia lhe dar o que ela queria.

Fui à cozinha e pedi para o chef fazer um monte dos pratos preferidos dela, e resolvi ver como ela estava sem avisar que iria.

Vinte minutos depois, ela abriu a porta, e eu fiquei parado encarando-a, totalmente esquecido de qual era minha desculpa para ter ido vê-la.

Deus, ela estava gostosa pra caralho naquele biquíni.

— Rush? Está tudo bem? — Suas sobrancelhas se uniram com preocupação.

Me lembrei do disfarce que iria usar. Erguendo a sacola, eu disse:

— Pensei que gostaria de um jantar. Interrompi sua natação ou algo assim?

— Não. Só estou meio que usando biquínis pela casa agora porque minhas roupas estão apertadas demais. — Ela ajustou o cós da parte de baixo do biquíni que estava abaixo de sua barriga linda e grande. — É como andar de calcinha e sutiã, mas socialmente mais aceitável.

Havia me esquecido do que suas curvas provocavam em mim. Ao ver sua barriga um pouco maior, seus peitos realmente preenchendo o top, pensei se tinha sido mesmo uma boa ideia visitá-la, afinal de contas.

Gia lambeu os lábios.

— Estou morrendo de fome. Alguma chance de ter berinjela aí dentro?

— Claro.

Ela, praticamente, arrancou a sacola da minha mão e me deixou parado na porta conforme se afastou. Comecei a rir, mas, então, vi sua parte de trás.

Droga. Não é engraçado.

Talvez devesse fazer como um entregador e ir embora. O showzinho de peitos e bunda foi gorjeta suficiente.

— Rush? Cadê você? — Gia gritou de algum lugar na casa.

Olhei para cima e me xinguei por pensar que aquilo era uma boa ideia antes de entrar.

Ela estava segurando um garfo e tinha aberto duas caixas quando entrei na cozinha.

— Está com fome? — Ergui uma sobrancelha.

Ela espetou o garfo em um mini rollatini de berinjela e o colocou na boca.

Fechando os olhos, ela praticamente gemeu.

— Hummm... está muito, muito bom.

Engoli em seco.

— É. Que bom.

Como um maldito tarado, fiquei ali parado secando-a, completamente excitado pelos barulhos que ela fazia ao devorar metade do prato de berinjela. Em certo momento, caiu um pouco de molho em seu decote. Ela usou um dedo para limpá-lo, depois chupou o maldito dedo.

Pigarreando, eu disse:

— Por que não põe uma roupa? Um roupão ou algo assim?

Ela fez beicinho e baixou o garfo.

— Por quê? Porque estou gorda?

— Exatamente o contrário. Está acabando comigo com esse biquíni.

Gia olhou para baixo para si mesma.

— Oh.

Ela pareceu entender meu ponto de vista e foi para o quarto colocar um robe.

Ficamos sentados em silêncio quando ela retornou à mesa e finalizou a berinjela. Eu comi o que ela não comeu, o que não era muito.

— Estou com muito calor. Deve ser toda a pimenta desse prato. Vou tirar o robe agora, ok?

É. Também estou com muito calor e, definitivamente, não é por causa da pimenta.

Ela deixou o robe cair no chão e, imediatamente, meu pau enrijeceu. Seus seios estavam ainda maiores do que da última vez em que a vira. Jesus Cristo. Quanto será que cresceriam?

Porra. Quero muito você, Gia.

Simplesmente, eu precisaria aceitar.

— Ok. Tudo bem se você tirar.

Falando em aceitar, eu aceitaria fazer qualquer coisa para colocar a boca naqueles mamilos rígidos apontando pelo tecido elástico do topo do biquíni.

Tentar não tocar nela era um inferno. Sua barriga macia e bronzeada era quase demais para aguentar. Aquela pequena abóbada com umbigo perfeito. Mesmo com o pensamento perturbador de que ela estava carregando o filho de Elliott lá dentro não consegui ignorar o fato de que eu ainda tinha tesão por seu corpo vinte e quatro horas por dia. Mas, quando estava fisicamente perto dela, aquela sensação era dez vezes pior. Não conseguia imaginar como seria se fosse meu filho. Provavelmente, ficaria ainda mais excitado, se é que era possível.

Puxei conversa para tirar a cabeça daquela necessidade física.

— E o livro, já chegou lá?

Chegou lá. Minha reação a essa simples expressão me lembrou daquele jogo que costumava fazer com Gia no bar.

— Acredite ou não, está chegando lá melhor do que nunca. Estou no meio de uma parte triste em que o casal não pode ficar junto.

— Oh, então você o transformou em autobiografia?

Foi uma tentativa triste, da minha parte, de fazer piada.

— Não. É só a arte imitando a vida. — Ela sorriu.

Até seu sorriso era um gatilho para mim. Fechei os olhos por um momento, para conter a necessidade de me esticar e beijá-la toda.

— Quando acha que vai finalizar? Estou curioso para ler, para ver se você me descreveu como um personagem depravado.

— Oh, você, definitivamente, participa. — Ela deu risada.

Erguendo uma sobrancelha, perguntei:

— É? O que isso significa?

— Bem... já que não posso ter a realidade... Aproveitei para lembrar do sexo com você e usá-lo como inspiração para as cenas.

Caralho.

— Está roubando meu estilo, Mirabelli? Isso não é violação de direitos autorais?

— Não. Você o deu para mim. É meu estilo agora.

Ela deu uma piscadinha.

Eu adoraria fazer isso com você. Neste exato minuto.

— Acabei de enviar a primeira metade do livro para minha agente. Alguns capítulos são bem ardentes. Ela vai ficar chocada. É para eu ir à cidade daqui a uns dias almoçar com ela e conversar sobre ele, na verdade. Tenho certeza de que ela vai me falar exatamente como se sente em relação a tudo.

Fiquei feliz por ela estar avançando com sua escrita. Tinha sofrido por bastante tempo. Pelo menos uma coisa estava indo bem em nossa vida.

— Legal. Boa sorte com isso.

— Obrigada.

Pensando que seria bom jogar uma água gelada no rosto, me levantei para mijar e resolvi usar o banheiro do lado de fora do quarto de Gia.

Ao sair, dei uma olhada em seu quarto e vi umas caixas. Ver aquilo revirou meu estômago.

Entrei e olhei em volta. Isso era sério.

Quando voltei à sala de estar, os olhos de Gia estavam fechados. Parecia que ela estava cochilando.

— Vi que pegou umas caixas.

Seus olhos se abriram rapidamente com o som da minha voz.

— Hum... bom... Preciso começar a embalar devagar. Contei para você... que vou me mudar de volta para a cidade. Talvez possa até te dar o aviso prévio de duas semanas agora também. Vou embora depois da festa do fim da temporada.

Pareceu que ela tinha jogado uma tonelada de tijolos em mim. As palavras certas me fugiram. Ela estava me dando aviso prévio. Iria embora. Eu sabia que isso aconteceria. Só estivera torcendo para descobrir um jeito de impedir. Mas será que eu realmente conseguiria impedir? Sabia que queria Gia de todas as formas, porém isso parecia ser diferente de conseguir ou não ser pai do filho de Elliott. Era esse o problema que eu ainda não tinha solucionado. E até solucionar... eu não tinha o direito de ditar cada ação dela. Até agora, não houvera um limite de tempo para pensar nas coisas, mas parecia que não era mais esse o caso.

Eu tinha duas semanas.

CAPÍTULO 13

Gia

Estava no meio do almoço lotado no restaurante estilo cafeteria. Eu tinha acabado de passar a última hora atualizando minha agente, Talia Bernstein, sobre todos os meus acontecimentos pessoais naquele verão. Talia era jovem e moderna, então não senti que ela fosse me julgar.

Apesar de quase ter confessado a conexão com Elliott, acabei lhe contando que tinha engravidado de um ficante, que havia me apaixonado por outra pessoa antes de ficar sabendo sobre a gravidez, e que agora esse relacionamento tinha sido prejudicado por isso. Não preciso dizer que, apesar de ela ser "moderna", sua boca ficou bem aberta ao ouvir pelo que passei.

Ela balançou o sachê de açúcar antes de adoçar seu café.

— Bom, não me admira você ter tido dificuldade com o enredo, porque, para ser bem sincera... sua vida é bem mais emocionante do que o livro. Sem querer ofender... mas, Jesus amado, que angústia. Nem consigo imaginar o que está sentindo neste momento.

— Eu queria estar apenas imaginando — comentei antes de beber um gole de água.

— Concordaria em escrever sua história em seguida?

Semicerrei os olhos, confusa.

— Minha história?

— É. A história desse último verão. Garota se muda para uma república de verão, engravida de um ficante, apaixona-se por seu novo chefe, que precisa determinar se consegue ser um pai para o bebê. O que acontece depois? Não sei você... mas eu estou curiosíssima para saber. — Ela se inclinou. — Vou começar a lançar a ideia para o editor amanhã, se me deixar.

Meu corpo enrijeceu.

— Não pode estar falando sério...

— Estou falando muito sério. Pense na perspectiva que você poderia trazer. E poderíamos dizer que é "baseado em fatos reais". As pessoas vão surtar com isso.

— Acho que não conseguiria fazer isso. Estou próxima demais da situação.

Ela deu risada.

— Esse é o objetivo! Pense em como será fácil encontrar essas palavras.

— Eu sei... mas o que quero dizer é... seria simplesmente demais para mim. Mas acho que, de muitas formas, meu estado emocional atual tem guiado meu livro, o que é uma boa coisa.

— Oh, bem, sim, isso é claro. A emoção nas últimas partes, os capítulos em que eles estiveram separados, era exatamente o que eu estava procurando. Preciso te dizer... Fiquei bem feliz com esses trechos. Sinto que onde estávamos no início do verão, quando você tinha dificuldades de conduzir os personagens naqueles primeiros capítulos comparados aos de agora... é como dia e noite. — Ela deu um gole em seu café. — Nossa, ainda queria que pensasse sobre colocar no papel suas experiências do verão. Acho que seria uma história incrível.

Então fiquei meio na defensiva.

— Algumas coisas são sagradas, Talia. Nem sonharia em explorar o que tenho com Rush. Consegue entender?

Pareceu que ela se arrependeu dos comentários anteriores.

— Sabe de uma coisa? Tem absoluta razão. Só fiquei meio empolgada. É sua vida. Não um livro. Entendo.

— Tudo bem. — Brinquei com meu canudinho. — Não estou dizendo que não haja partes de Rush neste livro.

Os olhos de Talia se iluminaram.

— Imagino que ele tenha inspirado os momentos sensuais.

Meu rosto ficou vermelho. Eu estava envergonhada? Para uma mulher grávida do irmão do namorado, você pensaria que nada mais poderia me afetar.

Estava um dia lindo e ensolarado, porém frio, em Manhattan. Depois do almoço com Talia, acabei caminhando pela Madison Avenue e me deparei com um estúdio fotográfico. Na vitrine, havia fotos enormes dos bebês mais lindos que já vi — lembrando bastante fotos de Anne Geddes, com cores vibrantes e temas de animais.

Também havia algumas fotos de gestantes. Uma foto preta e branca de uma gestante bem barriguda enrolada parcialmente em um lençol de seda, expondo metade de sua barriga, chamou minha atenção. Seu cabelo era comprido e estava esvoaçante, e estava bem linda.

Resolvi entrar e olhar o local. Talvez fossem os hormônios, mas, ultimamente, eu não conseguia recusar nada que tivesse a ver com bebês.

— Posso ajudá-la? — a mulher perguntou.

— Oh, não. Só estou olhando. Você tem um estúdio lindo. As fotos na vitrine realmente me fizeram entrar. Simplesmente precisava entrar para ver mais.

— Você está grávida?

— Pareço estar?

— Não. Estou acostumada a perguntar isso para todo mundo.

— Na verdade, estou, sim. — Sorri.

Ela olhou para baixo para mim.

— Ah... agora estou vendo.

Dei de ombros e acariciei minha barriga.

— É, acho que não consigo mais esconder.

— Está interessada em uma sessão de fotos?

Sua pergunta me pegou de surpresa.

— Oh... Não sei. Não acho que esteja muito preparada para isso.

— Bom, estou agendando para daqui a seis meses. Então você pode reservar um horário e, depois, ver se está interessada quando chegar a hora.

— Sério? Tão longe assim?

— É. — Ela sorriu, orgulhosa. — Tenho sorte de ser bastante requisitada.

— Bom, dá para ver o motivo. Você é muito talentosa. Aquela ali com as borboletas é tão linda. Todas são, na verdade. Não conseguiria escolher uma.

Meus olhos pairaram em uma de um bebê com asas e isso, claro, imediatamente me fez lembrar das mulheres aladas de Rush. Suspirei.

Ele é tão complexo e incrível.

— Dê uma olhada — ela disse, voltando ao balcão para me dar um pouco de espaço.

Continuei olhando para todos os bebês com rosto de anjo à minha volta. Um pensamento fugaz de que meu bebê poderia se parecer exatamente com Elliott, com seus cachos loiros e um sorriso maníaco, passou por minha mente. Eu sabia que ainda amaria meu filho da mesma forma, mas era estranho imaginar que ele ou ela se pareceria com Elliott. Nem conseguia imaginar o quanto seria difícil para Rush.

A mulher me interrompeu.

— Gostaria de olhar o catálogo de preços... no caso de estar interessada?

Não pensava que conseguiria pagar isso quando o bebê nascesse, mas não se pode colocar preço em boa fotografia. Era, essencialmente, comprar memórias. Talvez eu pudesse reservar a sessão agora e pensar depois.

— Sabe de uma coisa? Claro. Mas há alguma taxa de cancelamento?

— Não. Só pedimos que avise o quanto antes.

Após verificar os diferentes pacotes, escolhi um que tinha o preço médio.

Após dar meu nome para a reserva, ela disse:

— Gia Mirabelli... que estranho.

— Por quê?

— Alguém com esse mesmo nome já está agendado. — Ela coçou o queixo. — Espere... Me lembro disso. Ele reservou uma sessão de gestante e, então, uma sessão infantil para depois. Pareceu bastante apaixonado pela mulher.

— Ele?

— É. Nunca poderia me esquecer desse homem. Bem impressionante. Aparência perigosa com um coração de ouro. Seu nome era Rush. — Ela ergueu uma sobrancelha. — Por acaso conhece ele?

Minha pulsação acelerou.

— Rush? Ele esteve aqui?

— Ele é seu?

Alguma coisa naquela pergunta partiu meu coração.

Ele é seu?

Porque eu não podia mais dizer que sim. E não sabia se, um dia, seria meu de novo. De repente, todas as esperanças e sonhos que tive um dia, aquelas que havia enterrado ultimamente, voltaram a inundar minha mente.

Rush teria sido o melhor pai.

E ele *não* era meu.

Lágrimas se formaram em meus olhos.

— Está tudo bem?

— Não estamos mais juntos, na verdade.

— Oh... Sinto muito. Não quis magoar você.

— Tudo bem. — Sequei meus olhos. — Quando ele fez essa reserva?

Quando ela me disse a data, quase desmaiei. Foi no mesmo dia em que ele esteve na cidade com Elliott. No dia em que Elliott lhe contou que dormira comigo. No dia em que Rush descobriu a verdade. Um dia antes de aquela mulher atender o celular dele. Me encolhi ao pensar no que aconteceu naquela noite.

— Você quer manter as reservas que Rush fez?

Parecia que eu tinha ficado atordoada.

— Claro. Sim. Obrigada.

Ao sair, não consegui me conter, então peguei o celular e liguei para ele conforme caminhava pela calçada, aturdida.

Infelizmente, caiu direto na caixa-postal, então deixei uma mensagem.

— Ei. Sou eu. Você não vai acreditar. Por acaso, acabei de entrar no mesmo estúdio fotográfico em que você reservou uma data para mim. Acho que nunca teve oportunidade de me contar ou talvez tenha esquecido com tudo que aconteceu. — Tomada pela emoção, minha voz estava trêmula. — Enfim... Fui reservar uma data e descobri que eu já estava cadastrada no sistema. Foi muito gentil da sua parte querer fazer isso. É só outro lembrete do porquê eu... — hesitei e respirei — ... do porquê eu te amo. Sempre vou te amar, Rush. Espero que saiba disso. Não importa o que aconteça... isso é uma coisa que não vai mudar.

CAPÍTULO 14

Rush

Ouvir a voz trêmula de Gia na mensagem realmente mexeu comigo. Mas me segurei para não ligar de volta, porque sabia muito bem o que queria dizer. Queria lhe dizer que também a amava. Mas isso lhe daria esperança. Não poderia fazer isso com ela, apesar de realmente amá-la pra caramba.

As coisas no The Heights estavam malucas. Havia muitas coisas a serem resolvidas para o fim da temporada e não havia horas suficientes no dia. No entanto, de certa forma, mergulhar no trabalho tinha sido bom. Eu precisava de uma distração da lembrança do quarto vazio de Gia, de seus planos de ir embora.

— Ei. — Oak me assustou na minha sala.

— Você me deu um susto do caralho.

— É, bom, está fácil te assustar esses dias, chefe.

— Do que precisa?

— Não acha que é hora de me contar o que está havendo entre você e Gia? Como as coisas estavam tão boas entre vocês e, depois, viraram uma merda da noite para o dia? Alguma coisa aconteceu, e não está fazendo sentido. Ela vai ter seu filho, pelo amor de Deus. O que poderia ser tão ruim para você deixar que ela volte a morar na cidade?

Minha pressão estava subindo. Realmente queria poder contar a verdade a ele. Contudo, era muito doloroso falar disso. Mas, até então, só minha mãe sabia. Se eu ia tomar uma decisão, realmente precisava conversar com alguém em quem confiava. Para ser sincero, Oak era uma das poucas pessoas em quem eu realmente podia confiar. Não havia motivo para não me abrir com ele, a não ser minha dificuldade de relembrar tudo.

Resolvi contar a ele.

Apontando para a cadeira em frente à mesa, eu pedi:

— Oak... sente sua bunda grande aí.

Ele só ficava dizendo:

— Puta merda, chefe. Puta merda.

Balançando meu dedo indicador para ele, ameacei:

— Se um dia contar a uma alma, Oak, terá que se ver comigo.

— Não precisa se preocupar. Sabe disso. Foi por isso que me contou. Porque sabe que não vou falar nada.

Passara os últimos quinze minutos contando a ele a história inteira e a verdade sobre Elliott. Não conseguia acreditar que, em parte, ele estava se culpando.

— Lembro da noite em que Elliott veio — ele disse. — O babaca estava andando por aqui como se fosse o dono. Deveria ter encontrado um jeito de chutá-lo para fora antes de conhecer Gia. Então nada disso teria acontecido. Mas não o vi com ela. Devo tê-lo perdido de vista nesse momento. Ele se misturou com um monte de babacas mauricinhos.

Tive que rir um pouco com o comentário dele.

— Também queria que você tivesse chutado o babaca para fora, mas não é culpa sua. Espero que saiba disso.

Oak estalou os dedos.

— Quero matá-lo. Sério. É assim que estou me sentindo agora. Esta situação é inacreditável. — Ele cruzou os braços. — O que vai fazer?

Balançando a cabeça, suspirei.

— Eu queria saber.

— Entendo totalmente agora... por que você se afastou. Nunca fez sentido para mim, como você pôde deixar Gia enquanto estava grávida e simplesmente ir embora. Agora faz total sentido. Deve ter sido bem difícil para você, mas entendo por que precisou fazê-lo.

— É... por que fui para o fundo do poço. — Massageei minhas têmporas.

— Queria que existisse uma solução simples.

Ele estava me encarando como se estivesse refletindo sobre uma coisa importante.

— Bom, meio que existe.

Olhando para cima para ele, perguntei:

— Ah, é? Me explique.

— Bem, tudo depende de como você enxerga a situação. Tudo na vida é percepção, certo? Com o tempo, você pode aprender a aceitar que o bebê é simplesmente de Gia, não de Elliott. Mas, na verdade, trata-se de uma simples questão. E vou te falar... se puder respondê-la, então você tem sua resposta.

— E qual é?

— Precisa descobrir se seu amor por Gia é mais forte do que seu ódio por seu irmão.

Bem, não era uma questão e tanto para refletir? As palavras de Oak ficaram martelando na minha cabeça, me assombrando, muito tempo depois de nossa conversa terminar.

Fui o único que restou no The Heights enquanto o trancava naquela noite. O ar frio da noite bateu no meu rosto conforme me apressei para o carro e peguei o maço de cigarros de emergência que tinha guardado no porta-luvas.

Fiquei com o maço na mão trêmula por muito tempo e simplesmente o encarei. Senti que estava pronto para perder, para ceder ao meu desejo de fumar. Enfim, apenas amassei o pacote e o joguei no chão do carro. Havia chegado longe demais para voltar a fumar, embora sentisse que poderia ter matado por um cigarro.

Ao voltar para casa, fiz uma coisa que não tinha feito desde que descobrira a verdade: abri a porta do quarto do bebê.

Tudo estava intacto — a cadeira de balanço no canto, o berço, o móbile. Estava estocado e pronto para um bebê que talvez nunca o visse.

Me sentei na cadeira de balanço, apoiei a cabeça na almofada e resolvi retornar a ligação de Gia.

Ela atendeu no primeiro toque. Sua voz parecia meio sonolenta.

— Alô?

— Ei.

— Oi. Pensei que não fosse me ligar.

— Eu sei. Desculpe por não ter ligado de volta. Eu só... não sabia como responder à sua mensagem.

— Tudo bem. Não precisava responder.

— Acordei você?

— Não. Só estava sentada na cama pensando.

Meu coração começou a bater mais rápido conforme eu puxava meu cabelo.

— Você falou que eu não precisava responder. Mas preciso, Gia. Porque você falou que me amava, e nunca nem falei isso de volta. Desculpe.

— Tudo bem, Rush.

Minha voz soou sofrida.

— Também te amo. De verdade. Sabe disso, certo?

— Sei. Suas ações sempre provaram isso.

— É que isto é difícil pra caralho. — Expirei. — É a coisa mais difícil com que já precisei lidar na vida. E já passei por situações bem sérias. Mas nada se compara a isto.

— Eu sei. — Ela parou. — Onde você está agora?

— Estou em casa. No quarto do bebê, na verdade. É a primeira vez que me permiti olhá-lo desde que...

Ela expirou no celular.

— Oh, Rush. Deve ser estranho estar aí.

— Não... na verdade... é meio que calmante, de forma estranha. As luzes alaranjadas. As coisas de bebê. A decoração de lua. Acho que é exatamente do que eu precisava esta noite.

Após um pouco de silêncio, ela perguntou:

— Como estava o The Heights?

— Chato sem você, mas lotado com o negócio do fim da temporada.

— Não consigo acreditar que a temporada terminou.

— É. É sempre um período estressante. — Pausei. — Ei... Contei tudo a Oak esta noite. Sobre Elliott também. Pensei que devesse saber.

Houve um silêncio antes de ela responder.

— Oh. Ok.

Ela pareceu achar estranho.

— Tem problema?

— Claro que não. Só precisei de um segundo para processar. Confio em Oak. É um cara bom, e você precisava conversar com alguém. O que ele falou?

— Me deu um conselho. Uma coisa para pensar. Ele gosta mesmo de você, Gia.

— Também gosto mesmo dele. Vou sentir falta de Oak.

Detestava lembrar que ela ia embora.

— Quase fumei esta noite — confessei. — Cheguei bem perto de desistir, mas me controlei.

— Estou tão orgulhosa de você por manter a palavra. Sei que não deve ser fácil com tudo que está acontecendo conosco. Mas me faz sentir bem saber que você não está mais preenchendo seus pulmões com aquela porcaria. Nunca quero que nada de ruim te aconteça.

Pegando um elefante de pelúcia da cômoda ao lado, apertei-o no meu peito.

— Esta coisa toda conosco, Gia... não é uma decisão que se toma da noite para o dia. Queria que fosse simples. Queria poder me sentar aqui e dizer, com cem por cento de certeza, que sei que consigo lidar com isso. Só tenho certeza de que te amo e gosto desse bebê o suficiente para realmente pensar se consigo ser o pai que ele merece sob as circunstâncias. Não vou olhar para ele com ressentimento do jeito que meu pai olha para mim. Não posso fazer isso com ele. Não vou. Eu o amo demais, se é que faz sentido.

— Eu sei. Entendo. E entendo completamente sua necessidade de pensar sobre isso. É por isso que vou embora, para lhe dar espaço. É a melhor coisa a fazer agora. Além disso, meu pai tem me apoiado bastante, e acho que só preciso ficar mais perto dele neste momento.

Me machucava o fato de ela sentir que precisava mais dele do que de mim... mas então precisava me lembrar de que eu estava, basicamente, afastando-a, de certa forma. Minha falta de resposta estava falando alto, mesmo que eu não estivesse dizendo nada. Que porra eu esperava?

— Estou com tanto sono, Rush. Este bebê está acabando mesmo comigo.

— Por que não vou embora e você vai dormir?

— Não quero — ela insistiu. — Por favor... não vá.

Aquelas palavras. O significado delas estendia-se para além daquela noite, e eu sabia disso.

— Quer que eu fique na linha com você? — ofereci.

— Quero. Só quero ouvir você respirar enquanto durmo. Tem problema?

— Não. Claro, podemos fazer isso.

Apoiando o celular na bochecha, me deitei mais na cadeira e fechei os olhos, sem imaginar que Gia e eu dormiríamos juntos naquela semana.

Mas foi exatamente o que fizemos.

CAPÍTULO 15

Gia

Tinha se transformado em um jogo.

Faça Rush Olhar.

Começou de forma bem inocente. No início da noite, eu o flagrara me observando enquanto estava sentada na recepção inserindo os especiais do dia no plástico do cardápio.

Sorri e acenei. Ele ergueu o queixo, dando-me o casual *e aí?* de Rush e rapidamente desviou o olhar. Nas vezes seguintes em que o flagrara, ele desviou os olhos, fingindo que não estava olhando. Então meu jogo começou. Uma balançadinha extra durante meu caminhar. Lamber meus lábios enquanto, de forma *inocente*, olhava para baixo. Já que me diverti bastante na primeira metade do meu turno, resolvi jogar a versão *avançada* de *Faça Rush Olhar* na segunda metade: *Faça Rush Ficar Duro.*

Não era um jogo para principiantes. Era exigido um certo nível de habilidade. E, definitivamente, era para maiores de dezoito anos. Rush tinha desaparecido em sua sala há um tempinho, e eu estava impaciente para jogar. Então resolvi pegar o sal extra do armazém que ficava em frente ao seu escritório. Nenhum dos depósitos estava vazio, mas eu era uma funcionária muito aplicada. Por sorte, a porta de Rush estava aberta, e o pote enorme de sal ficava na prateleira de baixo, perto do chão.

Como tudo que eu tinha, a saia que vestia naquela noite estava apertada pra caramba. Prendi a respiração e torci para o tecido não rasgar em dois quando me abaixei sem me ajoelhar. Queria esfregar minha bunda grande na cara dele, não estragar uma das poucas roupas que ainda cabiam em mim.

Embora o sal estivesse bem na minha frente, passei uns bons trinta segundos mudando as coisas de lugar na prateleira de baixo enquanto balançava a bunda. Eu era tão óbvia; praticamente ria enquanto fazia isso. Todo o sangue havia subido para minha cabeça, então, quando me levantei, fiquei meio tonta. Não consegui esconder o sorrisinho conforme pensava se todo o sangue também tinha ido para a cabeça de Rush — no caso, *sua cabeça de baixo*.

Olhei para o outro lado do corredor e vi Rush sentado em sua cadeira, me encarando diretamente.

Dois pontos para Gia.

Me sentindo bem corajosa, me virei e, silenciosamente, abri os dois botões da minha blusa de seda. O tecido caiu para abaixo do meu sutiã. Então peguei uma pilha cheia de cardápios extras de que eu não precisava da prateleira de cima e, *sem querer*, os derrubei no chão ao me virar. Poderia, muito bem, estar nua pela vista panorâmica que minha blusa aberta dava quando me abaixei para pegá-los — um de cada vez, é claro.

A expressão de Rush quando me levantei me fez sentir uma rainha. Mas, quando ele rapidamente desviou os olhos como se estivesse fazendo algo errado, provocou uma dor no meu coração. Aparentemente, ele não havia lido as regras do jogo — *é permitido olhar*. Então decidi informá-lo. Ele encarou minhas pernas a cada passo que dei da despensa até sua sala.

Fechando a porta dele, encostei nela com as mãos para trás.

— Sabe, estou vendo você me olhar.

Rush uniu as mãos, apoiando os cotovelos nos braços da cadeira — uma postura bem casual, porém confiante. Cheia de atitude. *Bem Rush.*

— É mesmo?

Me empurrei da porta e dei dois passos em sua direção.

— É. E sabe de uma coisa?

— O quê?

— Amo que você olhe. — Dei outro passo. — Amo que você parece não querer olhar, mas não consegue se conter.

Rush simplesmente continuou me encarando. Então presumi que ele quisesse ouvir mais. Erguendo a mão para a pele do meu peito, tracei a ponta do dedo para cima e para baixo no meu decote exposto. Os olhos de Rush acompanharam.

— Mas sabe qual é a parte que não amo?

Seus olhos saltaram para encontrar os meus.

— Não amo que, toda vez que flagro, você desvia os olhos como se estivesse fazendo uma coisa errada. Como se não fosse para me olhar do jeito que olha.

— Gia... — Sua voz rouca era um alerta.

Então dei mais alguns passos e me apoiei na mesa, à sua frente.

— Independente se acabarmos juntos ou não, *é* para você me olhar. E *é* para eu olhar para você do jeito que olho. Porque você é meu, Rush. E eu sou sua.

Seu olhar era tão intenso, porém ele não disse uma palavra. Dei a volta para seu lado da mesa e virei sua cadeira para ele ficar de frente para mim.

— Você gosta mesmo de me olhar, Rush, não gosta?

Ainda nenhuma resposta, não em palavras, de qualquer forma. Mas sua respiração, definitivamente, dizia algo. Ficava mais alta, mais rápida... mais dificultosa.

Tracei um dedo por seu peito. Entre minhas pernas latejava com desejo, e tudo que eu queria era me sentar em seu colo. Que mal isso iria fazer? Éramos adultos. Ele poderia não querer ficar junto, mas, claramente, me queria. De repente, percebi que já havíamos ficado nessa, eu o provocando e o convidando para um relacionamento físico, sem laços. A única diferença era que agora tínhamos laços. Tantos que ambos estávamos emaranhados e amarrados com milhões de nós. Porém, não mudava o fato de que nós dois tínhamos necessidades.

Abri outro botão da minha blusa.

— Sente falta de me ver nua, Rush? Porque eu sinto falta do seu corpo. Do seu abdome definido. Da arte linda tatuada por todo o seu corpo. Dos seus ombros fortes e largos. Do quanto você fica com tesão por mim...

O ar no escritório ficou tão denso que estava difícil respirar. As pupilas de Rush se dilataram ao ponto de ele ter pouca cor em seus lindos olhos verdes.

O músculo em seu maxilar ficou tenso algumas vezes.

— O que te deixa com tesão, Gia? *Diga.* — Sua voz estava rouca pra caramba.

Passei a língua no meu lábio superior enquanto ele apertava tanto os braços da cadeira que os nós de seus dedos ficavam brancos.

— *Diga...*

— Amo quando seu...

Uma batida na porta me interrompeu. O peito de Rush subia e descia. Parecia que ele iria explodir se eu não terminasse a frase. Mas, antes de eu conseguir falar de novo, uma segunda batida soou. Desta vez mais alta, e a porta se abriu um pouco.

— Chefe. É importante.

Oak.

Rapidamente, me virei de costas e abotoei minha camisa. Rush ajustou a calça e puxou a cadeira para mais perto da mesa a fim de esconder a protuberância enorme que estava exibindo.

— Entre.

Oak olhou entre nós dois e franziu o cenho.

— Desculpe interromper, chefe. Mas tem uma ligação para você. Ela ligou mais cedo, e eu disse que você estava ocupado. Porém, ela ligou de novo... disse que está tentando falar com você, e que você não está atendendo o celular. Falou que é uma emergência, ou eu não teria incomodado vocês dois.

— Quem é? — Rush perguntou.

— Lauren.

Em um segundo, fui de quente e excitada para gelada e surtada.

Rush olhou para mim e ergueu seu celular da mesa. Rolou a tela, e nós dois vimos uma dúzia de chamadas perdidas e mensagens.

Engoli em seco.

Rush olhou para Oak, que ainda estava aguardando na porta com o telefone na mão.

— Vou atender aqui.

Ele respirou fundo e pegou o telefone sem fio. Rush assentiu para Oak, avisando que tinha ligado, então ele desligou seu telefone e saiu da sala.

— O que houve, Lauren?

Prendi a respiração ao ouvir a voz dela. Não consegui entender nada do que ela disse, mas, quando os olhos de Rush subiram para encontrar os meus, pensei que eu fosse desmaiar.

Ela sabe! Ela sabe!

— Certo. Certo. Acalme-se — Rush disse no telefone. — E onde Elliott está agora?

Ah, meu Deus.

Ah, meu Deus.

Não estou preparada para isso.

Realmente precisava me sentar.

— Certo. Entendi. Estou a caminho. Te encontro lá daqui a pouco. Tente relaxar. Vou cuidar disso.

Ele mal desligou o telefone e já comecei a fazer um monte de perguntas.

— O que foi? O que aconteceu? Ele descobriu, não foi?

Rush fechou os olhos por alguns segundos e respirou fundo.

— Não. Não tem nada a ver com você ou o bebê. Aparentemente, Elliott foi para uma reunião de negócios na Flórida nos últimos dias.

— Então o que houve?

— É Edward. Eles o encontraram desmaiado no chão da garagem do escritório mais cedo. Está no hospital. Parece que ele teve uma ruptura de um aneurisma cerebral do qual ninguém sabia. Está na UTI do Mount Sinai. Não sabem se vão conseguir parar o sangramento ou não.

— Ah, meu Deus. — Minha mão voou para o meu peito. — Não sei o que dizer. Sinto muito. O que vai fazer? Ir para o hospital?

— Realmente acho que Edward não iria me querer lá. Mas Elliott só vai conseguir um voo de volta amanhã. Lauren pareceu bastante nervosa de que ele possa... — Ele pausou. — Ela não o quer sozinho. Ele não tem outro familiar, na verdade.

Por mais que a ideia de ele passar um tempo com Lauren me assustasse pra caramba, eu não poderia ser egoísta. Olhei-o diretamente nos olhos.

— É melhor você ir, Rush. Se não for, pode se arrepender pelo resto da vida.

Ele baixou a cabeça, mas assentiu. Sabia que eu tinha razão. Em certos momentos da vida, o passado não importa, e você precisa fazer a coisa certa como ser humano.

— Quer que eu vá com você? Riley está de folga esta noite e não tinha planos. Posso ligar para ela me substituir.

Rush pareceu em conflito conforme buscou meus olhos. Seu instinto era me proteger a todo custo. Contudo, eu queria estar lá para ele. Enfim, ele assentiu.

— É, quero.

Meu coração começou a martelar dentro no peito ao ver Lauren na sala de espera. Ela se levantou quando nos aproximamos.

— Obrigada por vir. Eu não sabia o que fazer.

Lauren abraçou Rush, então se virou para mim.

— Você também, Gia. — Ela me abraçou e apertou minha mão. — Acho que nossos homens realmente precisam da gente neste momento.

Me senti a pior pessoa do planeta. Lauren era tão gentil e carinhosa, e lá estava eu em pé diante dela, carregando o filho do seu marido, e ela não fazia ideia. Ao entrar, tínhamos passado por uma capela no corredor, e esperava que ela não quisesse entrar lá junto para rezar por Edward. Eu tinha certeza de que meus pés iriam pegar fogo.

Os dois conversaram por um tempo. Lauren o informou do que sabia até agora e, então, contou que o médico disse que poderiam entrar duas pessoas por vez.

Rush não conseguia esconder o estresse que a ideia de entrar para ver Edward na UTI provocava. Peguei sua mão e a apertei.

— Vou com você.

Passamos pela porta da UTI como se estivéssemos indo para nossa própria forca. Passos curtos e aterrorizados. A pequena área de Edward estava com a cortina fechada, e ouvimos pessoas trabalhando nele. Então aguardamos.

— Estão aqui para ver Eddie? — uma enfermeira corpulenta com um inesperado sotaque sulista perguntou.

Esperei alguns segundos para Rush responder. Quando não respondeu, eu o fiz.

— Sim. Como ele está?

Ela tentou sorrir e se manter positiva, mas eu não precisava conhecê-la para ver que não estava otimista.

— Ele está aguentando firme. É guerreiro. Acabei de limpá-lo. Podem entrar e visitar. Não deixem que os tubos os assustem demais. — Ela tirou um jaleco descartável que vestira por cima do uniforme e o amassou em uma bola. — Você deve ser um dos filhos dele, certo? Consigo ver a semelhança.

Rush apenas continuou encarando Edward na cama, então respondi de novo.

— Sim, eu sou Gia, e este é Rush.

Ela pisou no pedal da lata de lixo ao seu lado e jogou lá o jaleco descartável.

— Vou ligar para o médico e avisá-lo que estão aqui para que ele possa vir conversar com vocês.

— Certo. Obrigada.

Quando a enfermeira se afastou, Rush e eu nos aproximamos da cama ainda de mãos dadas. Edward parecia assustador. Havia um tubo em sua garganta, um tubo em seu nariz e, no mínimo, quatro bolsas de remédio pingando e indo direto para sua mão de forma intravenosa. Uma máquina mostrava todo tipo de números à sua esquerda, enquanto outra máquina respirava por ele à direita. Ele estava bem pálido e fraco.

Nenhum de nós disse uma palavra enquanto ficamos ali. Em certo momento, vi Rush fechar os olhos, e pensei que ele poderia estar fazendo uma oração. Então fez uma coisa que nunca imaginei. Esticou o braço e segurou a mão de Edward. Precisei engolir em seco para conter as lágrimas.

O silêncio se manteve até um médico chegar.

— Olá. Sou o dr. Morris. — Ele estendeu a mão e cumprimentou nós dois.

— Rush. Sou... o filho de Edward. E esta é Gia.

— Oi — eu disse, grata por Rush ter se restabelecido o suficiente para conversar com o médico.

O dr. Morris assentiu em direção à recepção da enfermaria ali perto.

— Por que não conversamos ali?

Longe do leito de Edward, ele colocou as mãos na cintura e suspirou.

— Então... seu pai foi trazido com um aneurisma rompido. No caso de não conhecerem o termo, um aneurisma é, basicamente, uma dilatação em forma de balão que explode de uma parede de artéria normal. Infelizmente, é comum não haver sintomas da dilatação até ela crescer e aumentar tanto a pressão que se rompe. Imagine um canudo com um furinho e um balão vazio saindo dele. Com o tempo, pela pressão do sangue bombeando, o balão começa a inflar até ficar tão cheio que explode. Foi o que aconteceu com seu pai. É chamado de hemorragia subaracnóide.

— Certo. Então esse balão explodiu e agora, o que acontece? Tudo que estava dentro se espalha? — Rush perguntou.

— Isso é parte do problema. O sangue se espalha pelo cérebro. É, praticamente, um derrame cerebral e pode causar danos bem severos, como paralisia, coma e... pior. Em alguns pacientes que conseguem chegar ao hospital, o sangramento diminui ou para sozinho. Outras vezes, não acontece isso, e o paciente não está estável o suficiente quando chega e tentamos impedir. O sangramento do seu pai parece ter diminuído bastante. Isso é bom, porque entrar em cirurgia para abrir seu crânio enquanto ele está nesta condição fragilizada teria risco significativo de complicações.

— Diminuiu, mas não parou?

— Isso mesmo. Então agora estamos em um momento em que precisamos pesar os riscos de maiores complicações da diminuição do sangramento, contra o risco de levá-lo para a cirurgia a fim de tentar parar o sangramento ao mesmo tempo em que seus sinais vitais permanecem instáveis.

— E o que é mais arriscado?

— Infelizmente, o risco é bem parecido. Se não pararmos o sangramento, ele pode causar danos futuros. Apesar de ainda não sabermos qual prejuízo ele já sofreu. Mas, se abrirmos para impedir, há uma boa chance de ele não sair vivo da mesa de cirurgia.

— Jesus. — Rush passou os dedos pelo cabelo.

— O que você recomenda?

— Minha atual recomendação é evitar a cirurgia, pelo menos por algumas horas para ver como as coisas vão. Vamos, é claro, continuar monitorando-o para verificar qualquer mudança de uma forma ou de outra. Mas vocês precisam entender que também existe um risco na espera. Vou precisar que reflitam, e me deem uma ideia de como acham que seu pai iria querer ser tratado.

Conversamos com o dr. Morris por mais vinte minutos. Rush fez perguntas sobre potenciais consequências de esperar *versus* a cirurgia, inclusive como poderia ser a qualidade de vida de Edward. Acho que eu não conseguiria estar com a mente tão clara se fosse meu pai — ou mesmo minha mãe distante. Mas Rush se controlou e, no fim da conversa, pareceu bem-informado, disse que conversaria com o irmão e voltaria a falar com ele em breve.

— É uma grande decisão — o médico disse. — É só falar para a enfermeira me mandar uma mensagem se vocês tiverem mais alguma pergunta.

— Pode deixar. Obrigado.

O médico deu um tapinha nas costas de Rush e assentiu para mim. Conforme começou a se afastar, Rush o fez parar.

— Doutor?

Ele se virou de volta.

— Ele consegue nos ouvir? Você falou para nos afastarmos para conversar. Então significa que consegue nos ouvir?

— Não temos certeza, filho. Às vezes, pacientes acordam e lembram de coisas aleatórias que não poderiam saber sem ter ouvido. Mas, na maioria das vezes, pacientes não se lembram de ter ouvido nada quando acordam. Apesar de não significar que não estão ouvindo durante esse período. Encorajaria você a tentar conversar com ele. Os benefícios para vocês dois podem ser importantes.

— Obrigado.

CORAÇÃO REBELDE 135

Voltamos a ficar com Edward por um tempo e Rush permaneceu em silêncio. Considerando que talvez ele conseguisse nos ouvir, não teria sido correto falar sobre o que o médico dissera diante dele. Em certo momento, uma enfermeira veio e falou que precisaríamos sair em alguns minutos para eles poderem tirar algumas radiografias, no entanto, poderíamos voltar quando tivessem terminado.

Rush assentiu e disse que sairíamos em um minuto.

Ele ficou quieto por um instante e, de novo, segurou a mão do pai. Quando começou a falar, primeiro pensei que estivesse conversando comigo. Mas não estava. Estava falando com Edward.

— Sei que nunca nos demos bem. Você pode não estar feliz até de eu estar aqui agora. Mas seu outro filho, Elliott, precisa de você. Em certo nível, sempre tive ciúme do que você e Elliott tinham. A conexão que vocês dois têm. Então, apesar de não sermos tão próximos, vi com meus próprios olhos o quanto ele te admira. O quanto ele te ama e precisa de você. Então lute por isso. Lute por Elliott, Edward. — Rush pausou por um instante e adicionou. — Além do mais, se alguma coisa acontecer com você, eu teria que encontrar um novo rival. E não sou muito bom com mudanças. Então, aguente aí, seu grande pé no saco.

Rush e Elliott resolveram seguir o conselho do médico e evitar a cirurgia. Mais tarde da noite, Rush convenceu Lauren a ir para casa e dormir um pouco, garantindo a ela que ele ficaria e a avisaria se algo mudasse. Também tentou me mandar para casa de Uber. Mas eu nunca iria deixá-lo. As enfermeiras foram gentis e nos trouxeram duas poltronas confortáveis que reclinavam um pouco para podermos ficar sentados ao lado de Edward na UTI a noite inteira. Na verdade, nós dois cochilamos por algumas horas e, quando acordamos, pareceu que tinha passado um segundo. A única coisa que havia mudado era a luz que agora iluminava a janela atrás da cama dele.

— Vou sair e comprar café — Rush disse. — Quer alguma coisa?

Dei um tapinha na minha barriga e sorri.

— Sim. Estou preguiçosa demais para levantar e ir com você.

Ele me agraciou com o primeiro sorriso verdadeiro desde que o vira antes de Oak entrar em seu escritório doze horas antes. Levantou-se e alongou os braços para cima, então deu a volta para onde estava minha poltrona. Abaixando-se, beijou minha barriga e sussurrou no meu ouvido.

— Vou comprar alguma coisa para vocês dois comerem. Já volto.

Quando ele desapareceu, fechei os olhos de novo e comecei a cair em um sono leve. Os passos de Rush se aproximando me fizeram sorrir. Pararam ao meu lado, e eu ainda não tinha aberto meus olhos cansados.

— Pode dar na minha boca? Estou cansada demais para fazer isso sozinha — zombei e abri a boca, imaginando que ouviria um comentário indecente de Rush.

Mas não foi a voz de Rush que falou.

— Abra mais. Tenho uma coisa para você, sim.

Elliott.

CAPÍTULO 16

Rush

— Merda.

Chutei a maldita máquina de venda que tinha acabado de roubar minha nota de um dólar. Pensando que, talvez estivesse apenas sem café, apertei todos os botões. Claro que só acabou me irritando. Quando ela comeu meu segundo dólar, devo ter amassado aquela coisa.

Decidindo que uma caminhada me faria bem, fui até a entrada principal do hospital e perguntei ao segurança onde poderia comprar café da manhã fora do prédio.

Na noite anterior, depois que Gia adormeceu na poltrona, eu a observei dormir por um tempo. Não conseguia parar de pensar no bebê e no tipo de relacionamento que Elliott teria com esse filho. E o que a criança pensaria de Elliott. Me fez pensar em Edward e mim.

A vida inteira, eu só quis detestar o homem. Detestá-lo pelo que tinha feito à minha mãe. Mas será que ele sempre foi babaca? Sem dúvida, eu tinha absoluta certeza de que ele fora um babaca comigo nos últimos vinte anos. Apesar de não conseguir me lembrar de quando tinha três ou quatro anos. Será que, na época, ele tentara, e fui eu que nunca lhe dei uma chance sequer? Obviamente, há algumas situações que você nunca entende realmente a menos que faça parte delas. Eu, definitivamente, reconhecia isso melhor agora que me encontrava encurralado em um tipo similar de triângulo.

Na padaria, fiz três pedidos. Uma omelete com peito de peru e queijo suíço para mim, uma rabanada com chantilly e cereja para Gia — o chantilly para ela, a cereja para eu assisti-la comer, e um cupcake gigante com cobertura azul para o meu garotinho.

Meu garotinho.

Ele já era meu garoto mesmo. Beth tinha razão. Não importava o DNA.

Nos quinze minutos que demorei para comprar café da manhã, eu tinha me acalmado, me irritado e voltado à calma. As pessoas com mudanças de humor de verdade devem ficar exaustas pra caralho o tempo todo.

Vi o pé de Gia batendo no chão conforme me aproximei da cortina em volta do leito do meu pai na UTI. Sorri para mim mesmo sabendo que ela fazia isso quando estava ansiosa. Minha garota estava ansiosa por comida.

Porém o sorriso sumiu do meu rosto quando abri a cortina e vi que Gia não estava sozinha. Elliott estava a dois passos dela.

O ódio queimando aqueceu meu rosto. Queria bater nele mais do que queria qualquer outra coisa no mundo no momento. Um olhar fixo seguiu. Não dava a mínima por parecer que ele não tinha dormido nada em dois dias ou por estar parado diante de um homem que ele amava e estava no leito de morte. Meu coração nem conseguia pensar nessas coisas; só sabia que ele estava parado a duas porras de passos de Gia — Gia, de quem ele estivera dentro —, e eu estava prestes a explodir.

Meu punho se abriu e fechou, cerrando ao lado do meu corpo. Me sentia um touro bravo e, para mim, Elliott estava pintado de vermelho da cabeça aos pés. Dei um passo em direção a ele, mas, então, algo me fez parar. De canto de olho, vi Gia. Ela estava branca como um papel e tremendo na poltrona.

Sem pensar mais no meu irmão, fui até ela. Soltei a sacola e segurei suas mãos.

— Você está bem?

Ela assentiu rápido. Suas mãos pararam de tremer dentro das minhas. Olhei para elas e de volta para Gia.

— Tem certeza?

— Sim. Por que não vou para a sala de espera e dou um minuto para vocês dois?

— Eu te acompanho. — Ainda ignorando meu irmão, peguei a sacola de café da manhã, envolvi meu braço de maneira forte no ombro de Gia e a escoltei para a área de visitantes. Me ajoelhei aos seus pés quando chegamos lá. — Ele falou alguma coisa para você?

— Não. Só fiquei nervosa quando ele apareceu.

Eu não sabia se ela estava dizendo a verdade. Meu instinto pensava que talvez ela estivesse mentindo, e Elliott havia falado alguma coisa. Gia só não queria que eu fizesse uma cena. Mas, no momento, não importava. Contanto que Gia estivesse bem.

— Ele não encostou em você?

— Não! Nem um aperto de mão.

Olhei para ela e respirei fundo.

— Certo. Mas você parece exausta.

— Obrigada.

Tirei o cabelo do seu rosto e beijei sua testa.

— Coma. Provavelmente, sua comida está meio fria, na verdade. Vou voltar lá para dentro e lidar com o Satã enquanto você alimenta nosso menino.

Ela abriu um sorriso discreto.

— Ok. Mas não faça nada que o mande para a cadeia. Porque meu pai, provavelmente, viria da delegacia até aqui em três minutos, e te bateria por me abandonar.

Meu lábio se curvou.

— Sim, senhora.

— Jura para mim?

— Juro.

Na volta para a UTI, olhei por cima do ombro e vi Gia já avançando na sacola. Eu a vi lamber os lábios ao rasgar os potes de isopor e percebi, naquele momento, que nada mais importava. Nem meu irmão babaca. Contanto que eu conseguisse colocar aquele sorriso no rosto de Gia.

Então caiu minha ficha.

Algo que Oak, dentre todas as pessoas, tinha falado para mim.

"Precisa descobrir se seu amor por Gia é mais forte do que seu ódio por seu irmão."

Pela primeira vez, começava a acreditar que pudesse ser.

— Sua opinião do caralho não importa.

Balancei a cabeça para o meu irmão. O médico tinha acabado de sair da UTI após atualizar a mim e a Elliott sobre a situação de Edward, e nos contara que os exames matinais mostraram que o sangramento havia parado, porém precisavam mantê-lo em coma até o inchaço de sua cabeça diminuir. Ele ainda não estava fora de perigo, mas tinha dado um passo na direção certa.

— O médico pediu nossas opiniões — comentei entre dentes cerrados.

— Ninguém se importa com o que você pensa. Meu pai precisa de decisões tomadas por pessoas educadas. Você sequer se formou no Ensino Médio?

— Não vamos ter esta discussão perto de Edward. Há uma possibilidade de ele conseguir ouvir cada palavra que falamos, e a última coisa de que ele precisa é nos ouvir brigar.

Eu queria brigar com meu irmão — com minha mão esmagando seu pescoço —, mas tinha jurado para Gia que não iria me meter em encrenca.

Elliott começou a disparar de novo, quando Lauren, de repente, entrou na área fechada com cortina.

— Você chegou. — Ela sorriu para Elliott. Que porra ela via nele?

Todo o comportamento do meu irmão mudou. Uma máscara deslizou sobre seu rosto, cobrindo a raiva extrema que sentia por mim.

— Querida. Estou tão feliz que esteja aqui — ele disse.

Assisti a toda a sua atuação. Elliott se transformou no marido atencioso, abraçando a esposa como se estivesse com saudade dela e a beijando na bochecha com uma boca que, sem dúvida, estivera mergulhada na boceta de alguma puta enquanto ele estava na Flórida.

Ele envolveu a cintura dela com o braço e a puxou para perto. De volta a Ken e Barbie.

Que louco isso.

— Como você está, Rush? — Lauren perguntou com genuína preocupação.

— Estou bem. Mas acho que vou embora, já que vocês dois estão de volta. Gia precisa descansar um pouco. Talvez pegue um hotel aqui por perto e volte esta tarde para as visitas da noite.

— Imagine — Lauren disse, olhando para o marido. — Eles podem ficar no nosso quarto de hóspedes. Certo, querido?

Elliott abriu um sorriso político.

— Claro.

É, até parece.

— Obrigado, Lauren. Mas estamos tranquilos.

— Se mudar de ideia, ou se Gia precisar de uma troca de roupas ou qualquer coisa, é só me mandar mensagem.

Assenti e olhei para Edward mais uma vez antes de ir.

— Me liguem se houver alguma mudança.

Cada centímetro do meu corpo doía pelo controle muscular intenso de que precisava para estar perto do meu irmão e não bater nele. Mas relaxei um pouco ao voltar para Gia na sala de espera.

— Quer sair daqui?

— Mas você não comeu!

— Perdi o apetite.

Ela franziu o cenho.

— Precisa comer.

— Certo. Leve. O que acha de pegar um hotel em algum lugar próximo para eu poder voltar mais tarde para a visita da noite a fim de ver como Edward está? São cento e sessenta quilômetros de volta para os Hamptons com trânsito. Ficaremos, a menos que você precise voltar.

Gia se levantou.

— Não sei... Preciso?

Semicerrei os olhos.

— Às vezes, meu chefe é bem chato. Tenho que trabalhar...

Estendi a mão para ajudá-la a se levantar. Quando ela a pegou, puxei-a para cima.

— Vamos, espertinha.

— Podemos ficar em um daqueles motéis de três horas? Aqueles que todas as prostitutas usam?

— Por que você iria querer fazer isso?

Ela deu de ombros.

— Por que não? Seria legal para observar as pessoas.

— E deitar nos mesmos lençóis que, provavelmente, não são trocados há algumas semanas. Manchas de gozo, sangue, provavelmente uns rastros de merda deixados por bundas sujas também...

Ela franziu o nariz.

— É verdade. Me leve para o Waldorf Astoria.

— Estava pensando mais no Hilton no fim do quarteirão.

— Pão-duro.

Balancei a cabeça. Deus, senti muita falta dela.

— Imagino se ele vai adorar pasta de amendoim — Gia disse.

Minha cabeça descansava em seu peito. Eu estivera acariciando sua barriga durante os últimos vinte minutos enquanto conversávamos no escuro.

— Se não gostar, não sei se podemos ficar com ele. Tem alguma coisa errada com as pessoas que não gostam de pasta de amendoim.

Ela me deu um tapa na cabeça.

— Não fale que vai ter alguma coisa errada com o meu filho.

— Não falei isso. Além do mais, ele é seu filho, está destinado a ser meio maluco. Então é melhor ir se acostumando com isso, de qualquer forma — zombei.

— Espero que se pareça com meu pai. Ou com você.

Nunca tinha pensado nisso, mas o filho dela *poderia*, tecnicamente, se parecer comigo. Eu compartilhava a genética do pai dele. Aquele pensamento me lembrou da atuação que Elliott fez para a esposa.

— Lauren parece ser uma mulher legal. Só não entendo como ela não consegue enxergar a realidade. Em um minuto, ele estava conversando comigo como se eu fosse um lixo; no outro, quando ela chegou, ele se transformou em outra pessoa. Ele deve escorregar algumas vezes e mostrar seu verdadeiro caráter. Não se pode morar com o dr. Jekyll e não ver o sr. Hyde aparecer algumas vezes.

Gia suspirou.

— Sei que não quer ouvir isto, mas eu não enxerguei. As pessoas veem o que querem ver. Eu estava solitária e queria enxergar o Príncipe Encantado que poderia mudar minha situação atual. Lauren não quer enxergar o que o marido realmente é.

— Ela vai descobrir do jeito difícil... quando, um dia, ele trouxer uma IST para casa em vez de flores.

Gia ficou quieta por um tempo. Quando falou de novo, sua voz foi um sussurro.

— Só para você saber, eu entendi por que dormiu com aquela mulher.

Que porra é essa?

Ergui a cabeça do seu peito e encontrei seus olhos no escuro.

— Que mulher? Do que está falando?

— Aquela mulher. Onde você a conheceu?

— Que mulher?

— A mulher que atendeu seu celular à noite depois que você descobriu que Elliott era o pai do bebê.

Então caiu minha ficha.

— Conheci uma mulher em um bar, mas não dormi com ela. Como assim ela atendeu meu celular?

— Liguei para seu celular na manhã seguinte e ela atendeu. Parecia saber tudo que tinha acontecido na noite anterior.

Me levantei da cama e acendi a luz. Gia também se sentou. Eu estava bravo por ela ter ficado pensando o que eu tinha feito esse tempo todo e nunca falado nada.

— Contei um monte de merda para aquela mulher enquanto bebíamos... merdas que me arrependo de ter contado, porque são particulares. Ela me convidou para ir para casa com ela e, por um segundo, pensei nisso. Queria te magoar também. Mas não consegui. Fui tropeçando pelo estacionamento, me arrastei para o banco de trás do meu carro e desmaiei. *Sozinho.* Na manhã seguinte, percebi que tinha perdido o celular e esperei o bar abrir para ver se o deixara lá dentro. A mulher tinha passado lá uns minutos antes e o deixado com o barman, no caso de eu voltar para procurá-lo. *Nem me lembro da porra do nome dela.* Você deve ter ligado enquanto ele estava com ela.

Meu sangue estava correndo ao pensar que Gia acreditava, esse tempo todo, que eu a havia traído.

— Então realmente não me traiu?

— Nunca trairia você, Gia. E estou muito bravo por você ter pensado que traí e não ter me falado nada. Pode ter certeza de que, se algum homem atendesse seu celular quando eu ligasse, você saberia muito bem disso.

— E quanto à mulher no Arizona?

— Beth? Nada aconteceu com ela também. É uma velha amiga com um ótimo filho. Passei mais tempo brincando com ele do que com ela. Porque, na minha cabeça zoada, me fazia sentir mais próximo *de você*, já que está grávida.

— Ah, meu Deus. Todo esse tempo... — Gia apoiou a cabeça nas mãos.

— Por que não me *perguntou* se desconfiava de algo, de qualquer forma?

— Acho... acho que sentia que merecia isso. Tinha magoado você e, talvez, uma parte de mim quisesse que você me magoasse também. Além do mais... Eu não sabia se era considerado traição você ficar com outra mulher.

— *O quê?* Você não sabia se era traição eu transar com outra mulher?

Ela hesitou.

— Se dormisse com uma mulher agora, estaria traindo?

— Acabei de falar que nunca trairia você.

— Mas, se dormisse, seria considerado traição? Para ser considerado traição, você teria que estar comprometido comigo. — Lágrimas se formaram em seus olhos. — Não sei o que somos neste momento, Rush.

Jesus Cristo. Realmente tinha fodido bastante com a cabeça dela. Ela nem sabia que eu nunca dormiria com outra mulher. Olhei de um lado a outro entre seus olhos e segurei seu rosto com as mãos.

— Também não sei o que somos agora. Como vão ser as coisas no futuro. Queria muito poder falar como será. Mas sei de uma coisa... eu sou seu. Não existe mais ninguém. Eu ficar com outra mulher, ou você, com outro homem, definitivamente, seria traição.

Ela começou a chorar.

— Certo. Também não traí você. Não que alguém, em sã consciência, fosse me querer do jeito que estou atualmente. Mas também não faria isso com você.

Eu a puxei para mim.

— Você sabe que estou sentado aqui com tesão, mesmo no meio da nossa discussão, porque amo pra caralho seu corpo atual. Então dizer que *ninguém, em sã consciência, fosse querer você* é meio que um insulto a nós dois.

Ela deu risada entre as lágrimas.

— Então acho que nós dois somos meio loucos.

Nunca ouvi tanta verdade. Após ela ter se acalmado, me afastei a fim de olhá-la.

— Estamos de bem?

Ela sorriu.

— Sim. Estamos de bem.

— Certo. Então posso apagar as luzes e dormir um pouco? Porque você roncando na poltrona a alguns metros de mim me manteve acordado ontem à noite.

— Você é tão besta.

Eu era. Mas adorava quando ela me repreendia por isso. Essa era a minha garota. Não a que pensava que eu traía e estava ocupada demais pisando em ovos em relação à minha arrogância para falar alguma coisa. Me levantei e apaguei as luzes.

Demorou um total de cinco minutos para Gia dormir depois que a puxei para mim, abracei-a forte e acariciei seu cabelo. Fiquei acordado por mais tempo, aproveitando a sensação de estar feliz pela primeira vez em semanas, mesmo que no meio de uma porra de uma tempestade.

CAPÍTULO 17

Gia

Era um saco não ter dinheiro quando precisava de roupas novas. Eu sabia que Rush teria me dado dinheiro, mas eu nunca iria lhe pedir.

Mas comprar roupas novas estava se tornando uma questão urgente. Acho que era para isso que serviam cartões de crédito.

Rindo sozinha, lembrei que, antes de engravidar, costumava sentir que não tinha nada para vestir, apesar de todas as roupas no meu armário. Com certeza, era diferente quando você *literalmente* não tinha nada para vestir porque não cabia em nenhuma roupa.

Fui à única loja de maternidade da cidade. Para minha surpresa, a mulher atrás do balcão pareceu me reconhecer imediatamente.

— Você é Gia do The Heights, certo? A garota do Rush.

Sem querer entrar muito na lengalenga de "é complicado" com ela, respondi simplesmente:

— Ãh... é. É, sou.

Era interessante porque eu não me recordava de quem ela era. Ainda assim, ela me conhecia. Esse fato não me surpreendeu. Estivera bem desatenta a muitas coisas no trabalho ultimamente, bastante preocupada com minha partida iminente e o estado do meu relacionamento com Rush.

Ela estendeu a mão.

— Sou Naomi, esposa de Rich Kirkland.

Rich era um dos chefs no The Heights. Um cara bem legal que fazia os melhores bifes teriyaki com cogumelos e pimentões. Agora meu estômago estava roncando.

— Ah, nossa. Todos nós adoramos Rich. Ele é muito gentil e um chef bom demais.

— Obrigada. É... ele ama trabalhar lá. Quando foi demitido do outro emprego, Rush ficou sabendo e o contratou, embora, na época, eles nem precisassem de outra pessoa. Então somos muito gratos pela chance que ele deu a Rich.

— Uau. Eu nunca soube disso.

Essa não era a única história assim sobre Rush. Com frequência, ele ajudava pessoas que passavam necessidades. Era uma das coisas que eu amava nele.

Ela deu a volta de detrás do caixa.

— Então, o que a traz aqui hoje?

Dei um tapinha na minha barriga.

— Bem, como pode ver... estou grávida. Não caibo em mais nenhuma das minhas roupas. E, como esta é a única loja de maternidade da cidade... imaginei que era o lugar para pessoas aumentando de número como eu. Preciso encontrar, no mínimo, três peças-coringa que possa revezar. Estou meio apertada, então coisas que possa usar com diferentes roupas seria ótimo.

Ela esfregou o queixo conforme foi até o fundo da loja.

— Certo, então é melhor procurarmos, principalmente, partes de baixo. Para blusinhas, não precisa realmente comprar roupas de maternidade... pode ir à Target e simplesmente comprar camisetas mais largas.

— Verdade. Então talvez uma calça para começar. Não sei que seleção de jeans você tem.

Naomi me levou pela loja e me ajudou a escolher uma calça jeans azul-escura, uma preta básica e um short de maternidade. Embora eu tivesse dito que não iria comprar blusinha, não consegui evitar e peguei uma do cabide para provar. Era azul-turquesa com um cordão nas costas.

— Deixe-me arrumar o provador para você — ela disse, me levando para um dos provadores do fundo.

Abri a cortina e pendurei meus itens em um gancho.

— Grite se precisar de qualquer coisa — ela orientou.

— Obrigada. — Fechei a cortina.

Respirei fundo e fiquei me encarando no espelho por um tempo. Tirando o vestido por cima da cabeça, realmente fiquei chocada ao ver o quanto tinha crescido. Raramente me olhava tão de perto — ou, pelo menos, não naquele tipo de luz fria e fluorescente. Ficou bem claro como o bebê estava crescendo rapidamente dentro de mim. Dependendo do meu humor, eu poderia me ver e me sentir linda ou gorda. Quando eu pensava em Rush, me sentia linda. Ele me fazia enxergar positivamente todas as mudanças pelas quais meu corpo estava passando. Não sabia se conseguiria ver por esse lado se ele não me lembrasse, constantemente, do quanto se excitava por mim. Só de pensar nisso, meu corpo inteiro formigava. Rush tinha controle sobre o meu corpo mesmo em sua ausência.

Pensamentos bons quanto a Rush, de alguma forma, sempre levavam a pensamentos de preocupação. Para mim, era difícil me sentir totalmente confiante em relação à nossa situação. Embora, ultimamente, seu comportamento em relação a mim me deixasse otimista, havia um fator principal que me fazia duvidar de tudo: ele não estava tentando transar comigo. Era a única coisa que ele estava evitando. Claramente, era um esforço consciente de não o fazer, dada a intensidade do seu tesão. E isso falava alto. Agora que eu sabia que ele não tinha dormido com mais ninguém, apesar de estar bastante aliviada, me deixou ainda mais admirada e curiosa quanto ao motivo de ele não tentar nada. Claro que isso era suficiente para me fazer duvidar de todos os sinais otimistas que ele estivera mostrando ultimamente.

Parando de pensar nisso, vesti a calça jeans de maternidade e, de alguma forma, esmaguei minha bunda para dentro dela. Quando chegou à cintura, ficou bem confortável. Agachei para sentir se o tecido era bastante elástico. Após tirá-la, provei os outros itens antes de concluir que seria melhor comprar uma calça jeans extra de cor diferente do que uma blusinha bonita.

Ao sair do provador, com relutância, devolvi a blusinha à prateleira, e Naomi me ajudou a escolher uma calça de cor mais clara.

Levamos tudo para o caixa. Parecia que estava demorando muito para ela me chamar. Passou o cartão várias vezes e murmurou alguma coisa baixinho.

Naomi franziu o cenho.

— Você não tem outro cartão de crédito, tem?

— Não. Por quê?

— Este foi recusado. Tentei três vezes.

Eu estava começando a suar. Ultimamente, estava fazendo bastante compra de coisas de bebê que iria precisar no futuro. Não era tão difícil acreditar que meu cartão poderia estar no limite. O pagamento que fizera dois dias antes provavelmente ainda não tinha caído.

Envergonhada, eu disse:

— Sabe de uma coisa? Talvez eu tenha que ligar lá e ajustar tudo. Não se preocupe. Agora que sei do que gosto... É só eu voltar e comprar outra hora.

— Tem certeza? Posso dividir e você pega quando terminar de pagar.

Essa forma de pagar me levou de volta para a T.J. Maxx quando era criança e meu pai comprava minhas roupas de ir à escola. Parece que aconteceu ontem. De alguma forma, calças de veludo cor-de-rosa e roxa vinham à minha mente. Papai sempre encontrava um jeito de conseguir o que eu precisava, mesmo que demorasse.

Suspirei.

— Não. Não tem necessidade. Vou ajustar isso e volto.

Naomi abriu um sorriso solidário.

— Certo. Sinto muito por não ter dado certo, Gia.

— Eu também.

Saí de lá muito rápido. Me sentindo derrotada, resolvi ir direto para casa e abrir um pote de Ben & Jerry's.

Meu plano foi arruinado quando meu carro falhou para ligar. Continuei virando a chave, mas simplesmente não ligava.

Batendo as mãos repetidamente no volante, gritei:

— Está brincando comigo, cacete? Foi escolher *este* momento para me zoar? Muito obrigada, seu merda!

Merda.

Merda.

Merda.

Meus ombros subiam e desciam. Finalmente, apoiei a cabeça no volante e apenas respirei, imediatamente me sentindo triste por ser exigente demais com meu carro. Era uma coisa esquisita para estar triste, no entanto, eu estava. Era velho e, talvez, simplesmente precisasse morrer, mas eu continuava insistindo que ele vivesse, esperando que andasse como costumava andar. Era uma expectativa irreal. Quem era o mal dessa equação? Eu. Era eu. Chorei pensando nisso — na vida e na morte. A morte das coisas. A morte das pessoas. A morte dos relacionamentos. Sim, minha atual sensibilidade provavelmente estava diretamente ligada aos hormônios da gestação, junto com a humilhação do problema do meu cartão de crédito, mas mesmo assim.

Respirando fundo uma última vez, saí do carro e fechei a porta com delicadeza. Dois minutos antes, eu teria batido forte a porta, porém, de repente, minha afinidade com meu veículo quebrado significava que eu precisava ter compaixão.

Dei uma batidinha no capô.

— Desculpe.

Fiquei tentada a ligar para Rush, mas me contive. Era primordial que eu me acostumasse a fazer as coisas para mim e para o meu bebê. Que não incluísse ligar para Rush no segundo em que algo desse errado.

Então comecei a longa caminhada para casa. Felizmente, não estava muito quente, caso contrário, eu teria ficado preocupada em superaquecer na minha condição. Mas estava perfeito, friozinho com uma leve brisa.

Uma hora mais tarde, eu ainda estava andando, a sola dos meus pés dolorida e cansada. Até minhas sapatilhas Tieks, que eram superconfortáveis, não conseguiam me proteger de ceder ao piso duro.

Em certo momento, tive uma vaga sensação de que alguém estava me seguindo.

Quando olhei para o lado, o Mustang de Rush estava me acompanhando lentamente, exatamente como ele costumava fazer quando começou a me levar do The Heights para casa.

Ele baixou o vidro.

— Por que está andando por aqui, Gia?

Eu ainda estava me movendo quando lhe respondi.

— Meu carro quebrou.

Ele mexeu a cabeça.

— Entre.

Acelerando um pouco o passo, andei de costas e falei:

— Não quero, Rush. Estou tentando lidar com as coisas como se eu vivesse sozinha na cidade, e você não estaria perto para me buscar. Então gostaria de andar.

— Gia...

— Sim?

— Entre na porra do carro.

Bem, acho que poderia colocar a culpa nos meus pés. Eles estavam praticamente chorando para eu parar. Certo, eu realmente queria entrar.

Dei de ombros e abri a porta do passageiro.

— Obrigada.

Ele colocou a mão no meu joelho.

— Sua maluca. Deveria ter me ligado.

Imediatamente, meu corpo reagiu ao seu toque. Deus, era bom sentir a mão dele. *Vá só um pouquinho para a direita.*

— Não queria incomodar você — eu disse.

— Deve saber que isso não é uma boa desculpa e que eu pararia tudo para te buscar.

— Sei disso. Mas não é essa a questão.

— A questão foi idiota.

Não queria discutir com ele.

— Certo. Bom, obrigada pela carona.

Ele olhou para mim e ergueu a sobrancelha.

— De onde estava vindo?

— Estava provando roupas na loja de maternidade.

— Só provando?

— É. Não comprei nada.

— Por que não?

Não queria lhe contar a verdade, mas não podia mentir.

— Meu cartão foi recusado.

Sua expressão se fechou.

— Entendi.

Suspirei.

— No que está pensando?

— Nada.

— Está, sim.

— Bom, estou bravo por não ter me convidado para ir junto e ver você prová-las, para ser sincero. — Ele abriu um sorrisinho sexy.

Um breve olhar de Rush sempre atingia diretamente entre minhas pernas.

Virei meu corpo em sua direção e baixei a voz.

— Sabe, eu estava pensando em você no provador.

Ele sorriu de forma maliciosa.

— Oh, agora essa é uma história que quero ouvir.

— Estava pensando em como você é bom em sempre me fazer sentir bem quanto ao meu corpo. Só me sinto sexy agora por sua causa. Quando me olho, ouço sua voz me dizendo o quanto sou gostosa.

— Não faço isso para te fazer sentir bem. Faço porque amo seu corpo de verdade. Mas, se te faz sentir bem, então é um benefício extra. — Ele expirou, sua voz soando cheia de desejo. — Então me conte sobre essa prova de roupas. Seus peitos estavam de fora?

— Não.

— Droga.

— Mas estavam pulando do sutiã, que agora está apertado demais.

— Assim como a minha calça. — Ele gemeu e olhou para sua virilha. — Muito obrigado.

— Você não tem jeito. — Dei risada, secretamente adorando o fato de o estar excitando com minhas palavras.

— Vai me deixar ver da próxima vez?

CORAÇÃO REBELDE 155

Meu corpo estava esquentando.

— Está falando sério?

— Olhe para baixo. Parece que estou brincando?

Dei risada.

— Não parece, não.

— Então, tá. Da próxima vez que for comprar roupas, quero ir.

Ouvi-lo dizer que *queria* ir me fez ter que apertar as pernas.

Quando chegamos à minha casa, me virei para ele depois que desligou o carro.

— Quer entrar?

— Na verdade, tenho que voltar para o The Heights. Tenho muita coisa para fazer para o fim da temporada.

Engoli em seco, decepcionada. O velho Rush teria aproveitado qualquer oportunidade para me atacar depois da preliminar da nossa conversa sexy.

Apenas assenti e saí do carro.

De repente, ele foi para trás do veículo e abriu o porta-malas.

Rush pegou três sacolas de compras. Reconheci o nome da loja de maternidade nelas.

Semicerrando os olhos com confusão, perguntei:

— O que são essas sacolas?

— Suas roupas. As que não conseguiu comprar.

Apontando o dedo indicador de um lado a outro, franzi o cenho.

— Como você...

— Não te encontrei por acaso. Naomi me ligou depois que você foi embora e me contou o que aconteceu. Perguntou se eu queria ir lá e pagar pelas compras da minha garota porque ela saiu chateada quando o cartão de crédito foi recusado.

Cobri a boca.

— Ah, meu Deus. Não acredito que ela fez isso.

— Vi a merda do seu carro ainda estacionado lá e imaginei que tivesse te dado trabalho. Depois disso, claro, encontrei você caminhando.

Olhei para as sacolas. Havia muitas roupas.

— Só ia comprar algumas roupas. O que mais você comprou?

— Falei para ela me dar tudo que tinha no seu tamanho.

Fiquei boquiaberta.

— Não posso aceitar, Rush.

— Pode, sim, e vai.

— Não.

— Gia... Não vou devolver nada. Gosto de apoiar negócios locais. E, se não usar estas roupas... eu vou.

O quê?

Ele acabou de falar o que pensei que falou?

Jogando a cabeça para trás, dei risada com aquela ideia ridícula.

— *Você* vai usar as roupas...

Ele coçou o queixo.

— Se você recusá-las? Lógico.

— Bom, é motivo suficiente para eu não aceitá-las.

Comecei a andar para a porta, deixando as sacolas no chão.

Quando me virei, Rush havia tirado sua camisa. Arfei internamente ao ver seu peito sarado. Fazia um tempo que não o via nu e, juro, ele estava mais gostoso do que nunca.

Rush se abaixou e pegou a primeira coisa que viu na sacola: uma blusinha floral cor-de-rosa. Após analisá-la como se não soubesse em que buraco colocar a cabeça, ele a vestiu. Então abriu o zíper da calça jeans e a tirou. Fiquei embasbacada com suas pernas musculosas antes de ele as cobrir com uma das saias de maternidade.

Com as mãos na cintura, deu uma piscadinha.

— O que acha de mim agora?

Eu te amo.

Te amo pra caramba.

A visão daquele homem grande, lindo e tatuado naquele traje feminino era uma figura.

— Só você consegue ainda ficar sexy com roupa de gestante.

— Não me faça ter que entrar assim no The Heights. Me salve da humilhação.

Minha boca doía de tanto sorrir.

— Certo, vou ficar com as roupas.

CAPÍTULO 18

Rush

Quantas vezes eu ia consertar essa porcaria de carro? Estivera debaixo do seu capô mais vezes do que estivera debaixo de Gia.

Um dia depois de eu ter dado carona a ela, tinha voltado para onde ele estava estacionado em frente à loja de maternidade a fim de tentar fazer com que funcionasse de novo.

Naquele instante, fazê-lo funcionar era como uma batalha contra um inimigo, e não iria, de jeito nenhum, deixar aquela lata de lixo vencer. Acho que consertá-lo repetidamente era como um desafio para mim. Esse devia ser o único motivo pelo qual continuava a mexer nele, principalmente, quando teria sido muito mais fácil somente substituí-lo.

Após mais ou menos uma hora, finalmente consegui fazê-lo funcionar. Meu plano era dirigir até a casa de Gia e voltar andando até meu carro.

Na metade do caminho, começou a sair bastante fumaça do maldito. Enfim, eu tinha chegado ao fim da linha. Essa foi a gota d'água. Caindo na gargalhada, estacionei e me apoiei nele, dentro da nuvem de fumaça. Então, como se apertasse um botão dentro de mim, comecei a chutar a merda do carro — repetidamente. Esse momento deve ter sido o ápice de todo o estresse pelo qual eu passara nas últimas semanas. Mas foi tão bom fazer isso. Além do mais, fiquei imaginando Elliott o tempo todo em que destruía o carro, e era exatamente do que eu precisava. As pessoas passavam buzinavam, mas eu não me importava.

Após uns cinco minutos batendo na porcaria do carro, eu o tinha estragado de um jeito que não dava para consertar de um ponto de vista físico.

Só fiquei encarando-o, e percebi que isso finalmente me dava uma desculpa para fazer uma coisa que queria fazer há um tempo: comprar um novo e confiável meio de transporte para Gia. A melhor parte era que ela realmente não podia recusar. Não era como se eu estivesse lhe fazendo um favor. Eu tinha destruído a droga do carro dela, pelo amor de Deus. Ela não tinha escolha a não ser aceitar um novo como um pedido de desculpa.

Suado pra caralho e me sentindo exausto após minha explosão, fui andando o restante do caminho até a casa de Gia.

Quando ela abriu a porta, disse:

— Parece que foi até o inferno e voltou.

Dei risada, passando por ela.

— Acabei de me envolver em uma briga.

— Uma briga? — Ela fechou a porta e levou a mão ao peito em pânico. — Com Elliott?

— Não... ãh... — Dei risada. — Com seu carro.

— Com meu carro?

— Meio que acabei com ele. Fiquei puto com ele.

— O quê? Pensei que fosse consertá-lo.

— Bom, eu ia. E consertei. Mas o maldito quebrou de novo e começou a soltar fumaça a caminho de casa, então fiquei louco. Enchi aquela merda de chute, e agora já era.

Ela arregalou os olhos.

— Já era? Eu não tenho mais carro?

— Correto. Precisa ir para o lixo.

A boca de Gia estava aberta.

— Não sei se rio ou se choro.

— Amanhã vamos comprar um carro novo para você.

— O quê? Simples assim? Você diz isso de um jeito tão normal, como se não fosse grande coisa. Não posso pagar um carro novo.

Me sentei à mesa da cozinha dela e apoiei os pés em uma cadeira.

— Gia... *acabei* com seu veículo. É minha responsabilidade substituí-lo.

— Bom, não se substitui um carro usado com um novo.

— Não quero que fique levando o bebê em algo inseguro.

Ela cruzou os braços e soprou ar para sua testa, parecendo frustrada.

Então eu disse:

— Vamos fazer o seguinte. Eu cuido do pagamento de entrada para compensar por destruir seu carro. Você cobre as parcelas mensais.

— Não.

— Sim.

— Não.

Após mais vinte minutos de discussão, enfim, ela concordou.

De repente, me levantei e bati uma palma.

— Que bom. Venho te buscar amanhã de manhã.

Gia ficou chocada por eu tê-la levado à concessionária da Mercedes. Eu não ia lhe comprar nada que não considerasse a opção mais segura possível, e tinha feito minha pesquisa nas últimas vinte e quatro horas.

Ela continuou dizendo que nunca poderia pagar as parcelas mensais de uma Benz. Eu a lembrei de que iria pagar a entrada. Não significava que não poderia ser uma enorme quantia — um pequeno detalhe que não conversei com ela. Garanti a Gia que ela ficaria com uma conta mensal razoável. *Bem razoável*. Tipo quase nada.

Ela estava vestindo uma de suas novas roupas de maternidade, e essa em particular escondia sua barriga e destacava seus peitos. Provavelmente, o vendedor de carros nem sabia que ela estava grávida. Isso deu a ele passe livre para flertar pra caramba com ela. Eu estava preparado para quebrar seu pescoço se ele não parasse de encarar seu decote. Sem contar que, quando ele perguntou se éramos casados, a resposta dela foi:

— Não, ele é meu chefe.

Merdinha.

Depois ela deu uma piscadinha para mim, e eu só queria levá-la logo para o chão da maldita loja.

Eu adoraria causar tanto prejuízo no capô de um daqueles carros que não teria outra opção a não ser comprá-lo. Ela estava brincando com o negócio de ser chefe — claro —, mas isso instigou o Vendedor Idiota a flertar mais com ela.

— O que posso te mostrar agora? — ele perguntou aos seus peitos.

— Nos dê um minuto — soltei, colocando o braço de forma possessiva em volta dela.

Tínhamos acabado de voltar do test drive do SUV, quando perguntei a ela:

— Quer fazer test drive em um Classe E?

Gia estava pensando em veículos mais "práticos". Não podia culpá-la porque eu sempre alugava um desses quando seu carro a deixava na mão. Mas não pude deixar de notar como seus olhos brilharam quando passamos por um Classe E conversível.

Ela deu de ombros.

— Para quê?

— Porque parece que você amou.

— Não posso ter um conversível com um bebê.

— Por que não?

— Porque não é prático.

— Em que sentido?

— Bom... não tem... espaço.

— Está planejando ter mais de um filho em breve?

Ela deu risada.

— Não. Mas e coisas como o carrinho?

Fui em busca do Vendedor Idiota.

— Ei, pode abrir o porta-malas desse Classe E?

Quando ele o fez, coloquei a cabeça para dentro e dei um sorrisinho ao olhar para trás para ela.

— Parece que tem bastante espaço para um carrinho.

Os olhos dela estavam indo de um lado a outro. Ela ainda parecia estar procurando motivos para não merecer ter o carro que realmente queria.

— Deixe-me te perguntar uma coisa... — eu disse. — Planeja cortar o cabelo e vestir momjeans após o bebê nascer só porque são coisas práticas?

— Claro que não.

— Então por que precisa sacrificar o que realmente quer em um carro? Além disso, há bastante espaço. Acredite em mim, eu não deixaria você comprar algo pequeno demais.

Seus olhos estavam grudados no conversível prateado.

Gia estava pensando.

— Acho que podemos fazer um test-drive.

Dei uma piscadinha.

— Essa é a minha garota.

Fomos entrar nele, e o vendedor teve a audácia de tentar sentar no banco do passageiro ao lado dela dessa vez.

Praticamente o joguei para o lado.

— Com licença. Eu que vou me sentar na frente. E, se olhar de novo para os peitos da minha garota, não somente vai perder esta venda, como também os dentes.

Ele engoliu em seco e ficou em silêncio ao entrar no banco de trás. Gia pareceu meio envergonhada, porém minha reação não deveria ter sido surpresa para ela.

Mal me lembrava de que ele sequer estava lá quando saímos para a rua. Gia havia se transformado em uma diabinha da velocidade naquela coisa, e eu estava adorando. Seu cabelo rebelde estava voando para todo lado, e eu só conseguia encará-la e aproveitar cada segundo.

Aquele carro valeria cada centavo se eu pudesse fazer isso o tempo todo.

Virando a cabeça para olhar para trás, imaginei um bebê-conforto lá e me arrepiei. Se ao menos pudesse entender o que o arrepio estava tentando me dizer...

CAPÍTULO 19

Rush

Finalmente, eu tinha feito todo o trabalho que precisava. Entre o projeto de construção do outro lado da cidade, a festa do fim da temporada no The Heights, indo e voltando para visitar Edward, trabalhando nas coisas de Gia e pesquisando carros para comprar, eu tinha uma lista quilométrica de itens a fazer. Mas cheguei no início do amanhecer hoje e, até começar a correria do jantar, eu já havia feito a maioria das coisas. Naquela época do ano, com o fim da temporada chegando rapidamente, sempre ficávamos bem lotados.

Fui para trás do balcão do bar a fim de ajudar Riley e Carly e peguei um pedido de bebida de um riquinho esnobe com uma mulher que era demais para seu caminhãozinho. Ele pediu uísque. Exigi o documento dele só por ser babaca em frente à sua amiga.

Ele resmungou ao pegar a habilitação na carteira.

— Estou aqui esperando há dez minutos, e não vi nenhuma pessoa pedir documento para validar a idade.

Olhei para seu documento, verificando o endereço depois do ano de nascimento. *Dune Road*. Imaginei. Bairro à beira-mar mais caro dos Hamptons. Por isso ele conseguiu fisgá-la.

— Quando um jovem pede uma bebida de velho, metade das vezes significa que está tentando fingir maturidade porque não tem idade. Você pediu uísque com gelo.

Ele arrancou o documento da minha mão.

— *Ou* ele tem bom gosto. E vamos querer um Pinot Noir.

A amiga do Dune Road abriu um sorriso sedutor para mim detrás dele.

É, não a culpo, querida.

Servi as bebidas e cobrei quatro dólares a mais — minha taxa pessoal para babacas. Claro que ele pagou com um cartão preto.

Quando terminaram, ele disse a ela que queria ir para o deque dos fundos. Quando ele virou para se afastar, sua acompanhante se debruçou no balcão.

— E a outra metade?

Demorei um minuto para perceber que ela estava se referindo ao meu comentário em relação a caras que pedem bebidas de velhos serem menores de idade *metade* das vezes. Me inclinei para perto dela para responder.

— Na outra metade, eles só são babacas mesmo.

Ela deu risada e seguiu sua galinha dos ovos de ouro para fora.

Após atender mais umas pessoas, vi que o bar começou a esvaziar, então fui ajudar nossa hostess. Não parecia que ela estava muito atarefada, porém sua bunda estava espetacular na nova saia que vestia naquela noite, e pensei em avisá-la disso.

— Essa é uma saia de maternidade? — Cheguei atrás dela e falei por cima do seu ombro. — Você está mais sexy esta noite.

— Sim. É muito confortável e flexível. Provavelmente, você caberia dentro dela comigo.

Eu queria entrar, sim.

— Isso parece ser um desafio. Você sabe o quanto gosto de um bom...

Parei no meio da frase ao ver uma mulher familiar entrar no restaurante. *Aquela é a Lauren?* Primeiro, pensei que fosse. Mas ela não estava do jeito arrumado de sempre. Vestia uma camiseta larga e calça de ginástica e, quando tirou os óculos de sol, seus olhos estavam inchados e vermelhos. Só quando ela me viu e começou a se aproximar foi que tive certeza de que era ela.

Sem ver quem tinha acabado de entrar, Gia se virou porque parei de falar.

— Rush?

— Merda.

— O que eu fiz?

— Não você. Lauren.

Gia franziu o nariz.

— Lauren?

Ela ouviu a voz antes de eu conseguir explicar.

— Oi, Rush — Lauren me cumprimentou. — Desculpe aparecer sem avisar. Podemos conversar por um minuto?

Porra.

— Claro.

Apertei o ombro de Gia e sussurrei:

— Tudo bem?

O olhar que ela me deu gritava qualquer coisa, menos que sim. Apertei-o de novo.

— Já volto. Aguente firme.

Lauren e eu fomos para minha sala. Ela ficou em silêncio até a porta se fechar.

— Desculpe. Não sabia mais para onde ir.

Puxei uma cadeira.

— Sente-se. O que quer que seja, estou aqui. Está tudo bem.

Ela olhou para baixo ao falar.

— Edward precisa de cirurgia. Você sabe que eles estavam esperando tirá-lo do coma induzido em breve.

— Sim. Antes de ontem, esperavam que fosse no fim da semana. Disseram que o inchaço tinha diminuído bastante. Algo mudou?

— Na cabeça dele, não. Está tudo bem. Mas fizeram outras ressonâncias hoje como precaução e encontraram outro aneurisma no estômago. Precisam tirar e querem seu consentimento para fazer a cirurgia.

— Por que meu consentimento? É Elliott que decide.

Lauren olhou para baixo de novo e torceu as mãos.

— Elliott não tem estado muito lógico ultimamente. Ele tem... bebido bastante.

— Todo o negócio de Edward é demais para lidar?

Seus olhos se ergueram para encontrar os meus. As lágrimas apareceram e seu lábio inferior tremeu.

— O que está havendo, Lauren?

— Elliott... ele... ele... — Sem conseguir mais segurar, ela caiu em prantos.

Entreguei-lhe uma caixa de lenços e puxei uma cadeira ao seu lado para esfregar suas costas.

— Está tudo bem. Demore o tempo que precisar. Estou bem aqui.

Meu coração estava ricocheteando na minha caixa torácica enquanto eu esperava para ouvir o que ela tinha a dizer.

Em certo momento, ela fungou algumas vezes e continuou.

— Na semana passada... fui até o escritório dele para surpreendê-lo com seu jantar preferido.

No minuto em que ela falou sobre *surpreendê-lo*, eu sabia o que viria.

— Ele estivera muito estressado entre administrar o escritório e a doença de Edward. Eu queria alegrá-lo. — Ela secou os olhos e olhou para mim. — Mas já tinha alguém fazendo isso por ele. *Bem ali, na sala dele.*

Caralho. Um grande mau-caráter.

— Tinha desconfiado de que havia acontecido algo antes. Mas acho que, simplesmente, escolhi ignorar e fingir que ele não estava me traindo.

Baixei a cabeça com vergonha do meu DNA.

— Sinto muito, Lauren.

— Obrigada.

Após alguns minutos em que ela me contou todas as pistas que deveria ter percebido, voltamos a conversa para a condição de Edward.

— Então Elliott é contra a cirurgia?

— Faz um dia que ele não vai ao hospital. Só esteve bêbado e batendo na minha porta. Pedi para ele ir embora porque não consigo ficar perto dele neste momento. Entretanto, fui visitar Edward nesta manhã e, aparentemente, eles estiveram tentando falar com Elliott desde ontem, e ele não ligou de volta. Precisam de uma decisão agora. Desculpe colocar essa responsabilidade em você, Rush.

— Não. Claro. É responsabilidade minha e de Elliott. Não sua. Agradeço por ter vindo até mim. Vou para o hospital. Sabe onde Elliott está ficando?

— Não tenho certeza. Ele estava roncando no chão do lado de fora do nosso apartamento ontem à noite. Mas, hoje de manhã, ele sumiu. Vou ficar na casa de verão dos meus pais em Montauk por uns dias, então, se o vir, diga a ele que pode usar o apartamento até eu pensar no que vou fazer.

— Certo.

Lauren se levantou. Queria que pudesse fazer mais alguma coisa para ajudá-la. Ela não merecia aquela merda.

— Montauk é a vinte minutos daqui. Se precisar de qualquer coisa, mesmo que seja só para falar ou gritar sobre Elliott, não hesite em me ligar.

Ela me abraçou.

— Obrigada, Rush.

Abri a porta da sala e ela parou. Ultimamente, pensei que não houvesse mais tanta coisa que pudesse me surpreender. Mas Deus me provara o contrário.

Lauren se virou de volta.

— Quase esqueci. Ainda não tivemos oportunidade de contar a ninguém. — Ela colocou a mão na barriga. — Acho que não é mais exatamente uma novidade feliz. Mas... estou grávida de sete semanas.

Gia entrou apressada na minha sala no instante em que Lauren foi embora.

— Ela sabe, não sabe?

— Não.

Sua mão apertou o peito.

— Ah, meu Deus, Rush. Edward... Sou tão egocêntrica que nem estava pensando...

— Edward está bem. Quero dizer... não está bem. Mas não está morto. Por que não se senta?

O rosto de Gia voltou a ter um pouco de cor quando ela se sentou na minha cadeira. Informei-a sobre a mais recente condição médica de Edward e contei a ela que Lauren flagrara Elliott com outra mulher no escritório dele. Deixei de fora a parte em que Lauren está grávida. *Um pesadelo de cada vez.*

— Então você precisa ir para o hospital?

— É. Preciso pensar se vou tentar encontrar o babaca do meu irmão ou não. Mas terei duas horas no trânsito para pensar nessa merda.

— Vou com você.

Sorri, adorando que ela não estava pedindo permissão.

— Sim, senhora.

Oak chamou um amigo para trabalhar como segurança a fim de que ele pudesse trabalhar na dupla função de gerente e hostess. Dez minutos depois, Gia e eu estávamos saindo. Quando entramos no carro, ela ainda estava lamentando a notícia que eu tinha compartilhado.

— Me sinto tão mal por Lauren. Ela parecia horrível quando saiu. Detesto dizer isso, porque tenho certeza de que ela está sofrendo muito... mas foi melhor, para ela, descobrir agora sobre Elliott. Seria muito mais difícil passar por isso se eles tivessem uma família.

Hesitei em colocar a chave na ignição.

Droga.

— O que aconteceu? — Gia perguntou.

Me mexi no banco para encará-la.

— É muito difícil esconder as coisas de você.

— Do que está falando?

Balancei a cabeça.

— Deixei de fora uma parte que Lauren acabou de me contar. Não queria te chatear.

— O que ela falou?

Respirei fundo.

— Lauren está grávida de sete semanas.

Gia me encarou por um bom tempo. Não sei como esperava que ela reagisse, mas, com certeza, não foi como reagiu em seguida.

Ela começou a rir. Primeiro, discretamente, porém se transformou em uma gargalhada de doer a barriga. Não pude deixar de me juntar a ela. A situação toda era simplesmente absurda. Aquela merda era melhor do que um episódio de *Jerry Springer*[3]. Demos tanta risada que Gia roncou e disse que precisava fazer xixi. Então rimos mais ainda.

Mas a parte triste... era que estávamos rindo porque foi exatamente o que acontecera com minha mãe e a mãe de Elliott — vinte e oito anos antes.

Segundo round, aí vamos nós.

— Você tomou a decisão certa. — Gia apoiou a mão na minha perna agitada a fim de acalmá-la. — Os médicos vão sair por essa porta a qualquer momento e nos dizer que ele está bem.

Depois que conversamos com os médicos na noite anterior, assinei documentos de consentimento para a cirurgia de Edward. Dormimos algumas horas no Hilton lá perto de novo e, então, voltamos naquela manhã a tempo de vê-lo sendo levado para a cirurgia. Fazia quatro horas que eles o tinham levado, dizendo que deveria demorar umas três horas e meia. Gia presumiu que eu estivesse distraído e surtado por causa de Edward, o que era apenas parcialmente verdade.

Embora Gia e eu tivéssemos gargalhado pela insanidade de Lauren estar grávida, isso me trouxe muitas lembranças ruins de volta à mente. O filho de Lauren seria como Elliott... o herdeiro legítimo. O filho de Gia seria como eu naquela terrível dinâmica familiar de ter um pai que não dava a mínima para seu filho bastardo. Não sabia se conseguiria suportar outra vida de merdas que viriam ao ser envolvido com aquela família. Claro que essa nova merda precisava aparecer exatamente quando eu estava voltando para Gia — pensando que poderia dar certo entre nós. Mas a dúvida voltou agora. E isso me deixava arrasado. Porque o tempo estava acabando, e eu sabia que precisava terminar isso com Gia e deixá-la seguir em frente ou superar tudo.

Uma voz chamou meu nome e me tirou dos meus pensamentos.

— Sr. Rushmore?

Gia e eu nos levantamos quando o médico que fez a cirurgia de Edward se aproximou.

---

3 Talk show americano que aborda temas controversos. (N.E.)

Ele puxou a máscara para baixo da boca e tirou a touca azul.

— Boas notícias. Seu pai foi ótimo. Conseguimos remover o aneurisma e refazer a parede da artéria sem muito sangramento.

— Que bom — eu disse.

Não queria me importar, porém, ao mesmo tempo, não conseguia deixar de me sentir aliviado por ele ter sobrevivido.

— Ele tem um caminho bem longo de recuperação. — O médico colocou uma mão no meu ombro. — Mas estou otimista que ele conseguirá. Não será fácil. Seu pai vai precisar de você agora, mais do que nunca.

Eu estava prestes a agradecê-lo quando uma voz atrás de mim me interrompeu. Uma voz arrastada, bêbada e maldosa.

— Ninguém nunca precisou de você.

CAPÍTULO 20

Gia

Erro de novata. Nunca se segura no braço de um cara em uma briga. Dessa parte, eu me lembrava. Ainda assim, não conseguia, de jeito nenhum, me lembrar do que Rush dissera que *deveria* fazer quando acontece uma briga. Tinha me falado uma coisa após a burrice que fiz de me meter no meio daquela briga no terraço do The Heights meses antes. Rush e Elliott estavam se encarando bem próximos desde que o médico saiu da sala de espera, e eu tinha praticamente certeza de que as coisas iriam ficar feias.

— Rush — eu disse.

Ele nem me ouviu.

— Saia daqui. Não precisamos de você perto — Elliott arrastou suas palavras.

— É? Alguém precisa agir como homem e ficar por aqui para tomar decisões. Aliás, seu pai teve um aneurisma no estômago. Removeram hoje e ele sobreviveu. Por nada — Rush falou entre dentes cerrados.

— Você não é um homem. É um bandido de rua.

Elliott estivera balançando para a frente e para trás e começou a cair para a frente. Rush precisou erguer a mão para impedir que ele caísse nele enquanto falava.

— Sente-se aí! — Rush rugiu.

Imediatamente, plantei minha bunda na cadeira ao meu lado, apesar de ele não estar falando comigo. Nunca o tinha visto tão bravo. Infelizmente, o bêbado do Elliott não se assustou tão facilmente quanto eu. Parecia que eu estava sentada aguardando algo de ruim acontecer ao ver os dois se insultarem, o que, percebi, era burrice. Poderia não me lembrar do que Rush tinha dito que deveria fazer a fim de apartar uma briga, porém estava claro que eu precisava chamar Oak. Como ele não estava por perto, resolvi chamar ajuda para impedir que esse desastre acontecesse, em vez de lidar com as consequências.

Rush e Elliott estavam tão focados um no outro, que consegui sair de fininho da sala de espera sem dizer nada. Felizmente, encontrei um segurança enorme logo no fim do corredor. Após explicar-lhe sobre a situação tensa, ele me seguiu de volta para a sala de espera.

O guarda encontrou-os ainda se encarando.

— Está tudo bem aqui, meninos?

— Está — Rush respondeu sem desviar os olhos de Elliott.

— Não parece estar muito bem. Ter um ente querido na UTI pode ser estressante e causar bastante atrito quando se trata de decidir o tratamento. Mas não é assim que as coisas são tratadas por aqui. Vou ter que pedir para vocês dois se sentarem, caso contrário, vou acompanhar ambos para fora das dependências do hospital.

Após quinze segundos completos de mais olhar intenso, foi Rush quem cedeu. Balançou a cabeça, virou-se e se sentou.

Elliott começou a dar uma risadinha como se tivesse vencido algo. Então o guarda assumiu o lugar de Rush e cruzou os braços à frente do peito enquanto o encarava.

— Sua vez. Sente-se.

O bêbado idiota resmungou baixinho, mas, enfim, foi se sentar do outro lado da sala.

O segurança olhou para mim, depois para Rush.

— Vou ficar aqui por um tempo. Vou só me sentar perto da porta.

Sorri.

— Obrigada.

Rush se sentou sozinho, matutando, e não olhou nem para o segurança nem para mim. Eu sabia que, para ele, a presença de Elliott era um lembrete doloroso de que eu estava grávida do filho do seu irmão e a montanha de animosidade que isso causaria nos anos seguintes. Sem dúvida, isso trazia à tona seus próprios sentimentos intensos da infância que ele fizera de tudo para superar. Era minha culpa que tudo estava confuso de novo.

Eu tinha uma consulta com o médico naquela tarde que planejara cancelar. No entanto, comecei a pensar que, talvez, as coisas melhorassem se eu não estivesse ali. Minha presença era gasolina no fogo já queimando. Rush precisava estar ali para o bem do seu pai, e eu não precisava aumentar seus problemas. Então resolvi enviar mensagem para o meu pai e ver se ele estava de folga para me levar à consulta.

Dois minutos mais tarde, ele respondeu *sem problema*, que estava resolvendo umas coisas e passaria no hospital quando terminasse. Pensei em avisar Rush quando ele se acalmasse um pouco.

Uma hora depois, Elliott estava roncando em uma cadeira e Rush ainda não tinha olhado para cima. Estava demorando mais do que eu pensara para ele se acalmar. Me levantei.

— Vou procurar o banheiro feminino. Quer que eu compre um café ou alguma coisa para você?

Rush balançou a cabeça.

Tudo bem, então.

Usei o banheiro tranquilamente. Como era um banheiro individual, resolvi me lavar na pia no caso de não ter tempo de passar em casa antes da consulta. Estar no hospital me deixava paranoica quanto aos germes, e havia suado com a discussão entre Rush e Elliott.

Lavei o rosto e as mãos, depois tirei a blusinha e lavei debaixo dos braços. Antes de voltar a vesti-la, dei uma boa olhada no espelho. Minha barriga estava muito mais redonda nos últimos dias. Não demoraria muito para eu ir da fase *será que ela engordou* para a fase *oh, ela engravidou*. Fazia um tempo que eu não conversava com o bebezinho e, por mais que o momento e o lugar fossem esquisitos, parecia ser necessário.

Esfreguei minha barriga.

— Ei. Sou eu. A mamãe. — Dizer a palavra *mamãe* era tão estranho para mim, já que eu não tive uma mãe. A palavra não saía da minha boca como para a maioria das pessoas. — Desculpe por fazer um tempo que não converso com você. Estive passando por muita coisa. Não tem desculpa, eu sei. Mas vou tentar não espaçar muito nossas conversas. Você está crescendo tanto. Bem, pelo menos *eu* estou crescendo. Então espero que você seja a causa. Apesar de que, para ser sincera, tenho passado bastante tempo com meus amigos Ben & Jerry ultimamente. Hoje vamos ao médico para ver como você está. Seu avô Tony vai nos levar. Ele é bem incrível. O melhor pai que qualquer um poderia ter. Não tenho dúvida de que ele será ainda melhor avô para você. É gentil, carinhoso e a pessoa mais confiável do mundo. Temos sorte de tê-lo. — Parei por uns segundos. — Ok. Bom, é isso por enquanto. Mas falo com você de novo em breve.

Após me vestir, me senti melhor para voltar à sala de espera. Só que, quando cheguei, havia três homens esperando agora — um Elliott dorminhoco, e meu pai e Rush em pé conversando.

Rush me viu no minuto em que me aproximei.

— Você não falou que seu pai viria.

— Eu... ãh... Tenho uma consulta esta tarde.

O músculo do seu maxilar ficou tenso.

— Eu teria levado você.

— Sei que teria. Mas você precisa ficar aqui. E meu pai está de folga hoje.

— Cuidar de você é prioridade acima de qualquer outra coisa — Rush rebateu.

Claramente, ele não ficou feliz por eu não ter conversado sobre isso com ele.

— Obrigada. Sei disso.

Meu pai estendeu a mão.

— Me ligue se eu puder fazer alguma coisa, filho. Mesmo que só queira companhia enquanto está aguardando. Sempre posso passar aqui no meu intervalo ou atrasar um pouco para voltar.

— Obrigado, Tony. Agradeço por isso.

Dei um passo à frente e abracei Rush. Embora ele tenha colocado o braço em volta de mim, seu corpo estava rígido.

— Me mande mensagem depois — pedi. — Me avise como Edward está.

Rush assentiu.

Meu pai abriu a porta para mim, e comecei a passar por ela, porém parei e olhei para trás por cima do ombro. Rush olhou para cima e nossos olhos se encontraram, no entanto, ele não falou nada nem tentou me impedir de ir embora — não que eu esperasse que ele o fizesse. Mas era uma triste realidade. Era assim que seria na semana seguinte: eu indo embora com meu pai, só que eu partiria dos Hamptons. E, quando me despedisse de Rush, seria permanente.

Comecei a me arrastar lá para as oito da noite. O The Heights estava lotado, e estava difícil acompanhar, apesar de ter me animado dez minutos antes, quando Rush, finalmente, chegou. Ele parecia abatido, ainda com as mesmas roupas que usava quando partimos para a cidade no dia anterior. Presumi que tivesse passado o resto do dia no hospital e ido direto trabalhar. Eu lhe enviara mensagem no início do dia para avisar que correu tudo bem na consulta e perguntar como estavam as coisas no hospital.

Sua resposta foi curta.

Ainda não matei o babaca. Então isso é um bônus.

Só quando eram quase nove e meia foi que a correria do jantar se acalmou o suficiente para eu aparecer na sala do chefe. Bati na porta aberta.

— Ei. Como você está?

— Indo. E você?

— Estou bem.

— Não brigou com Elliott?

— Não, mas ele ficou com o olho roxo.

— Como?

— O idiota caiu da cadeira em que estava desmaiado na sala de espera. Caiu de cara. Foi o ponto alto do meu dia.

Sorri.

— Como está Edward?

— Os médicos disseram que ele está indo muito bem. Vão tentar tirá-lo do coma daqui a uns dias.

— Isso é ótimo.

Rush assentiu e pegou uma pilha de papéis, virando-se para guardá-los no armário de arquivo atrás dele enquanto falava.

— Como foi o dia com seu pai?

— Na verdade, foi bom. Como tínhamos um tempinho, fomos no meu apartamento para ele me ajudar a mover alguns móveis. Encomendei umas coisas para o bebê e precisava abrir espaço.

Rush congelou. Ficou de costas para mim por um minuto antes de se virar. Quando o fez, me olhou de forma intensa.

— Então acho que você já está decidida a se mudar.

Olhei para baixo.

— É. Quase.

Quando olhei para cima, Rush ainda estava me olhando desafiadoramente.

— Fico feliz por você. — Ele pegou uma pasta da mesa e falou enquanto olhava para ela. — Precisava de mais alguma coisa? Tenho bastante trabalho acumulado.

— Oh. Não. Vou deixar você voltar a trabalhar, então.

De alguma forma, consegui colocar um pé à frente do outro e fechar a porta da sala de Rush ao sair. Mas não sabia como iria deixar aquele homem para trás quando saísse pela porta na semana seguinte.

CAPÍTULO 21

Rush

Eu estava cansado.

Cansado pra caramba.

Entre ir e voltar do hospital até os Hamptons e a iminente partida de Gia, minha cabeça estava constantemente girando.

Meu pai, enfim, foi tirado do coma, o que foi um alívio. Ainda seria um longo caminho de recuperação, o qual não estava sendo facilitado pelo comportamento imbecil de Elliott ultimamente. Não que não fosse um imbecil sempre, porém ele havia elevado isso a outro nível nos últimos meses. Parecia que ele estava chegando ao fundo do poço.

Ao dirigir da cidade para casa, precisei conter o desejo de parar e comprar cigarros uma dúzia de vezes. Toda vez que eu queria parar, me obrigava a pensar em um comercial que costumava passar quando eu era criança. Sempre me dava um medo do caralho. O homem na tela falava com um buraco na garganta, alertando contra o cigarro. Então, no fim, você via que o cara tinha morrido. Assim, eu me obrigava a pensar nesse comercial toda vez que quase desistia. Parecia que estava funcionando. Tinha chegado até aqui sem recaídas. Com sorte, eu conseguiria continuar assim.

Estava tarde e escuro. As luzes na estrada pareciam um monte de linhas iluminadas e borradas. Pisquei muitas vezes para enxergar direito.

Tinha acabado de sair da rodovia quando os faróis de um carro se aproximando entraram em foco. De repente, pareceu que o carro estava vindo diretamente na minha direção.

Merda!

Gia.

Desviei, quase perdendo o controle do meu Mustang. E acabou.

Gia.

O que aconteceu?

Quase bati de frente?

Meu coração estava praticamente batendo fora do peito. Meu corpo estava tremendo.

Gia.

Ainda não estava claro para mim se o carro veio na minha direção, se fui eu o culpado ou se simplesmente reagi de forma exagerada. Só sabia que, por um segundo, senti que fosse morrer. E, naquele instante, foi em Gia que pensei.

Bem, isso abriu meu olho.

Mantendo a velocidade baixa, sequei a testa com a manga e continuei dirigindo enquanto tentava me recompor.

Tudo que tocava no rádio estava me irritando conforme eu passava as estações, dando a cada música uma oportunidade de dois segundos de me convencer antes da rejeição.

Não.

Não.

Enfim, desliguei.

Meu celular começou a tocar. Olhando para baixo, vi que era minha mãe.

Com o coração ainda martelando no peito, atendi:

— Oi, mãe.

Parecia que a televisão estava soando no fundo quando ela disse:

— Parece que você está sem ar.

Expirei.

— É.

— Tive uma sensação estranha de que havia algo errado. Então, resolvi ligar e ver como você estava. Está tudo bem?

Fiquei todo arrepiado. Ela teve uma sensação estranha? Se isso não era assustador, não sei o que era. Aquela noite estava ficando cada vez mais estranha.

— Você acabou de me assustar — respondi.

— Como assim?

— Quando falou que sentiu algo. Porque tenho praticamente certeza de que quase morri. Ou foi isso ou estou ficando louco.

— O quê? — Ela pareceu entrar em pânico. — O que aconteceu?

— Estou bem. Não quis assustar você, mas acabei de desviar de uma colisão de frente. Pelo menos, acho que foi isso. Aconteceu tão rápido que não sei se reagi de forma exagerada ou se realmente corri o risco de bater. Nunca aconteceu algo assim comigo. Só sei que... estou suando como um filho da puta neste momento. Desculpe o palavrão.

— Graças a Deus você está bem. Está passando por muito estresse.

— Sempre funcionei bem sob pressão. Não sei por que, de repente, isso está me afetando.

— Bem, você acabou de responder sua própria pergunta. Todo mundo tem um limite. Você tem permissão de se descontrolar um pouco uma vez na vida, filho. Mas, por favor, tenha cuidado, e tente não dirigir cansado, se puder evitar. Espero que tenha aprendido a lição.

— Quer saber da maior? Quando esse carro, supostamente, estava vindo na minha direção, só consegui pensar na Gia.

— Oh, Heath, o que isso lhe diz?

Suspirei no celular.

— Sei o que sinto. Só não sei se é suficiente.

— Vai tomar a decisão certa, Heath. Entretanto, precisa se cuidar para pensar com a mente tranquila. Não tem problema se preocupar com todo mundo, mas, em algum momento, também precisa cuidar da sua saúde. Veja pelo que passou em questão de apenas meses. Se apaixonou pela primeira vez na vida, descobriu que ela estava grávida, depois descobriu o inimaginável sobre quem é o pai do bebê. Sem contar que a única figura paterna de verdade da sua vida faleceu, e seu pai verdadeiro esteve à beira da morte.

Caramba, falando assim, parecia louco pra caramba.

— Obrigado pelo lembrete, mãe. Agora preciso de um cigarro e uma bebida.

Quando cheguei em casa, caiu a ficha da realidade do que quase aconteceu. Eu poderia ter morrido. E aí? Quem cuidaria de Gia? Esse era um pensamento irracional, sendo que não tinha me comprometido totalmente com ela — com eles. Parte de mim sabia que, mesmo se eu não conseguisse ser um pai para o filho de Elliott, iria protegê-los de algum jeito, mesmo que distante. Ela sentia que precisava se preparar para uma vida longe de mim, mas eu encontraria uma maneira de cuidar deles, independente disso.

Mas o que acontece quando ela encontrar outra pessoa?

Porque ela *vai* encontrar outra pessoa. Vai cuidar dela enquanto ela está com alguém? Faz sentido?

Transando com outro cara?

Só de pensar nessa situação eu já surtava.

Joguei as chaves na mesa e abri a geladeira. Nada parecia apetitoso. Ao abrir o freezer, vi um antigo pote de Chunky Monkey da Ben & Jerry's que tinha sido deixado lá desde a última vez em que Gia esteve ali. Parecia ter sido há anos.

É melhor acabar com ele.

Quando abri o pote, havia um bilhete grudado do lado de dentro da tampa.

Não sobrou muito. Desculpe. Tive desejo de madrugada. Vou comprar outro. Te amo.

Ela nunca teve oportunidade de comprar outro, porque não voltara desde então. Meu peito doeu. Não queria mais comer o maldito sorvete. Agora só queria ir dormir e parar de pensar por um tempo.

Subi para o meu quarto e abri as portas francesas que levavam para a varanda. Deixando o ar frio da noite arejar o quarto, me deitei e ouvi o som das ondas enquanto inalava o ar salgado. Essa era a melhor parte de morar ali. O oceano tinha um efeito calmante em mim como nada mais tinha.

E eu sabia exatamente o que iria fazer para dormir. Só havia um jeito de conseguir relaxar o suficiente para isso.

Eu tinha três fotos em um álbum escondido no celular que sempre ajudavam quando eu queria gozar rápido. Eram fotos de Gia, da última vez que ficamos juntos, antes da notícia de Elliott surgir. Completamente nua e aberta, ela estava me provocando na foto, convidando-me para tomá-la. Era a foto perfeita, porque dava para ver tudo, inclusive seus peitos lindos. Naquela noite, eu tinha perguntado se poderia tirar umas fotos dela nua e ela respondera que sim. Naquele momento, eu não fazia ideia de que as fotos substituiriam a realidade. Olhar para elas agora era uma forma de tortura, à qual eu parecia não conseguir resistir de vez em quando.

Assim que abri o zíper da calça e peguei meu pau duro, a foto da boceta de Gia começou a vibrar na minha mão.

Gia ligando.

Dei risada com a ironia. Timing perfeito.

Desculpe, Gia. Não posso falar agora, porque sua boceta está me chamando.

Sexualmente frustrado, atendi.

— Ei.

— Oi... Só queria ver como você estava e saber sobre a situação de Edward.

— Nada mudou desde que eles o tiraram do coma. Está estável. Obrigado por verificar.

Optei por não contar a ela minha experiência de quase-morte, principalmente porque não queria estressá-la ainda mais em sua condição.

— O que está fazendo esta noite? — ela perguntou.

Ãh.

Não consegui me conter e dei risada. Meus olhos estavam lacrimejando.

— O que é tão engraçado?

— Sua boceta acabou de vibrar.

Ela arfou.

— Calma aí... como você sabe?

Hã?

Sua pergunta bizarra me fez rir de novo. Eu sabia ao que estava me referindo. Mas do que ela estava falando?

— Espere... sua boceta realmente está vibrando?

— Está. Mas como você sabia?

Comecei a rir ainda mais.

— Do que, em nome de Deus, está falando, Gia?

— Do que *você* está falando? — ela perguntou, parecendo confusa. — Pensei que estivéssemos falando da mesma coisa. Só não sei como você saberia disso.

— Você primeiro. Me explique do que está falando.

Ela suspirou.

— Bem, estive sentindo uma sensação estranha lá embaixo. Parece uma vibração... como uma leve sensação de um celular tocando dentro da minha vagina. Mas bem leve. Na verdade, liguei para o médico para falar sobre isso. Ele acha que é hormonal ou, talvez, um tipo de fasciculação muscular por estresse. Do mesmo tipo que acontece quando se está nervoso ou quando consome cafeína demais.

— Fasci... o quê?

— Fasciculação muscular. Como uma vibração do músculo.

— Ah, sim... Sinto isso no meu pau. — Ri baixinho.

— Cale a boca. — Ela também estava rindo agora. — Mas a pergunta é... como você sabia?

Essa conversa estava seriamente no topo da lista das conversas mais estranhas que já tive.

Secando os olhos, eu disse:

— Eu não sabia, Gia. Não sabia sobre sua boceta vibratória. — Ronquei.

— Mas foi você que tocou no assunto!

— Eu estava me referindo à minha *própria* boceta vibratória... ou melhor, sua boceta vibratória na minha mão.

— O quê? Estou muito confusa.

— Certo... você interrompeu uma coisa quando ligou.

— Uma coisa?

— É, eu estava prestes a bater uma.

— Oh... entendi.

— Com fotos suas, se quer saber. Estava usando uma foto da sua boceta nua para gozar. Lembra das fotos que tirei há um tempo?

— Aham, sim.

— Quando você ligou, o celular começou a vibrar. Por isso... a boceta vibratória.

Ela deu risada.

— Uau. Certo. Agora faz todo sentido... mas é muita coincidência. Sabe que posso te ajudar, é só me ligar, e talvez você até possa me ajudar com minha própria boceta vibratória.

— Gia...

Precisei de toda a minha força de vontade para não pular no carro e descarregar todas as frustrações nela. Mas eu não estava pensando direito naquela noite. Era mais seguro ficar ali na cama, onde não poderia bater em outro carro nem violar uma boceta vibratória.

CAPÍTULO 22

Gia

Riley ficou parada perto da porta do meu quarto.

— Não consigo acreditar que você também vai embora esta semana. — Ela cruzou os braços. — Eu tinha certeza de que daria tudo certo com vocês. Mas ainda tenho fé.

Riley estava me observando me vestir para a festa do fim da temporada no The Heights. Como ela não sabia nada sobre Elliott ser o pai do meu filho, não era surpresa que ela estivesse bem confusa quanto ao motivo de eu ir embora.

— Foi um verão louco. Nunca vou esquecer — ela disse.

— Nem eu.

— Acha que vai voltar no próximo?

Ela estava falando sério?

— Com o bebê? Não. A vida, como eu conheço, basicamente acabou, Riley. Sem mais repúblicas de verão por uns dezoito anos.

Ela respirou fundo.

— É que é difícil acreditar que as coisas não serão mais as mesmas.

As palavras dela me atingiram com força. Na sua cabeça, eu tinha certeza de que ela se referia a não ter mais diversão. Para mim, significava muito mais. Independente de Rush voltar atrás ou não, as coisas nunca mais seriam as mesmas para nós. Ou ele sumiria da minha vida ou teríamos que nos adequar a um novo conjunto de desafios. Eu só queria que ele me amasse o bastante para querer lutar pela segunda opção, mesmo que fosse doloroso. No entanto, eu não podia escolher como isso iria acabar.

— O que planeja fazer quando chegar à cidade? — ela perguntou.

— Bom, tenho que procurar emprego. Essa é a primeira coisa. E preciso terminar meu livro. É a segunda. Felizmente, quando estiver lá, vou conseguir me concentrar mais na escrita.

— Mal posso esperar para ler esse livro quando estiver pronto. Nem leio romance, mas vou ler esse. — Ela arregalou os olhos. — Ei... você poderia colocar o Rush na capa. Aposto que venderia.

Por algum motivo, isso me incomodou. Talvez fosse só porque eu estava supersensível, mas realmente não queria ouvir outra mulher dizendo como meu provável futuro ex era atraente.

— Não consigo visualizá-lo posando para a foto. Ele não é tipo o Fabio[4].

— Bem, é verdade, com certeza. — Ela deu risada.

Riley desceu, me deixando sozinha com meus pensamentos. Eu tinha escolhido o vestido de maternidade mais bonito que eu tinha para usar na festa daquela noite. Era preto e dourado com lantejoulas no decote. O corte era feito de um jeito que escondia minha barriga em crescimento.

Eu estava totalmente receosa em ter que me despedir de Rush em breve. Quanto mais rápido eu fosse embora, melhor. Não gosto de despedidas longas. Simplesmente não conseguia lidar com elas.

Estava tudo encaixotado, exceto pelos últimos poucos itens que mantive no quarto porque precisava da força que eles me davam.

Peguei-os um por um conforme os preparava para levá-los comigo.

O quadro do pôr do sol de Melody. Embora me deixasse triste, também me dava esperança e me ajudava a lembrar que aquele verão foi uma jornada mágica, apesar das partes dolorosas. O sol sempre nasce e se põe, independente de qualquer coisa. O amanhã é sempre um novo dia. Aquele quadro continuaria me dando esperanças nos anos que viriam.

A boneca de cabelo escuro que Rush comprou para mim no brechó. Embora tivesse guardado todas as minhas bonecas feias, não tinha conseguido embalar aquela ainda. Era um lembrete do quanto Rush realmente "me entendia" e como, mesmo nos piores momentos, ele sempre sabia como me fazer sorrir.

A camisa preta de Rush — aquela que usei como vestido na festa de

---

4   Fabio Lanzoni, mais conhecido apenas como Fabio, é um ator e modelo ítalo-americano que foi capa de diversos livros de romance nos anos de 1980 e 1990. (N.E.)

Elliott, na noite em que descobri que ele era Harlan. Aquela camisa era minha dose de realidade. Me lembrava de não baixar a guarda quando começasse a acreditar que o amor superava tudo. Era um mecanismo de proteção, e eu não a devolveria para o dono, principalmente, porque, mesmo depois desse tempo todo, ainda tinha o cheiro dele.

Comecei a desmoronar conforme guardava a camisa. Elliott ainda não sabia sobre o bebê. Só conseguia imaginar como seria terrível contar a ele. Meu maior medo era que ele tentasse capitalizar isso de alguma forma, isto é, me magoar para atingir Rush.

A festa exagerada do fim da temporada, definitivamente, fazia jus à sua reputação.

Rush tinha caprichado. Havia lanternas enormes decorando o lado de fora. Uma banda cover local que era bem difícil de contratar estava tocando no terraço. Ele tinha agendado com eles um ano antes para aquele evento. O tempo estava absolutamente lindo com uma brisa leve e perfeita no bar externo.

Estávamos com a capacidade máxima. Eu meio que flutuava pela festa, me recusando a realmente pensar no que aquela noite significava. Não podia me permitir pensar demais nisso, senão iria chorar.

A noite estava simplesmente passando, mas eu realmente queria que passasse devagar. Não encontrava Rush em nenhum lugar. Não sabia se ele estava só cuidando das coisas ou se escondendo de mim. Mas, definitivamente, eu sentia sua ausência naquela noite, não apenas no ambiente, mas no meu coração.

Quanto mais cedo você se acostumar, melhor.

Oak apareceu.

— Como está indo, mocinha bonita?

Só de ver Oak já ficava triste. Ele tinha sido um amigo e protetor tão bom. Iria sentir falta dele o tempo todo. Um homem gigante com coração gigante.

— Ei... antes que eu esqueça de te dizer... — comecei. — Obrigada por tudo neste verão... por cuidar de mim aqui e por seu apoio durante o pior de tudo. Nunca vou esquecer.

— Uau. Isso parece muito com uma terrível despedida.

Dei de ombros.

— Bem, meio que é. É nossa última noite de trabalho. Daqui a apenas alguns dias, estarei de volta ao Queens.

Parecia que Oak estava sem palavras. Então, enfim, disse:

— Me recuso a acreditar que Rush vai deixar você ir, Gia. Me recuso a acreditar que não vou mais te ver.

— Ele não se esforçou para me impedir. — Olhei em volta pelo local lotado e minha voz falhou. — Nem o vi a noite inteira. Você viu?

— Ele está por aqui, sim. Provavelmente, sofrendo da própria maneira igual a você.

Uma onda de tristeza me atingiu. Naquele instante, vi a mãe de Rush, Melody, entrar.

Ótimo. Não havia como eu conseguir esconder as lágrimas agora.

Ela seguiu diretamente na minha direção.

Tentei fingir felicidade conforme a abracei.

— Melody, não sabia se você viria.

— Nunca perco esta festa, e amanhã é o brunch dos funcionários, mas certamente não poderia perder nada disso sabendo que você vai embora em breve.

— Rush e eu... não estamos...

Ela sorriu de forma solidária e segurou minha mão.

— Eu sei, querida. Eu sei.

— Não o vi muito por aqui esta noite — contei a ela.

Melody não pareceu surpresa.

— Provavelmente, é de propósito.

— Era o que eu temia.

— Não diria que é porque ele não se importa... é exatamente o contrário, Gia. Tenho praticamente certeza de que esta é uma das noites mais difíceis da vida dele. Ele pode estar evitando você para não se chatear. Mas não vai conseguir se esconder a noite toda.

Ouvi-la dizer isso me fez querer ir procurá-lo.

O lugar estava lotado, e eu estava parada, ignorando os clientes.

— Preciso voltar ao trabalho. Vai ter tempo para mim depois de fecharmos?

Melody colocou a mão no meu braço.

— Claro. É por isso que estou aqui. Vou dormir no Rush esta noite.

— Certo. — Sorri.

Melody foi se misturar, e eu continuei meus deveres: acomodar as pessoas e abrir sorrisos falsos para os clientes.

Só depois de uma hora foi que Rush finalmente apareceu. Juro que senti sua presença antes mesmo de vê-lo parado lá. Algo no ambiente simplesmente mudou. Então me virei e ali estava ele.

Ele tirou meu fôlego. Rush estava mais arrumado do que o normal, vestindo uma polo preta que exibia seus braços tatuados e calças que abraçavam sua bunda linda. Caramba, ele estava incrível.

Acho que presumi que ele continuaria me ignorando. Mas ele fez a última coisa que eu esperava: veio até mim e pegou minha mão. Estava me levando para fora.

Meu coração começou a bater forte.

— O que está fazendo? Preciso terminar meu turno.

— Cuidei disso. Você está livre pelo resto da noite.

— Estou?

— Sim.

Era tão bom estar segurando sua mão. Fazia tanto tempo. Ele me levou para fora e até a água, então se sentou na areia e deu um tapinha no chão, me incentivando a me sentar entre suas pernas. Rush me envolveu em seus braços e apoiou a bochecha nas minhas costas.

Pareceu que meu corpo todo se acalmou instantaneamente. Ele ficou em silêncio, e eu apreciei o calor do seu corpo contra o meu enquanto ficamos sentados juntos.

Não entendia o que estava acontecendo, e não questionei. Em minha mente, o silêncio era bom. Significava que ele não conseguia me dizer que o que quer que fosse aquilo entre nós agora estava acabado. Até onde eu sabia, o silêncio nos fazia ganhar tempo.

Enfim, tive que perguntar.

— O que estamos fazendo?

Sim, essa questão era tanto no sentido literal quanto no figurado.

— Nada. Absolutamente nada. Só estamos sentados. Quero aproveitar este momento com você aqui fora. Tem problema?

— Não. Só estou surpresa. Você me ignorou a noite inteira.

— Acha mesmo que não estava pensando em você, Gia?

Não respondi, porque era uma pergunta retórica. Claro que estava pensando em mim.

— Só consigo pensar em você esta noite. Inferno, em qualquer noite — ele continuou.

Ficamos em silêncio de novo por bastante tempo. Era bom pra caramba estar em seus braços novamente, uma sensação de segurança como nenhuma outra. Olhei para trás, para o The Heights ao longe, e todo o caos da festa pareceu ser uma lembrança distante comparada ao nosso retiro de paz.

— Desculpe se estive ausente esta noite. Foi difícil, para mim, lidar com o fato de ser sua última noite no The Heights. Foi mais fácil não lidar com isso — ele falou contra as minhas costas.

— Tudo bem. Entendo. Sei que é difícil. Nós dois estamos juntos nessa. Também é difícil para mim.

— Quando, enfim, fui até a área principal de jantar, olhei para você e, imediatamente, me arrependi de desperdiçar toda a noite refletindo na minha sala quando poderia ter passado a noite olhando para você nesse vestido. Está tão linda.

Virei a cabeça e simplesmente não pude evitar, dando-lhe um beijo casto nos lábios.

— Estou feliz por ter me roubado.

Ele passou a mão pelo cabelo.

— Você vem ao brunch dos funcionários amanhã, certo?

— Sim... Mas tenho que embalar mais coisas pela manhã.

Ele não comentou sobre isso.

Continuei sentada entre suas pernas, encarando o oceano, pensando se, no futuro, veria esse mar de novo. Se as coisas não dessem certo, será que eu voltaria algum dia ou seria simplesmente doloroso demais?

Rush colocou as mãos na minha barriga e começou a acariciá-la. Fechei os olhos. Era tão bom. Não havia nada melhor do que sentir um homem com mãos grandes e lindas acariciar sua barriga. Bem, talvez houvesse algumas sensações melhores. Contudo, no momento, isso era exatamente o que o médico pedira.

Senti o bebê começar a chutar e pular.

— Sentiu isso?

Não era a primeira vez, mas foi uma das mais intensas.

— Sim. — Ele deu risada. — Senti, sim. Ele deve gostar da praia.

— Na verdade, acho que ele está reagindo ao carinho.

— Ele consegue sentir quando faço isto?

— Sim. Li que consegue. Não é loucura?

— Uau. — Ele continuou me massageando. — Ei, vai descobrir o que é... se é menino ou menina?

— Por que sequer precisa perguntar, se tem tanta certeza de que é menino? — eu o repreendi.

— Quero poder dizer que te avisei.

— Na verdade, acho que quero ser surpreendida. Não há tantas vezes na vida em que se pode escolher ser surpreendido. Acho que gostaria de esperar.

— Muito bem. Realmente tivemos suficientes surpresas que não conseguimos controlar.

— Com certeza — concordei.

Eu estava praticamente dormindo conforme ele continuava fazendo carinho na minha barriga. Porém, o bebê tinha parado de se mexer. Talvez ele tivesse dormido. *Ele*. Dei risada, percebendo que Rush me convencera a também acreditar que era menino.

Ainda não conseguia acreditar que Rush abandonou a festa do próprio bar para passar seu tempo comigo. Seria algo de que eu nunca me esqueceria.

De repente, ele disse:

— Sentiu isso?

Pulei um pouco.

— O quê?

— Isso.

— Não. O bebê se mexeu? Não senti.

— Não. Está vindo daqui. — Ele deslizou a mão para baixo da minha barriga. — Acho que é sua boceta vibrando.

Dei uma risadinha e o cutuquei com meu cotovelo.

— Idiota.

CAPÍTULO 23

Rush

Normalmente, eu mal podia esperar para a temporada de verão terminar. Estaria cansado dos clientes esnobes, dos funcionários não confiáveis que ligavam dizendo que estavam se sentindo mal por causa de uma maldita queimadura de sol e pronto para os turistas caírem na estrada. Mas não naquele ano. Naquele ano, eu não estava preparado para ver o fim. E o motivo disso estava, no momento, abraçando todos os funcionários com lágrimas nos olhos.

Me aproximei quando ela abraçou Oak. Era o segundo abraço que ela dava nele, e uma pontada de ciúme pode ter se instalado em mim, independente do quanto eu sabia que era absurdo.

— Você sabe que vai ver todo mundo no brunch amanhã, certo?

Ela fungou para conter as lágrimas.

— Eu sei. Mas esta é a última noite em que todos vamos trabalhar juntos.

— Então significa que está chorando porque não vai mais trabalhar com essas pessoas e, amanhã, vai chorar de novo porque *realmente* estará se despedindo?

Gia mostrou a língua.

— Cale a boca.

— O que te disse sobre mostrar essa língua para mim, mocinha?

Oak balançou a cabeça e deu risada. Eram quase cinco da manhã, os últimos clientes foram colocados para fora há uma hora, e a maior parte dos funcionários tinha ido embora, com exceção de Riley, Oak, Gia e um dos auxiliares de garçom. Todos foram até a porta da frente ao mesmo tempo.

Destranquei a porta e os deixei sair.

— Vejo vocês amanhã.

Oak apertou minha mão e todo mundo, com exceção de Gia, foi embora.

Ela ficou na ponta dos pés e beijou minha bochecha.

— Boa noite, Heathcliff.

— Durma um pouco, querida.

Depois de ver todos entrarem nos carros e irem embora em segurança, tranquei a porta. Eu precisava dormir um pouco. A festa do dia seguinte era uma tradição que comecei quando assumi o The Heights. No dia seguinte à festa do fim do ano, eu oferecia um brunch a todos os funcionários. Eu arrumava tudo e servia comida e bebida — e os funcionários pareciam se empolgar todo ano. Mas isso significava que eu precisava voltar bem cedo a fim de garantir que estivesse tudo pronto quando eles chegassem.

Mesmo assim, eu ainda não estava a fim de ir embora. Então, apaguei todas as luzes, peguei uma toalha da despensa para me deitar e voltei para a praia. Ainda estava escuro, mas não demoraria muito para o sol começar a sair. Geralmente, eu era do tipo que gostava do pôr do sol — de me sentar, refletir sobre o dia e observar a Mãe Natureza colocar o céu para dormir. Gostava de as cores terminarem em preto. Sempre pareceu apropriado para a minha vida. Mas, hoje, o nascer do sol pareceu certo — o início de um novo dia trazendo esperança e uma chance de recomeçar. Talvez lançaria uma luz, no sentido figurado, em mim, enquanto a literal tomava conta do céu.

— Oi, Rush. — A esposa de Oak, Min, se aproximou e me deu um abraço enquanto segurava uma das filhas na cintura.

Toda vez que eu via Min Lee, me surpreendia com como ela era minúscula. Não devia ter mais de um metro e meio e pesar uns quarenta e cinco quilos quando molhada. Se eu não pensasse que ele iria me bater, eu o pegaria pelas bolas e perguntaria como eles faziam aquela merda dar certo.

— Oi, Min. Você está ótima. Ainda não entendo o que vê naquele grande idiota. — Dei uma piscadinha.

— Cuidado — Oak alertou. — Não tem nenhum segurança trabalhando agora para salvar seu esqueleto magricela se eu resolver usar sua cabeça como saco de pancada.

Só um cara enorme como Oak poderia chamar um cara do meu tamanho de magricela.

Dei risada.

— Não tenho medo de você — brinquei, enquanto puxava sua esposa para a minha frente como um escudo humano.

— Isso mesmo. Coloque a pessoa com os maiores colhões para te proteger.

Todos nós demos risada. Enquanto Oak e sua família se acomodavam, fui pegar bebidas para eles: uma mimosa para Min e uma cerveja para o meu amigo. Gostávamos de brigar e zoar, mas tinha precisado bastante de Oak naquele ano. Ele fora meu confidente com tudo que ocorria com Gia, e teria sido uma droga sem ele. Por isso eu tinha pagado dois mil a mais em seu bônus de fim de ano. Ele merecia só por me aguentar choramingando.

O restante dos funcionários e suas famílias chegaram. Brinquei de hostess com a maioria, entregando seus bônus em cheques com uma oferta infinita de bebidas. Gia chegou tarde com seu pai. Não sabia que ele viria do Queens para a festa.

Apertei a mão dele.

— Oi, Tony. É bom te ver.

— Você também, filho. Deve estar feliz pelo fim da temporada lotada.

Meus olhos foram para Gia e voltaram.

— É bom e não é.

Gia estivera olhando para baixo, parecendo perdida em pensamentos. E parecia nervosa por algum motivo. Quando toquei em seu ombro para me inclinar e beijar sua bochecha, cumprimentando-a, ela pulou.

— O que está havendo? Você está bem? — perguntei.

— Sim. Estou bem. Só cansada.

Assenti, porém, definitivamente, ficaria de olho nela.

Assim que todos estavam com os pratos e copos cheios, fui até o bar para fazer mais algumas levas de mimosas. Tony se aproximou e se sentou em um banquinho à minha frente. Olhou por cima do ombro para Gia antes de começar a falar. Ela estava ocupada conversando com minha mãe.

— Pela surpresa no seu rosto quando cheguei, imagino que não soubesse que eu vinha.

Coloquei no balcão a garrafa de suco de laranja que estava na minha mão.

— Não sabia. Mas estou feliz que esteja aqui. Esta festa é para a família, e gostei de Gia ter convidado você.

Tony assentiu.

— Também acho que não sabe por que estou aqui.

— Está tudo bem com Gia?

— Fisicamente, sim. Ela está bem. Mas ela te disse quando iria voltar para o Queens?

— O contrato de aluguel dela acaba na sexta, então daqui a alguns dias.

Tony balançou a cabeça de um lado a outro lentamente.

— Ela me ligou ontem à noite. Adiantou a mudança.

Meu corpo inteiro ficou rígido.

— Para quando?

— Para logo depois desta festa. Falou que queria começar a arrumar tudo logo. Mas meu instinto me disse que, talvez, ela esteja tentando ir embora sem se despedir de um certo chefe. Vim cedo hoje de manhã e já carreguei quase tudo no carro. Só faltam mais algumas caixas, e então vamos partir.

Porra.

Porra.

Porra!

Olhei para baixo, para o bar. Depois de um tempo, ergui o olhar para Tony, mas eu não estava em condição de conversar com ninguém.

— Preciso sair um pouco.

Ele assentiu.

— Vá em frente, filho. Eu termino de preparar as bebidas e digo que você precisou atender uma ligação, se alguém te procurar.

Saí pelos fundos e comecei a andar na praia. No meu peito, tinha uma sensação esmagadora que torci para ser um ataque cardíaco. Gia não me deixaria se eu estivesse na UTI. Então precisaria disso mesmo para fazê-la ficar? Eu tinha praticamente certeza de que poderia ser bem mais fácil do que isso. Só precisava dizer que queria ficar com ela. Dizer que conseguiria aceitar seu filho e seguir em frente sem passar todos os dias pensando no pai do bebê. Dizer que eu conseguiria seguir em frente sem ressentimento. Por que não conseguia fazer isso? Eu *queria* fazê-lo.

Precisei me sentar em uma pedra grande quando comecei a hiperventilar. Minha cabeça estava girando, e pensei que, talvez, a falta de sono e o estresse realmente tivessem levado a um infarto. Precisei de dez minutos sentado com a cabeça entre as pernas, respirando de forma controlada, a fim de amenizar a dor.

Temendo que as pessoas pudessem começar a ir embora porque fazia muito tempo que eu estava fora, resolvi voltar. Não estivera enganado. Estavam se dispersando e começando a se despedir umas das outras.

Riley veio até mim primeiro.

— Obrigada por tudo nesta temporada, Rush. Você não é um chefe tão babaca quanto eu pensava no início.

De alguma forma, consegui fingir um sorriso e me despedir, no piloto automático, da maioria dos funcionários. Não me lembraria de nada do que nenhum deles disse porque meu cérebro estava totalmente em outro lugar, mas, pelo menos, ninguém pareceu perceber.

Em certo momento, me vi encarando Oak e sua filha mais velha. Ela deveria ter uns oito ou nove anos e estava mostrando uma coreografia para uma das bartender. Não foi a filha dele que me chamou atenção, mas, sim, a forma como Oak estava olhando para ela enquanto ela girava. Com tanto amor e adoração. Sentindo que alguém o observava, ele olhou para cima e nossos olhos se encontraram. Ele sorriu e bateu no peito, como se me dissesse — *isto é vida, cara*. Precisei engolir em seco algumas vezes.

Gia veio até mim, seu pai ficando a alguns metros atrás dela, observando nossa interação. Mais cedo, quando ela chegou, eu tinha desconfiado que estava nervosa, mas agora era notoriamente óbvio. Ela espremia as mãos e olhava para todo lugar, menos nos meus olhos.

— Então... te ligo amanhã.

Encarei-a.

— Só vai embora na sexta, certo?

Seus olhos cheios de culpa olharam para os meus antes de desviar de novo.

— Isso. Sexta.

Tony balançou a cabeça por trás dela e franziu o cenho.

Então era isso? Era assim que iria ser? Como um maldito covarde, eu iria deixar a mulher que amava mentir para mim e ir embora sem se despedir.

— Gia... Eu...

Seus olhos voltaram para os meus. Estavam cheios de esperança e otimismo. Mas, em vez de me darem força, eles me lembraram de que eu não podia magoá-la de novo. Olhando para baixo, eu disse:

— Nada. Só ia perguntar se tinha dado seu cheque, mas então lembrei que entreguei.

— Oh. Certo.

Ela deu um passo à frente e me envolveu em um abraço que mal consegui retribuir. Eu não tinha mais colhões. No fim, nem consegui facilitar para ela e me afastar. Ela que teve que fazer isso. Naquele instante, senti vergonha de ser homem.

Gia se virou rapidamente, e tive a sensação de que o fez para esconder as lágrimas. Tony veio e apertou minha mão conforme ela andava até a porta.

— Estaremos por aqui por mais uma ou duas horas... no caso de você pensar em alguma coisa que queira conversar com Gia no último minuto.

Fiquei sentado no chão no meio do restaurante, sozinho. Todo mundo tinha ido embora, inclusive Gia e sua mentira. Ao olhar em volta, percebi que me sentia muito como o restaurante naquele instante — solitário e vazio.

Fechei os olhos e comecei a pensar na minha vida.

Nas mulheres — nem conseguia me lembrar do rosto delas. Exceto o de Gia.

No meu pai — tinha passado a vida tentando provar para todo mundo que não dava a mínima para ele, mas o que realmente sempre quis foi que ele me quisesse.

Na minha mãe — em tudo que sacrificou para cuidar de mim sozinha.

Em Elliott — a maioria das pessoas não acreditaria em mim se eu dissesse que tinha inveja dele. Mas tinha. Desde quando éramos pequenos, ele teve o que eu queria, mesmo que eu não admitisse... amor e aceitação do nosso pai. E agora ele tinha até o que eu mais queria no mundo — ser pai do bebê de Gia. A vida poderia ser cruel pra caramba às vezes.

Em Pat — a figura paterna que tive na infância que faleceu cedo demais. No quanto ele significou para mim.

Em Gia — *minha linda Gia.*

Eu a amava mais do que pensava que poderia suportar. Ainda assim, lá estava eu, sentado, deixando a melhor coisa que já aconteceu comigo sair pela porta. Me odiava pra caralho por isso. Só queria que houvesse uma forma de ter certeza de que aguentaria tudo que viria, que não iria me ressentir dela e do bebê por causa do constante lembrete da minha infância e da identidade do pai biológico do bebê.

Exausto e sentindo que poderia não conseguir dirigir para casa mais tarde, fui para o escritório a fim de trancar o cofre antes de ir para casa. As lâmpadas estavam apagadas, mas a luz do sol brilhava pela janela parcialmente fechada, permitindo que eu enxergasse bem o suficiente, então não me incomodei em acender a luz ao entrar. Infelizmente, não estava claro o bastante para eu ver que uma das rodas da minha cadeira tinha saído, e quase bati a cabeça no canto da mesa quando caí dela. Me estiquei para segurar em alguma coisa e esbarrei em uma pilha de pastas na mesa, derrubando um monte de papel em cima de mim.

Perfeito, simplesmente perfeito.

Pegando-os, coloquei-os de volta na mesa e caiu um envelope de uma das pastas. Não o reconheci, mas a letra era familiar e me fez parar.

Era a letra de Gia.

Rasgando-o para abrir, desdobrei os conteúdos e vi uma folha de papel sulfite com algumas linhas digitadas centralizadas. Também havia um post-it grudado. Li o bilhete primeiro.

> Espero que goste da dedicatória do meu livro. Só nós saberemos como nossa história terminará e poderemos escrever a próxima frase.

Meus olhos subiram para as palavras digitadas no meio da página.

A Rush. Felizmente, fui uma bartender horrível e chamei a atenção do proprietário malvado, por quem me apaixonei perdidamente...

Eu não fazia ideia de quando ela havia colocado o envelope na minha sala ou se esperava que o encontrasse hoje ou não. Mas, mentalmente, comecei a preencher as palavras que vinham em seguida.

Infelizmente, ele era um babaca que não me amava o suficiente.
Infelizmente, ele fugiu quando a vida nos deu uma rasteira.
Infelizmente, ele nunca conheceu o filho de Gia.

Aquela última parte realmente mexeu com minha cabeça. Como eu poderia não conhecer seu menininho? Não parecia que era o menininho dela... parecia que era o *nosso* menininho.

Reli seu bilhete de novo. *Só nós saberemos como nossa história terminará e poderemos escrever a próxima frase.* Será que era assim mesmo que nossa história terminava? Com certeza não parecia que tinha acabado.

Infelizmente, ele nunca conheceu o filho de Gia.

Foda-se. Que porra eu estava fazendo? Ele não era filho de Elliott; era meu filho. Pat havia me ensinado melhor do que qualquer um que a paternidade poderia ser biológica, mas ser pai era uma escolha. E isso significava muito mais do que doar esperma. Eu *queria* estar com Gia. Eu *queria* aquele bebê. Eu *queria* ter uma família com eles. Não importava o quanto odiasse meu irmão, Oak tinha razão — eu amava Gia mais do que poderia detestar alguém.

Comecei a entrar em pânico. *Puta merda.* O que eu estava quase fazendo? Pegando minhas chaves, corri para fora do escritório direto para o estacionamento. Nem sabia se tinha trancado a porta do restaurante, mas não era tão importante para voltar e verificar. Nada era mais importante do que chegar até Gia.

Entrando no carro, minha mão tremia conforme colocava a chave na ignição. Eu realmente iria fazer isso. Pegar minha garota, ter um filho e viver feliz para sempre. De repente, não conseguia me lembrar de um motivo válido pelo qual estava me contendo. Girei a chave e meu carro começou a fazer um som de engasgo, logo antes de morrer.

Não pode ser.

Isso não poderia estar acontecendo. Era o antigo carro de Gia que era a merda fumegante, não o meu.

Virei a chave de novo. Começou a rugir à vida e, rapidamente, morreu.

Na terceira tentativa, nem começou a tentar ligar.

Clique-clique.

Clique-clique.

A porra do carro já era.

Bati a cabeça no volante algumas vezes antes de pegar o celular para ligar para Gia e me certificar de que ela não partisse.

Seu celular caiu na caixa-postal.

Caralho!

Eu tinha o número de Tony desde quando ela estivera no hospital. Rolando a tela, tentei ligar no dele.

Direto na caixa-postal.

Caralho!

Não dava tempo de chamar um Uber e esperar. Então saí do carro e comecei a correr. Eram uns bons três quilômetros até a casa dela, mas eu não tinha outra escolha.

Tony estava colocando uma caixa no porta-malas do seu carro quando cheguei correndo tão exausto que mal conseguia falar. Abaixado com as mãos nos joelhos e ofegante, ergui um dedo para Tony e respirei algumas vezes.

— Preciso... — *Respire. Respire.* — ... conversar com Gia.

Tony sorriu.

— Vou dar uma volta no quarteirão. — Ele assentiu a cabeça em direção à casa. — As portas estão abertas. Ela está encarando uma boneca nova e assustadora no quarto dela.

Entrei e fui até seu quarto, tentando recuperar o fôlego enquanto me acalmava. Quando cheguei à sua porta, ela estava de costas para mim. Deve ter ouvido meus passos e presumido que fossem do seu pai.

— Esta é a última. Desculpe. Sei que estou sendo bem lenta. Mas é que é muito difícil fechar a última caixa e saber que, provavelmente, nunca mais vou voltar. Este lugar estava mesmo começando a parecer o meu lar.

Meu coração literalmente doeu. Deus, eu tinha feito uma besteira gigante. Esperava que ela pudesse me perdoar.

Pigarreei.

— Infelizmente, o proprietário malvado olhava para o próprio umbigo e quase deixou o amor da vida dele escapar por entre os dedos.

Gia virou rápido e repentinamente. Ela me encarou e apertou o peito.

— Você está mesmo aqui?

Dei alguns passos hesitantes para dentro do quarto.

— Estou mesmo aqui. E peço mil desculpas por ter demorado tanto para vir.

Ela parecia tão nervosa quanto eu. Quem poderia culpá-la com tudo pelo que a fiz passar? Diminuí a distância entre nós e tirei a boneca feia dela para poder segurar suas mãos.

— Gia. Não estou apenas apaixonado por você. Também estou apaixonado por esse menininho que está carregando por nós. Não importa se não foi o meu esperma que o fez. O que importa é que vou amá-lo e tratá-lo como meu. Se, em seu coração, puder me perdoar, juro que vou amar e cuidar de vocês dois como se nós o tivéssemos feito. Quero ser o homem que seu filho admira, independente do que o DNA diga.

Lágrimas escorreram por suas bochechas.

— Estou com medo de acreditar que isto seja verdade. Que você esteja realmente aqui dizendo tudo isso para mim agora.

— Eu sei. E a culpa é minha. Mas me dê tempo e vou fazer você perceber que nunca existiu nada mais verdadeiro do que o que sinto por você. Só não me abandone. Me dê outra chance, e juro que não vou te decepcionar de novo.

Gia olhou para o chão. Prendi a respiração enquanto ela pareceu estar refletindo. Ela ainda não sabia, mas eu não iria aceitar não como resposta. Roubaria as algemas do pai dela e a prenderia à minha cama, se fosse preciso. Seria um prazer passar os meses seguintes fazendo nada além de alimentá-la, ver sua barriga crescer e transar com ela infinitas vezes até ela concordar em ficar para sempre.

No entanto, confiar e acreditar que alguém iria ficar significava muito para nós dois, então eu torcia para não chegar a esse ponto. Ela precisava acreditar que ainda poderia dar certo e que eu conseguiria me redimir. A cada segundo que passava, parecia que meu coração batia mais alto com ansiedade. Em certo momento, ela olhou para cima.

— Felizmente, Gia gostava mesmo do pôr do sol da varanda de Rush, e sua boceta vibratória tem sido bastante negligenciada, então ela resolveu ficar.

Sorri de orelha a orelha, me estiquei e a peguei no colo.

Girando-a, eu disse:

— Felizmente, Rush sofre de pregnofilia incurável, então mal pode esperar para colocar as mãos nessa boceta.

Gia deu risada.

— Você perdeu! Começou sua frase com felizmente, e era para começar com infelizmente!

Deslizei-a para baixo por meu corpo e segurei seu rosto.

— Não, amor, não perdi. De hoje em diante, não existe mais *infelizmente* em nossa história.

Realmente torcia para essa criança ser um menino, porque já ficava mal só de pensar em um cara parecido comigo vindo conversar quando minha filha tivesse idade suficiente para namorar. Sem contar que eu estava indo acertar as coisas com Tony logo depois de passar a mão na filha dele.

Ele estivera apoiado em seu carro e se endireitou quando me aproximei.

— Desculpe. Acho que tínhamos muita coisa para conversar.

— Sem problemas. A menos que me diga que minha garotinha está lá dentro com o coração partido e chorando neste momento. Mas, antes de responder, deve saber que minha arma está no porta-luvas.

Eu sorri.

— Não. Estamos bem. Me desculpe pela forma como tenho agido ultimamente. Demorei um pouco para tirar os olhos do meu próprio umbigo. Não acontecerá de novo. Ela concordou em me dar outra chance, e juro que não vou estragar tudo desta vez.

— Que bom. Fico feliz. E, se quer saber, se você não tivesse tido dificuldade para tomar sua decisão, eu teria ficado mais preocupado. Está assumindo uma grande responsabilidade, e isso não é algo que uma pessoa deva encarar com facilidade.

Assenti.

— Obrigado por ser tão compreensivo.

— Então ela vai ficar aqui?

— Vai. Se não tiver problema para você, ela vai morar comigo.

Tony ficou impassível.

— Tem problema, para mim, sim. Muito.

Ao ver minha expressão de surtado, Tony deu um tapa no meu braço e começou a rir.

— Só estou brincando com você.

Soltei a respiração.

— Você e sua filha têm um senso de humor esquisito às vezes.

Tony deu risada e foi para o porta-malas do seu carro, tirando uma caixa. Entregando-a para mim, ele disse:

— Esta caixa é das bonecas dela. Ela me fez colocá-la no carro, em vez de no reboque. Na verdade, ficou me observando fazê-lo para garantir que estas coisas feias não fossem no lugar errado.

Eu sorri.

— Vou deixar lá dentro e, então, descarregar o reboque.

Tony ergueu a mão.

— Não precisa. O reboque está vazio.

Minhas sobrancelhas se uniram para baixo.

— Cadê o resto das coisas? O quarto dela está vazio.

— Na garagem. Não carreguei o reboque. Só tirei as caixas do quarto e as empilhei na garagem quando ela não estava prestando atenção.

— Não entendo.

Tony colocou o braço em volta do meu ombro e começou a me levar em direção à casa.

— É que sou muito bom julgador de caráter, filho. Imaginei que seria mais fácil deixar todas as caixas lá em vez de ter que descarregar o reboque quando você, finalmente, tirasse os olhos do seu umbigo.

CAPÍTULO 24

Gia

Ainda parecia surreal.

Acariciava minha barriga enquanto olhava pela janela e observava Rush conversando com meu pai. O bebê estava chutando demais. Talvez ele ou ela pudesse sentir meu estresse. Mesmo que não fosse bom para o bebê, simplesmente, não conseguia me acalmar no momento.

Quanto mais Rush demorava lá fora, mais medo eu tinha de ele, talvez, mudar de ideia.

Do que eles estavam falando?

Vi quando ele pegou uma caixa das mãos do meu pai e a levou até a casa.

Quando retornaram ao carro, eles apertaram as mãos. Meu pai puxou Rush em um abraço e lhe deu uns tapas nas costas. Então meu pai foi embora — com o reboque. *Minhas coisas!* Por que Rush não ajudou meu pai a tirar minhas coisas se eu não iria a lugar nenhum?

Comecei a entrar em pânico. Será que Rush havia dito para o meu pai levar minhas coisas para a cidade, afinal? Será que estava repensando?

A porta da frente bateu, e meu coração acelerou. Os passos rápidos de Rush combinavam com o ritmo fervoroso da batida do meu coração.

Ele parou na porta e ficamos apenas nos encarando por um tempo. Parecia que Rush estava pronto para me atacar — de um jeito bom. Isso tanto me empolgava quanto me deixava nervosa, porque ainda estava confusa quanto a como as coisas estavam.

Eu precisava saber.

— Por que meu pai acabou de ir embora com todas as minhas coisas? Falou para ele levar tudo para a cidade, afinal?

Sua expressão azedou enquanto se aproximou lentamente de mim.

— O quê? Não ouviu uma palavra que te disse mais cedo?

— Ouvi, mas...

— *Não* me ouviu dizer que nunca mais vou te decepcionar?

— Sim, claro que ouvi, mas minhas coisas estavam...

— Não importa. — Os olhos de Rush queimavam com intensidade.

Ele colocou a mão em seu cinto e começou a tirá-lo, então o jogou para o lado. Abriu o zíper da calça e a abaixou, deixando-a cair no chão. Minha boceta, antes vibratória, agora estava latejando completamente ao ver seu pau enorme balançando contra seu abdome. Puta merda, eu precisava dele dentro de mim.

Mesmo que ele tivesse me dito que mudara de ideia, eu tinha praticamente certeza de que poderia ter implorado para ele transar comigo naquele momento, mesmo assim.

Rush me puxou para ele e senti sua ereção rígida na minha barriga.

— Olhe para mim — ele exigiu.

Ergui o queixo a fim de encontrar seu olhar ardente.

— Vou falar mais uma vez. Nunca mais vou te decepcionar. Não ligo se pensou ou não que seu pai estava indo embora com suas coisas. Precisa confiar em mim, independente de qualquer coisa. Entendeu?

Assenti.

— Sim.

— Suas coisas estão na garagem. Seu pai nem as colocou no reboque.

Meus olhos se arregalaram, desacreditados.

— O quê?

— Ele é mais esperto do que nós dois. Sabia que eu não conseguiria te deixar ir.

Fiquei boquiaberta. Qualquer tempo que eu tivesse para refletir sobre as ações do meu pai acabou quando Rush colocou a boca na minha orelha.

— Preciso que tire suas roupas... preciso estar dentro de você. Não consigo mais esperar.

Meus mamilos enrijeceram quando tirei o vestido por cima da cabeça, depois abri o sutiã. Meus seios formigaram quando sentiram o ar frio.

Rush ficou de joelhos e colocou as mãos na minha barriga, beijando delicadamente a pele esticada até meu umbigo. Parou para me olhar, um sentimento de tormento em seus olhos.

— Senti falta da barriga crescendo. Senti muita falta. Você cresceu demais.

Passei meus dedos no cabelo dele.

— Vai ficar bem maior do que isto. E você estará aqui para ver tudo.

Ele fechou os olhos e continuou me beijando. Era tão doce, mas ainda sensual e erótico.

Conforme ele continuava beijando minha barriga, disse:

— Estava sonhando em fazer isto. Você é sexy pra caralho. Não aguento... este corpo...

Dei risada.

— Você é doido.

Rush estava quase em um transe. Beijou cada vez mais para baixo até eu sentir sua boca acima da minha calcinha. Abaixou minha calcinha, então começou a me devorar. Arfei ao sentir sua língua lavando meu clitóris. Parecia que fazia anos que eu sentira isso. A pressão estava tão intensa que quase gozei na boca dele no mesmo instante.

Antes de chegar a esse ponto, ele se levantou de repente. Olhei para baixo e salivei ao ver sua ereção. Precisava, desesperadamente, dele dentro de mim.

Ele entrelaçou os dedos nos meus e me levou para a cama.

Rush pairou acima de mim.

— Me conte o que fez para gozar quando eu não estava por perto...

Minha voz tremeu.

— Usei meu vibrador.

— No que pensou quando o usou?

— Em você.

— Me conte exatamente no que pensou...

Tinha me esquecido de como ele gostava quando eu falava sacanagem.

— Imaginei você me fodendo forte enquanto eu brincava com meu clitóris.

Seus olhos estavam brilhantes.

— Cadê seu brinquedo? Me mostre.

Ironicamente, isso me lembrou de que eu me esquecera de guardar o vibrador, já que o estivera usando até a noite anterior. Ainda estava na mesa de cabeceira. Alguma nova inquilina teria tido uma surpresa interessante.

Quando peguei o negócio pink de silicone, ele deu uma olhada nele e falou:

— Deve ter sentido minha falta. Essa coisa é patética. — Ele deu um sorrisinho. — Deite-se e abra as pernas... me mostre o que fazia com isso.

Rush me observou intensamente enquanto liguei o vibrador e comecei a me massagear. Ele pegou seu pau e começou a acariciá-lo conforme olhava para mim, admirado. Adorava observar sua mão subindo e descendo por sua grossura. Ele estava tão duro que eu conseguia ver as veias saltando em seu pênis. A observação durou um total de um minuto, então ele se abaixou em mim. Senti muita falta de sentir o peso do seu corpo sobre o meu. Ele jogou o vibrador de lado e se afundou em mim, soltando um som ininteligível. Gritei de prazer pela intensidade do preenchimento.

Finalmente.

Rush estava gemendo repetidamente, sons totalmente involuntários de êxtase conforme ele entrava em mim. Nunca vocalizara tanto durante o sexo como naquele momento, e eu estava amando. *Amando.* Todas as minhas preocupações estavam se esvaindo temporariamente.

Segurando na sua nuca, puxei a boca dele para a minha conforme ele estocou mais forte, desopilando toda a frustração das semanas que passamos separados.

Arfei.

— Não sabia se iria sentir isso de novo.

— Vou foder você a noite toda, Gia... Não vou parar até amanhecer ou até me pedir, o que chegar primeiro.

Apertei meus músculos em volta dele.

— Mais forte. Eu aguento — implorei. — Por favor.

Ele beijou meu pescoço e enterrou a cabeça entre os meus seios.

— Estava com saudade desses peitos. Você não faz ideia.

Envolvendo as pernas na cintura dele, mexi o quadril para acompanhar o ritmo de suas investidas fortes. Quando vi, eu estava gozando tão intensamente que não sabia se estava tendo orgasmos múltiplos na sequência. Parecia um monte de orgasmo correndo um contra o outro.

O corpo de Rush estremeceu quando ele entrou em mim. Entrou e saiu lentamente por muito tempo depois de ter terminado. Seus olhos ainda estavam fechados, conforme ele parecia estar aproveitando cada segundo.

Enfim, abriu os olhos e me beijou delicadamente na testa.

— Não me importo com as dúvidas que tenha... nunca mais duvide de que te amo, Gia.

Após três rodadas de sexo, ficamos deitados juntos na cama. Rush estava fazendo carinho na minha barriga, e o bebê começou a chutar. Ele colocou a cabeça na minha barriga e falou com ele.

— Desculpe por toda essa comoção. Pode ter sua mamãe de volta por um tempinho. Mas pode ser que eu precise dela de novo em breve.

Sorrindo como uma boba, definitivamente, eu poderia me acostumar com suas conversas com o bebê.

Rush me pegou nos braços.

— Já contei para seu pai que você vai morar comigo.

Olhei-o, surpresa. Apesar de não me surpreender que ele quisesse que eu morasse com ele, não sabia se era a melhor ideia. Embora tivesse minhas dúvidas, simplesmente, não poderia negar. Não queria morar longe dele, e me mudar para sua casa fazia mais sentido.

Ainda assim, não consegui deixar de expressar minhas preocupações.

— Adoraria morar naquela casa linda e torná-la nosso lar... mas, talvez, seja uma boa ideia manter meu apartamento por um tempo também... só no caso de precisar.

Rush pareceu quase irado.

— Porra, Gia. Pensei que tivesse dito para confiar em mim. Como assim... manter seu apartamento?

— Confio em você... Eu só... sinto que fomos de zero a cem da noite para o dia. Pode ser uma boa mantê-lo por um tempo. Não seria para sempre... só até depois que o bebê nascer.

Ele me olhou desafiadoramente, e a dor em seus olhos era palpável.

— Acha que vou te abandonar quando o bebê nascer?

Não havia como evitar admitir minha preocupação para ele. Uma coisa era aceitar tudo isso quando o bebê estava na minha barriga. Mas, quando ele ou ela estivesse aqui e ele olhasse nos olhos do bebê, como realmente iria se sentir? Ele acreditava que conseguiria amar esse bebê... mas como iria saber *de verdade*? E se fosse a cara de Elliott, e isso fizesse Rush surtar? Esse era o pior cenário, claro, mas eu não conseguia parar de pensar, mesmo que fosse uma possibilidade remota.

— Não falei que pensava que você iria me abandonar. Só... não consigo acreditar que possa dizer, com cem por cento de certeza, que sabe como vai se sentir até que o bebê realmente esteja aqui.

Ele pareceu muito bravo e frustrado comigo por minha falta de fé.

— Isso é culpa minha — finalmente disse. — É culpa minha que você ainda esteja duvidando de nós. Levei você a acreditar que eu não aguentaria nada disso. E, talvez, não seja justo da minha parte esperar que você se sinta confiante de repente. Não fiz nada para realmente provar para você, exceto dar minha palavra. É de tempo que precisamos. Então, tá... mantenha o apartamento se vai se sentir mais segura. Vou pagar por ele, e você pode tê-lo como uma forma de segurança. Mas não vai precisar dele.

Me endireitei contra a cabeceira da cama.

— Não vou deixar você pagar.

— Gia... isso não está aberto a discussão. Vai mantê-lo por minha causa, porque eu te fiz acreditar que precisava. Vou pagar pelo maldito apartamento.

Na tarde seguinte, Rush e eu carregamos um monte de coisa na Benz e dirigimos até a casa dele.

Aguardei em seu quarto enquanto ele trazia as caixas, uma por uma, para dentro. Conforme olhei em volta para o espaço enorme e o oceano logo do lado de fora das portas francesas, havia somente uma palavra para descrever como eu estava me sentindo: indigna.

Rush foi até o closet e começou a empurrar suas roupas para um lado.

— Obviamente, eu não estava preparado para todas as suas coisas. Mas vamos ajeitar tudo. Posso mudar minhas roupas para o closet lá de baixo se não tiver espaço suficiente para você.

— Não deveria ter que mudar nada para nenhum lugar. Esta é a sua casa.

Ele parou de se movimentar por um instante, então se virou para mim.

— É aí que você se engana. A partir de hoje, é *nossa* casa.

Agora ele estava tirando minhas bonecas feias da caixa, uma por uma, e as colocando em fileira na prateleira superior do seu closet. Algo nessa ação me deixou bastante emocionada. Ver minhas bonecas se acomodando permanentemente no closet de Rush era uma experiência muito emocionante.

Rush viu que eu estava começando a lacrimejar e parou o que estava fazendo.

— Sabe de uma coisa? Vamos deixar para arrumar tudo depois. O sol está prestes a se pôr. Vamos nos sentar lá fora e assistir. — Ele estendeu a mão para me ajudar a sair da cama. — Vamos.

Na verdade, olhar o sol se pondo sobre o oceano foi exatamente o que o médico pediu. Meu humor melhorou significativamente a cada minuto em que Rush e eu ficamos sentados em sua varanda, respirando o ar salgado. O oceano era o melhor remédio, e eu sabia que passaria bastante tempo ali nas semanas seguintes.

— Tenho uma pergunta importante para te fazer — ele disse de repente.

Meu coração acelerou. *Por favor, que não seja um pedido de casamento.* Nunca conseguiria aceitar agora. Não até que o bebê nasça e eu saiba que as coisas ficarão bem. Realmente não pensava que fosse isso, porém meu coração e minha mente estavam acelerados mesmo assim.

Pigarreei.

— O que é?

— Sabe... esta casa é linda... mas nunca foi um lar, porque morar sozinho nunca parece um lar. Era apenas uma casa. Depois que te conheci, começou a ficar ainda mais vazia quando eu estava aqui sozinho. Porque, ao contrário de como me sinto quando estou com você, tudo fica vazio. O único jeito de esta casa conseguir ser um *lar* é com você nela.

Apertei a mão dele.

— Obrigada.

— A questão é a seguinte. Poderia ocorrer um incêndio nesta casa amanhã, certo? Pode acontecer qualquer coisa na vida. Simplesmente não sabemos. Fiquei acordado ontem à noite tentando pensar em todas as formas que poderia convencer você a confiar em mim, a acreditar que não tenho a menor intenção de ir embora. E cheguei à conclusão de que estava abordando isso da maneira errada.

— O que quer dizer?

— Esperar conseguir provar uma coisa cem por cento é burrice. Mesmo a menor porcentagem de dúvida ainda é dúvida. E é normal ter dúvidas, porque sempre há uma incerteza na vida. Vivemos todos os dias sabendo que há uma possibilidade de morrermos. Ainda assim, nos levantamos todos os dias e fazemos o que precisamos fazer. A vida não deveria se tratar, constantemente, de tentar provar que não vamos nos machucar. A vida deveria se tratar de viver *com* incerteza enquanto assistimos ao sol se pondo lindamente com pessoas que amamos.

Caramba, isso foi lindo, e fazia muito sentido. Estava esperando algo que nunca teria realmente: certeza. Talvez sempre temesse perder Rush. Tinha que aprender a viver com isso.

— Então, minha pergunta a você, Gia, é esta: você terá incerteza comigo?

Era incrível como uma nova perspectiva poderia fazer diferença.

Ter incerteza. Viver mesmo assim.

Ele tinha absoluta razão. Eu estivera aguardando um sentimento de segurança. Poderia nunca existir. Sempre existiria o medo de perdê-lo por um ou outro motivo. E, ao focar no medo... eu estava perdendo a única coisa que sempre importou... a única coisa que sempre realmente existiu: *hoje*.

Relaxei e respirei fundo.

— Sim. Sim, terei incerteza com você.

Naquele momento, pela primeira vez em muito tempo, me senti em paz. Desisti da luta de pensar no amanhã e escolhi viver o hoje.

Mais tarde, naquela noite, Rush estava tomando banho quando resolvi dar uma volta pela casa. Parei no quarto do bebê e acendi a luz.

Tudo estava exatamente como vi quando ele me mostrou da primeira vez. Passei o dedo indicador no móbile pendurado acima do berço. Apesar de tudo pelo que passamos, Rush nunca mudara nada naquele quarto. Isso demonstrava quais eram suas intenções o tempo todo.

Comecei a conversar com minha barriga.

— Você tem tanta sorte, sabia? Vai ter o melhor papai, que te ama e te protege... exatamente como eu tive. Só que, diferente de mim... você também vai ter uma mamãe que te ama.

Senti o bebê chutar.

— Mas, Deus, é melhor você ser um menino. Tony conseguia lidar com uma garota... mas Rush? Não sei. Me sinto mal por qualquer menino nascendo neste instante, se você for menina.

A voz dele me assustou.

— Está conversando com o meu bebê?

Seu bebê.

— Sim. Estamos falando de você.

— Espero que nada de ruim, porque, quando ele olhar para mim, já vai ser bem aterrorizante. Talvez eu o assuste pra caramba. Então, preciso que fale bem de mim nesse meio-tempo.

Dei risada.

— Estava contando para ele como tem sorte de ter você como pai. Ele vai te amar tanto... como eu amo.

Rush me puxou para um abraço. Ele estava tão cheiroso, recém-saído do banho.

Ele respirou fundo no meu pescoço.

— Quero contar a Elliott esta semana. Detesto tocar nesse assunto... mas quanto mais rápido contarmos, melhor. Quero que ele saiba como as coisas estão, e que, em todos os sentidos... eu sou o pai deste bebê. Só quero que essa coisa toda acabe, para que possamos seguir em frente com nossa vida.

Meu estômago revirou. Por mais que doesse pensar nisso, eu sabia que era inevitável e que era a coisa certa a fazer... acabar com isso.

— Certo. Esta semana. — Assenti. — Vamos contar a ele esta semana.

CAPÍTULO 25

Gia

— Por que não colocamos você em pé atrás com seus braços em volta da barriga dela?

— Com prazer — Rush disse ao me envolver em seus braços antes de mordiscar meu pescoço.

Flash.

Flash.

Flash.

Era a tarde agendada da minha sessão de fotos de gestante. Rush resolveu me acompanhar até a cidade, então a fotógrafa pensou que seria uma ideia legal tê-lo em algumas das fotos comigo. Particularmente, tive a sensação de que ela estava se distraindo com ele ali, e provavelmente gostou mais de tirar fotos *dele* do que de mim. Em geral, talvez tenha sido uma má ideia... porque, com toda a agarração, Rush estava ficando bem empolgado.

Mais cedo, havíamos tirado fotos de mim sozinha usando asas de anjo, um tributo ao amor de Rush por mulheres aladas. Agora, Jenny estava focando apenas em tirar foto de nós dois.

Ele continuou beijando minha nuca enquanto ela tirava fotos.

Jenny ergueu sua câmera enorme com as lentes compridas.

— Isso. Exatamente assim. Beije o pescoço dela de novo.

Flash.

Flash.

Flash.

Eu estava rindo enquanto ele fazia cócegas no meu pescoço com os lábios e pude sentir a protuberância de sua ereção atrás de mim. Quem pensou que era uma boa ideia tirar fotos de Rush me beijando e me abraçando enquanto eu estava seminua, claramente, não sabia que meu namorado era um pregnófilo tarado.

— Por que não fica ao lado dela? — ela sugeriu.

Rush sussurrou no meu ouvido:

— Não sei se é bom eu sair daqui de trás agora... estou totalmente duro.

Caí na risada e disse a ela:

— Hum... pode só continuar tirando fotos com ele atrás de mim? Gostamos desta posição.

Rush roncou.

A fotógrafa coçou o queixo e pareceu que estava pensando na próxima ação.

— O que acha de tirar a blusinha e Rush segurar seus seios?

Hummm.

Hesitei.

— Ãh... isso seri...

— *Adorei* essa ideia — ele me interrompeu.

Ela sorriu para ele e olhou para mim para aprovação.

— Gia?

Dei de ombros.

— É... claro.

Rush fez as honras de tirar minha blusinha. Ele soltou o sutiã e o jogou em uma cadeira próxima. Então ergueu as mãos e segurou meus seios. As mãos dele mal conseguiam segurá-los inteiros mais.

Ele soltou um gemido, e não pude deixar de rir do fato de que minha sessão de fotos de maternidade tinha, de alguma forma, se transformado em um pornô.

Já que estávamos na cidade, o plano era visitar Edward no hospital antes de voltar para casa. Felizmente, ele estava estável e continuando a fazer pequenos progressos.

Rush estava no quarto do hospital com o pai quando resolvi ir à cafeteria comprar algo para beber.

Quando virei no corredor, alguém trombou em mim, me fazendo desequilibrar e cair no chão.

— Que bom te encontrar aqui, Gia. — Suas palavras cortaram como uma faca. O cheiro do álcool estava aparente em seu bafo, mesmo de onde eu estava no chão.

Antes de eu conseguir encontrar as palavras para responder a Elliott, a voz de Rush apareceu detrás de mim.

— Que porra está acontecendo?

Oh, não.

— Rush, diga à sua namorada que precisamos parar de nos encontrar assim... com ela de joelhos.

Rush estava tão preocupado com o fato de eu estar no chão que sequer respondeu a isso. Só estendeu a mão e me puxou para cima.

— Ele empurrou você?

— Não, eu caí. Foi um acidente.

Ele continuou ignorando Elliott ao segurar meu rosto.

— Você está bem?

Elliott me secou.

— Você sempre teve essas curvas? O que está dando para ela comer, Rush?

Ele é tão babaca.

— Ela está grávida, seu imbecil — Rush soltou. — E você acabou de jogá-la no chão.

Bem, esse era um jeito interessante de contar a novidade. Rush me olhou meio em pânico por ter falado, e olhei para ele de um jeito que dizia que não tinha problema ter contado.

Elliott semicerrou os olhos.

— Como assim, ela está grávida?

Rush me puxou para perto.

— Não sei mais como explicar.

— Você é o pai?

Rush pausou.

— Sim.

Merda.

Elliott nem comentou. Só olhou entre nós dois, depois passou por nós batendo os pés e entrou no quarto de Edward.

Quando ele sumiu, Rush olhou para mim.

— Desculpe por falar isso. Mas simplesmente não consegui contar a verdade nesse momento.

Soltando uma respiração trêmula, assenti.

— Sim. Entendo.

— Só não parecia a hora nem o local certos. Não que, em algum momento, ele esteja bem da cabeça, mas não iria dar a notícia enquanto ele está bêbado pra caralho. Talvez ele nem se lembre disso. — Esfregou meu ombro. — Tem certeza de que está bem?

— Sim... estou bem.

Por enquanto.

— Vamos levar você para casa.

Mais tarde, naquela noite, Rush e eu estávamos tendo uma noite tranquila e relaxante diante da televisão com um pote de Chunky Monkey quando o celular dele tocou.

Quando ele atendeu, pude ver em sua expressão que havia algo errado.

— É Elliott — ele falou sem emitir som.

Meu coração apertou.

Rush ficou em silêncio por muito tempo enquanto apenas ouvia. Pude ouvir o som abafado da voz de Elliott no telefone, embora não conseguisse ouvir o que estava dizendo. Rush fechou os olhos por muitos segundos, então os abriu.

— O que ele está falando? — perguntei.

— Espere um segundo — ele disse para o irmão.

Rush colocou a mão no meu joelho e sussurrou:

— Ele está sóbrio e somou dois mais dois. Quer saber se eu estava mentindo quanto a ser o pai.

Meu coração acelerou.

— Coloque-o no viva-voz. Eu que preciso contar a ele.

— Não precisa fazer isso.

— Preciso, sim.

Rush fez o que pedi e informou:

— Você está no viva-voz, Elliott. Gia está aqui.

— Elliott... — eu comecei.

— Gia... — ele falou com sarcasmo.

Devo ter ensaiado, milhares de vezes, como iria contar a ele. No fim, minha mente ficou em branco, e só disse a primeira coisa que pensei.

— A noite em que você e eu ficamos juntos me fez engravidar. Não sabia sobre isso quando conheci e me apaixonei pelo seu irmão. Rush e eu queremos criar o bebê juntos, e você não precisa ser envolvido na vida dele, mas precisa saber que é seu.

Rush segurou minha mão e a apertou.

Elliott ficou totalmente em silêncio. Só deu para ouvir sua respiração por um bom tempo. Rush e eu apenas ficamos nos olhando, aguardando um comentário dele.

— Como sei que está falando a verdade? — ele, enfim, perguntou.

— Você foi a única pessoa com quem dormi antes de descobrir. Obviamente, não posso provar isso a você, mas é a verdade.

Houve uma longa pausa.

— Vocês sabem que minha esposa está grávida?

— Sim — Rush confirmou. — Ela me contou.

— O que não sabem é que Lauren está preenchendo os papéis para o divórcio.

Merda.

Rush estava se segurando. Eu sabia que ele queria dizer que ele merecia cada pedacinho do azar que estava tendo. Mas Rush estava realmente tentando ser bom por mim. Não queria piorar mais as coisas do que já estavam.

— Você tem uma boa mulher, Elliott. Deveria tentar fazer as coisas darem certo.

— Bom, quando ela descobrir que engravidei sua namorada, vai cair muito bem, não acha? Tenho certeza de que ela vai voltar correndo.

— Ela não precisa saber — Rush comentou.

— Lauren não vai mudar de ideia quanto a me deixar. Deixou isso claro. Então, sabe... realmente não tenho mais nada a perder.

— Que porra isso significa? — Rush reagiu.

— Significa que vou querer um teste de paternidade. Minha vida já está bem zoada agora. Mas pode crer que, se esse filho for meu, vou me certificar de ter meus direitos protegidos.

CAPÍTULO 26

Rush

— Ele vai fazer com que eu pareça uma prostituta. Engravidei em uma noite, e agora estou namorando o irmão dele. — Gia andava de um lado a outro diante da TV. — Ele tem uma equipe de advogados. E se disser que não sou adequada e quiser guarda total? Será que ele pode pegar o bebê? Ah, meu Deus. Quando eu estava no Ensino Fundamental, meu pai me fez conversar com a conselheira semanalmente. Estava com medo de que eu estivesse passando por dificuldade porque tinha menstruado e não queria conversar com ele sobre isso. Contei a ela coisas que Elliott poderia usar contra mim.

— Gia...

— Minhas bonecas! Temos que nos livrar delas imediatamente. E se mandarem uma assistente social para a casa a fim de garantir que sou competente e ela vir que tenho bonecas queimadas? Elas parecem bebês! Vão pensar que eu posso jogar meu próprio filho no fogo. — Ela puxou o cabelo e começou a andar mais rápido. — Estou escrevendo um romance. E se pensarem que sou uma degenerada obcecada por sexo?

— Gia... — chamei mais alto. Ela ainda não me ouviu.

— Acha que Melody mentiria por mim? Diria que sou normal e que serei uma boa mãe para o meu filho? Acho que ela daria uma boa testemunha.

— Gia...

— Li em uma coluna de fofoca que a batalha de custódia entre Britney Spears e Kevin Federline custou mais de um milhão de dólares. E se Elliott...

Me levantei e entrei na frente dela, efetivamente fazendo-a parar de andar.

— Gia.

Seu corpo parou, mas seu cérebro não.

— Ah, meu Deus! Deveria ter comprado a minivan. Por que me deixou comprar aquele carro chique? Vou parecer completamente irresponsável. Acha que ainda conseguimos devolvê-lo? Só andei algumas centenas de quilômetros. Merda... derrubei um pouco de suco de laranja no tapete outro dia. Conhece alguém que limpa tapete?

Segurei suas bochechas e inclinei sua cabeça para cima.

— Gia.

Ela olhou para cima, mas ainda não me ouviu.

— Talvez eu não devesse morar aqui — ela disse. — Não vai causar uma boa impressão. Morar junto sem casar ainda é estranho para muitas pessoas. Principalmente se forem mais velhas. Será que o juiz vai ser velho?

Desistindo de chamar sua atenção ao falar seu nome, fiz a única coisa que sabia que a acalmaria, mesmo que apenas por alguns segundos. Eu a beijei nos lábios. Ela falou na minha boca por uns segundos antes de seu cérebro acompanhar seu corpo. Então segurou minha nuca e me deu sua língua.

O beijo só foi para fazê-la focar, mas, caralho, meu corpo reagiu imediatamente. Poderia continuar. Inferno, talvez devesse. Nós dois precisávamos amenizar a tensão. Contudo, queria que ela ouvisse o que eu tinha a dizer alto e claro — não durante uma névoa de um pós-orgasmo. Então recuei após um minuto.

Minha garota estava respirando superficialmente. Isso me fez sorrir mesmo no meio do pesadelo em que acabamos de entrar.

— Você está bem? — sussurrei.

— Ãh?

Dei risada.

— É minha vez de falar. Venha se sentar.

Gia se sentou no sofá, e eu me ajoelhei à sua frente. Peguei suas mãos nas minhas.

— Primeiro, Elliott pode ter dinheiro, mas nós também temos.

— Mas...

Selei meus lábios nos dela para outro beijo. Quando ela parou de tentar falar, me afastei de novo.

— Esta conversa será bem mais rápida se você conseguir ficar quieta, sabe?

Ela arregalou os olhos.

— Você acabou de me falar para calar a boca?

Sorri.

— Sim. E vou falar para calar a porra da boca de novo se não ficar aqui sentada e me der uma chance de falar. Só para você saber, é bem-vinda para me falar para calar a porra da boca quando eu estiver surtando e não te ouvir também.

— Não estou surtando... Só estou preocupada. Elliott poderia...

Me inclinei e a beijei de novo, meus lábios se movendo contra os dela quando murmurei:

— Cale a porra da boca, amor.

Quando me afastei de novo, ela estreitou os olhos.

— Certo. Mas quero falar depois.

— Combinado. Certo. Então... como eu estava dizendo... Elliott pode ter dinheiro, mas nós também temos. E, antes de o seu cérebro travar em relação a nós não termos dinheiro, mas, sim, eu ter dinheiro, quero explicar uma coisa a você. *Mais uma vez.* O motivo que me levou a demorar tanto para tirar os olhos do meu umbigo e me comprometer com você é que eu não poderia brincar com a decisão de me tornar pai. Não estou nessa para ser o tio Rush, Gia. Estou nessa para o longo caminho. Estou nessa para ser pai, assim como você está nessa para ser mãe. Foi por isso que demorou tanto para o meu cérebro entender. Tive medo. Porque eu precisava saber que isso era para sempre. E, talvez, você não esteja pronta para isto, mas, para mim, é para sempre, Gia. Não sinto que haveria diferença se você fosse minha esposa. Eu me comprometi. O que é meu é seu e o que é seu é meu. Talvez não esteja compreendendo isto porque você mesma ainda não chegou lá. Mas eu cheguei. Então, pela última vez... o que é meu é seu. Temos dinheiro. E, se tentar separar o que eu tenho do que você tem, vou começar a ficar chateado e pensar que está menos comprometida *comigo* do que eu estou com *você*. Então me faça um favor?

Gia estava com os olhos cheios de lágrimas. Sua voz falhou.

— Qual?

— Cale a porra da boca quanto a dinheiro de uma vez por todas.

Ela deu risada.

— Certo.

— Continuando. Sua conselheira do Ensino Fundamental não vai aparecer do nada e contar seus segredos de aluna de doze anos. Só porque escreve romance não significa que seja degenerada. Stephen King é um assassino louco só porque escreve coisas esquisitas? Não. Então tire essa porcaria da cabeça também. Quanto ao carro... Vou trocar meu Mustang amanhã e dirigir uma minivan se vai te fazer sentir melhor. Embora ninguém vá olhar o modelo do seu carro para determinar se é uma boa mãe. E, provavelmente, Melody mentiria por você se você quisesse, mas não vai precisar. Ela já acha que você será uma mãe maravilhosa. Então, também não se preocupe com isso. As bonecas... — Cocei o queixo. — Certo. Concordo nessa. É meio doido. No entanto, se um dia o Serviço Social aparecer aqui, juro escondê-las para você. Vou comê-las se for preciso.

Gia sorriu.

— Terminou, seu maluco?

— Quase. Por último, morar sem casar. Podemos consertar isso em uma hora se for deixar você preocupada. Apesar de eu preferir surpreendê-la com um anel bonito um dia porque é isso que merece, iria ao cartório e me casaria com você amanhã. Sabe por quê?

Começaram a escorrer lágrimas dos olhos dela. Eu as sequei com o polegar.

— Por quê? — Sua voz falhou.

— Porque amo você, e estou nessa de verdade. Um papel não vai mudar nada.

Gia me encarou. Seus olhos pareciam buscar alguma coisa no fundo dos meus. Encontrando o que quer que precisasse, ela ficou séria.

— Você se casaria mesmo comigo amanhã, não é?

— Não há nada que eu não faria por você, querida.

Gia tinha caído no sono há algumas horas. Mas eu não conseguia relaxar o suficiente para deixar o sono me levar. Embora tivesse lhe garantido que Elliott nunca teria a custódia do bebê, eu não conseguia parar de pensar em como seria se ele sequer pudesse visitar.

Edward teve um relacionamento longo com minha mãe antes de ela engravidar, e ele tinha um bom modelo de pai. Elliott não tinha nada disso. Nem conhecia Gia direito e tinha visto como seu próprio pai tratava minha mãe e eu. Na minha cabeça, não tinha dúvida de que Elliott só enxergaria o filho de Gia como um peão em um jogo para manipular nós dois. Seria como minha infância inteira — buscando aprovação e amor de um homem que não tinha interesse em mim. Eu não poderia deixar isso acontecer com o filho de Gia. Com o *nosso* filho.

Velhas lembranças estavam me assombrando conforme eu ficava deitado na cama encarando minha linda garota adormecida. Na sexta série, minha escola fez uma noite de pai e filho. Do tipo em que dizem para você usar desodorante, respeitar meninas e te dão uma introdução clínica de como são feitos os bebês. Minha mãe pensara que seria uma boa experiência de conexão, então convidou Edward para me levar. Eu nunca admitira, mas fiquei empolgado. Todos os meus amigos iriam com seus pais. O pai de Joe Parma fora direto do trabalho e nos convidou para sentar com eles. Ele trabalhava no saneamento da cidade e não teve tempo de ir para casa se trocar. Edward limpou as mãos depois de ter sido obrigado a apertar a mão do homem. Depois, passou o resto da noite fazendo comentários sarcásticos sobre como a escola pública produzia criminosos. Na semana seguinte, fumei maconha pela primeira vez e roubei uma bicicleta. Não queria provar que meu querido pai estava errado.

Quando me formei no Ensino Médio, Edward me enviou um cartão. Na época, eu tinha evoluído de ficar decepcionado com meu doador de esperma para odiá-lo com todas as forças. Deveria ter jogado o cartão no lixo. Em vez disso, eu o abri para ver se o babaca tinha, pelo menos, me enviado um cheque. Ele tinha, mas também havia assinado o cartão como Edward, não pai. Usei o cheque e o cartão para começar uma fogueira no quintal e, sem querer, ateei fogo no barracão.

Não iria mesmo querer essa constante decepção para o meu filho. Contato forçado com um homem que não dava a mínima para você era bem pior do que nenhuma comunicação. Veja Gia; ela nem sequer conhecia a mãe — ainda assim, acabou sendo emocionalmente mais estável do que a maioria das pessoas com ambos os pais. O lembrete contínuo de que você não é quisto realmente poderia mexer com a cabeça de uma criança.

Eu precisava proteger o nosso filho.

E tinha a sensação de que conseguiria fazê-lo.

Na manhã seguinte, acordei antes de Gia, embora tivesse dormido somente por duas horas. Bebi três xícaras de café enquanto escrevia uma lista de coisas a fazer a fim de colocar meu plano em ação. Eram quase nove horas quando Gia entrou na cozinha vestindo a mesma camisa que eu tinha usado no dia anterior. Adorava pra caralho que ela acordasse na minha cama e vestisse minhas roupas.

— Bom dia. — Ela bocejou e esticou os braços acima da cabeça. — O que está aprontando tão cedo?

— Cedo? São quase nove horas, dorminhoca. — Me mexi no assento e abri os braços. — Venha aqui.

Ela sentou sua bunda linda no meu colo e apoiou a cabeça no meu ombro.

— Detesto não poder beber café.

— Vou comprar um descafeinado na volta para casa esta noite.

Ela fez beicinho.

— Precisa trabalhar no restaurante esta noite?

— Na verdade... Esperava que pudesse pedir para você me substituir. Preciso fazer umas coisas hoje, e é o primeiro dia do barman do inverno. Ele trabalhou para mim na última temporada, mas não quero deixá-lo sozinho no primeiro dia de volta.

Gia se endireitou.

— Eu? Quer que eu seja a gerente?

— Claro. — Dei de ombros. — Por que não?

— Posso rosnar para as pessoas e bradar ordens como o gerente de lá faz? Meu lábio se curvou.

— Com certeza. Dê trabalho para eles.

Ela ia se levantar, porém a puxei de volta para o meu colo.

— Espere um minuto. Não fuja tão rápido. Preciso conversar com você sobre outra coisa.

— Certo.

Precisei de um minuto para pensar em como queria apresentar as coisas a ela. No fim, resolvi que menos era mais. Assim que tudo que eu tivesse planejado estivesse pronto, eu lhe daria todos os detalhes. No entanto, compartilhar informação demais, definitivamente, iria fazer com que sua ansiedade causasse um alvoroço.

— Depois que você dormiu ontem à noite, passei bastante tempo pensando na merda que aconteceu com Elliott.

Sua expressão alegre murchou.

— Certo...

— Quero te perguntar uma coisa. Mas preciso que confie em mim e não faça nenhuma pergunta. Só responda minha pergunta. Consegue fazer isso?

— É difícil dizer. Como vou saber se consigo responder sem saber qual é a pergunta?

— Deixe-me te perguntar isto... você confia em mim?

— Sabe que confio.

— Confia que qualquer coisa que eu fizer será para o nosso melhor interesse?

— Sim. Claro.

— Certo. Então... se eu conseguisse tirar Elliott da nossa vida, é isso que iria querer? O que *realmente* iria querer para mim, para você e o bebê?

— Você iria...

Eu a silenciei com dois dedos pressionados em sua boca e balancei a cabeça.

— Sem perguntas. Lembra? Só responda a minha.

Ela fechou os olhos por uns segundos e, então, respirou fundo.

— Bem, já que não posso fazer nenhuma pergunta, vou fazer uma introdução à minha resposta com uma declaração. Você *não pode* matar Elliott. — Ela pausou. — Mas, com exceção disso, sim, é absolutamente isso que eu iria querer que acontecesse.

Eu sorri e beijei sua testa.

— Muito bom. Preciso tomar banho.

CAPÍTULO 27

Rush

— Tem certeza de que quer fazer isso, filho?

Gerald Horvath, o antigo advogado do meu avô, sabia do longo histórico entre meu pai, meu irmão e mim. Eu tinha ligado para ele naquela manhã para pedir que redigisse um contrato. Ele concordara, porém quis me encontrar para conversar sobre isso.

— Tenho certeza.

Ele tirou os óculos.

— Estamos falando de bastante dinheiro aqui, Heathcliff.

— Não me importo com o dinheiro.

Gerald sorriu com tristeza.

— Me lembro do dia em que contei para você o que seu avô tinha lhe deixado. Deixou você muito perturbado.

— Dinheiro pode comprar bastante coisa, mas também é a raiz de muitos males.

Ele assentiu como se entendesse, voltou a colocar os óculos e pôs dois documentos diante de mim.

— Bom, fiz o que pediu. Apesar de ter precisado escrever de um jeito um pouco diferente para ser válido no tribunal, caso chegue a esse ponto. Mas acho que estes dois contratos dão a você o mesmo efeito que está buscando.

Gerald me deu um tempinho para ler ambos os documentos e, depois, conversamos sobre algumas coisas que ele adicionara, nas quais eu não tinha pensado — cláusula de medidas de punição, cláusula de confidencialidade e outras chatices legais que fizeram sentido quando ele as explicou. Ao terminarmos, ele se recostou em sua grande poltrona de couro e uniu as mãos.

— Acha que ele vai aceitar sua proposta?

— Ele anda bem autodestrutivo ultimamente. Não sei se vai conseguir colocar o que é melhor para ele acima da sua imaturidade emocional.

— Então, como pretende convencê-lo?

Me levantei.

— Não pretendo. Preciso da participação do homem que vou encontrar na próxima parada a fim de me ajudar com isso.

— Jesus.

Entrei no apartamento de Elliott às sete daquela noite usando a chave que pegara com Lauren naquela manhã. Parecia que o lugar era uma república após a noite de boas-vindas. Havia garrafas de álcool jogadas pelo chão, duas mulheres nuas desmaiadas nos sofás, caixas de comida pronta abertas nos balcões e um monte de coisa espalhada por todo lugar. A única diferença entre aquela cena e uma orgia de faculdade era que as notas enroladas em cima de um espelho na mesa da sala de estar eram de cem e não de um, e a vista da janela era o horizonte de Manhattan em vez de adolescentes bêbados desmaiados em um gramado lamacento.

Fui até uma das mulheres e usei o pé para balançá-la e acordá-la.

— Hora de levantar, querida.

Ela se virou e entreabriu um olho, usando a mão para protegê-lo da luz.

— O outro cara só pagou por um.

Ótimo.

Juntei uma pilha de roupas do chão e as joguei para ela.

— A festa acabou. Vista-se.

Então cutuquei a outra bela adormecida.

— Hora de pegar sua amiga e ir para casa.

Enquanto as duas resmungavam e tentavam entender de quem eram aquelas roupas, fui à procura de Elliott. Infelizmente para mim, eu o encontrei nu e espalhado em sua cama. Pelo menos estava com o rosto para baixo. Vi que ainda estava respirando e resolvi fazer um café antes de acordar aquele ali.

Uma das duas moças entrou na cozinha e segurou no batente enquanto falava.

— Vamos ganhar gorjeta?

A carteira de Elliott estava no balcão ao meu lado. Eu a abri e peguei um maço de dinheiro. Entregando-o à mulher, eu sorri.

— Pegue tudo. O prazer é meu.

Ela passou as notas, viu algumas de cem e as guardou no sutiã.

— Obrigada, gracinha. Tem certeza de que não quer uma lembrancinha de despedida? Aposto que você é bem mais divertido do que o seu amigo.

— Não, obrigado. Estou tranquilo.

Após fechar a porta depois que elas saíram, peguei um saco de lixo, joguei dentro todas as garrafas de bebida espalhadas pela casa e o coloquei no lixeira. Então voltei para o meu amado irmão e dei um leve chute nele.

— Acorde para a vida, irmãozão.

Ele roncou mais alto em resposta.

Mais algumas tentativas ainda não acordaram o babaca. Então voltei para a sala, passei desinfetante em uma cadeira e me acomodei confortavelmente. Não tinha dormido muito bem, de qualquer forma, na noite anterior, e precisava de Elliott sóbrio. Parecia que eu iria esperar bastante.

Lá pelas seis e meia da manhã, finalmente, o idiota se mexeu. Eu tinha fechado as cortinas na noite anterior, então a sala ainda estava escura. Meus olhos estavam fechados quando Elliott saiu do quarto e, ao passar, ele encostou na cadeira em que eu estava sentado.

— Espero que tenha sido a porra do seu braço.

— Que por...

— Relaxe, é o seu irmãozinho. Não o cafetão vindo pegar suas duas putas. — Me levantei.

— Que porra está fazendo aqui? — Elliott acendeu uma luz.

— Alguém tinha que acompanhar suas convidadas para fora. Você é um merda de anfitrião.

— Vá se foder. — Ele foi até a cozinha e colocou água em um copo.

Balancei a cabeça para sua cueca estilo sunga.

— Sunga legal. Suas bolas não ficam desconfortáveis nessa coisa? As minhas precisam de espaço. Mas talvez você tenha amendoins em vez de bolas de homem.

Ele bebeu dois copos de água antes de se virar de novo.

— Que porra você quer?

— Fico feliz que tenha perguntado. Quero que o bebê de Gia seja meu e quero me livrar de você e de toda a família Vanderhaus de uma vez por todas.

Elliott riu em silêncio.

— Nem sempre podemos ter o que queremos, não é?

Comecei a perder a paciência. Se eu queria chegar a algum lugar e fazer isso acontecer, provavelmente era melhor que meu punho não se conectasse com o rosto dele e que ficássemos longe de socos.

— Vista-se. Precisamos visitar Edward.

Um vislumbre de vulnerabilidade apareceu.

— Por quê? Ele está bem?

— Está. Fui visitá-lo ontem à noite. Diferente de você.

— Vou visitá-lo mais tarde, então.

— Não. *Nós* vamos agora. Juntos. Nós três temos um assunto urgente para discutir, e eu fiquei esperando sua bebedeira passar a noite toda. — Meu tom mostrou a ele que eu não estava brincando.

— Certo. Mas só vou porque não tenho energia para te expulsar daqui.

Claro que sim. Esse é o motivo.

Nenhum de nós disse uma palavra a caminho do Mount Sinai. Edward estava sentado na cama lendo um jornal quando entramos em seu quarto particular. Ele o dobrou e falou com Elliott.

— Você está horrível. Pare com isso, supere a merda que houve com sua esposa e volte ao trabalho. Mulheres não valem nada. Você vai encontrar uma nova para manter a casa e a aparência. Mas a empresa precisa de você neste momento.

Balancei a cabeça. *Ótimo conselho paterno.*

Edward olhou para mim.

— Por que não vamos direto aos negócios?

Pegando os dois contratos do envelope, entreguei-os a Elliott.

— Vou entregar tudo que o vovô deixou para mim, exceto a casa em que moro e o restaurante. Você pode ficar com minhas ações na Vanderhaus Holdings, os três aluguéis nos Hamptons e todas as ações que ele me deixou.

— E o que você quer em troca?

— Quero que desista de seus direitos paternos em relação ao bebê de Gia e concorde em não chegar a menos de trinta metros de mim ou dela de novo. Aparentemente, é inescrupuloso redigir um contrato em que pago você para desistir de seus direitos, então Gerald fez dois contratos separados. Um em que você desiste de seus direitos de pai por ter bom coração. E o outro é um acordo contratual em que pago a você uma pequena fortuna para não chegar a menos de trinta metros de mim e de Gia.

— Por que eu assinaria isso?

— Porque vocês dois terão mais dinheiro do que vão precisar e não terão que aguardar minha aprovação para nada nunca mais.

Elliott abriu um sorrisinho para mim.

— Não preciso do seu dinheiro. E ter esse bastardo para dominar você vai me proporcionar anos de diversão torturando vocês dois.

— Diga mais um comentário depreciativo sobre Gia ou o bebê, e vai passar um mês na cama ao lado do seu pai. Não estou brincando, Elliott — falei entre dentes cerrados.

Edward suspirou.

— Tá bom, tá bom. Esta é uma transação de negócios. Não precisamos ser bárbaros quanto a isso.

Mantive os olhos desafiando Elliott, mas falei para Edward.

— Conte para o seu filho como é ter um filho que você não deseja, *pai.*

Edward não perdeu tempo nem tentou amenizar o efeito das palavras.

— Engravidar a mãe do seu irmão foi o maior arrependimento da minha vida. Ter um filho que nunca desejou, constantemente, esperando que você transmita algo que simplesmente não sente é um fardo incômodo do qual você não precisa.

Senti a pontada de sempre no coração, mas, pela primeira vez, não importava. As únicas coisas que importavam eram Gia e o bebê.

Edward olhou para mim e de volta para Elliott.

— Assine os papéis, Elliott. Não deixe uma segunda geração manchar nosso nome de família. Nunca vamos ter que lidar com eles dois de novo e nossa empresa voltará totalmente para nossas mãos como donos legítimos.

A fim de realmente seguir em frente, você precisa parar de olhar para trás. Eu nem tinha percebido que era isso que estivera fazendo até agora. Mas era. Elliott assinou os papéis e os entregou para mim. Senti como se um peso que estivera carregando tivesse, de repente, saído dos meus ombros. Quem diria que entregar uma pequena fortuna, me despedir do meu pai e do meu irmão pela última vez e assumir a responsabilidade de um bebê a caminho poderia ser tão catártico.

Olhei uma última vez para Edward e Elliott, então assenti e peguei os papéis assinados.

— Tenham uma vida boa.

CAPÍTULO 28

Rush

As semanas após Elliott desistir dos seus direitos foram as mais tranquilas que Gia e eu já tivemos juntos.

Vamos admitir que não tivemos muitos momentos sem drama durante todo o nosso relacionamento. Merecíamos isso e, caramba, eu estava aproveitando cada segundo. Acordar com ela toda manhã e dormir ao seu lado toda noite eram uma alegria.

Passávamos nossas manhãs na varanda olhando para o oceano, e nossas noites da mesma forma. Todos os dias, eu percebia que sua barriga crescia mais e agradecia o fato de o bebezinho lá dentro ser realmente meu em todos os sentidos. Não conseguia acreditar como tinha sido fácil comprar Elliott para desistir. Pensei se ele se arrependeria de sua decisão um dia, mas isso era problema dele, não meu.

Outro ponto positivo dessa nova vida? Eu não perdi nada quanto aos negócios. Ainda tinha o The Heights e um teto bom pra caramba para mim e para minha família, e era tudo de que eu precisava. Nada de ir a reuniões de conselho na cidade e nada de brigar com Edward e Elliott mais. Basicamente, eu tinha pagado para ter minha liberdade de volta de muitas formas.

Gia e eu estávamos muito bem-preparados para a chegada do bebê. O quarto estava finalizado e abastecido, e tínhamos feito aulas de parto. Estávamos tão prontos quanto poderíamos estar. Agora, com apenas algumas semanas até ela dar à luz, eu sentia que realmente havia somente uma coisa que queria fazer antes do parto: colocar um anel no dedo da minha mulher. E não havia como fazer isso sem pensar em algo espetacular pra caralho.

Essa ideia surgiu uma noite. Como Gia conseguiu entregar o livro a tempo para sua editora, o manuscrito não estava em seu controle. Ainda assim, pensei se conseguiria, de alguma maneira, pegar uma cópia antecipada antes mesmo de ela vê-la. Meu plano era surpreendê-la com a cópia e colocar o anel entre as páginas. Ela não desconfiaria porque, inicialmente, pensaria que a surpresa era o próprio livro. Então, bum... o anel estaria lá dentro. Eu ainda não tinha pensado nos detalhes, porém também planejava levá-la ao seu restaurante preferido perto de casa. Adoraria levá-la para viajar, mas não podíamos mais ir para tão longe.

Sua agente havia entrado nessa comigo. Falou com a editora e os fez enviar uma cópia do romance de Gia mais cedo. Quase me senti culpado por ver o livro antes de Gia, mas sabia que ela iria surtar quando visse por que eu o fizera. Aparentemente, não era a versão final porque o livro ainda estava em edição, mas eles conseguiram imprimir uma cópia para mim, de qualquer forma. Dissera para a agente enviar para o The Heights, assim Gia não o veria.

Agora eu estava sentado no meu carro do lado de fora da joalheria. Tirando o livro do envelope com plástico-bolha, passei a mão na capa brilhante que mostrava uma mulher sentada na areia da praia parecendo introspectiva. Gia quisera uma capa mais sexy, mas a editora rejeitou essa ideia, dizendo que a visão dela era atrevida demais para as prateleiras de livrarias. Eu estava tão orgulhoso dela por chegar até ali. Ela havia escrito aquele romance durante a época mais difícil de sua vida. Havia se esforçado, terminado e cumprido o prazo. Minha garota escreveu um puta de um livro. Ela era foda.

Quando o abri, congelei ao ver o título do primeiro capítulo.

Capítulo Um: Rush

Tinha lhe dado o nome de Rush? Não acredito. Não pode ser.

Ela sempre brincou sobre fazer isso, mas eu nunca realmente pensei que fosse cumprir. Quando fizemos aquela aposta quanto a eu conseguir parar de fumar e ela conseguir parar de comer doce, dissera que daria o nome de Rush ao personagem se ela perdesse. Claro que fui eu que perdi, então acabei consertando seu carro — o carro que já tinha consertado antes mesmo de ela saber. Nunca imaginei que realmente daria meu nome ao personagem.

Caramba.

Era para eu surpreendê-la, mas parece que fui eu que fiquei chocado. Me senti mal por arruinar o que, provavelmente, era para ser uma surpresa para *mim*. Bem, não me sentia mal de verdade, porque seria um pedido incrível.

Coloquei o livro de volta no envelope e entrei na joalheira para pegar o anel de noivado que havia escolhido umas semanas antes.

O dono, que estava vestido com um terno chique e impecável, aproximou-se de mim assim que entrei.

— Olá, sr. Rushmore. O anel está do tamanho certo e limpo para o senhor.

— Ótimo. Obrigado. — Me sentei e me inclinei sobre o balcão que exibia dúzias de anéis de diamante através da vitrine. — Vamos ver.

O joalheiro abriu a caixinha preta de veludo para me mostrar um diamante redondo de dois quilates e meio em um anel de diamante.

Balancei a cabeça lentamente e respirei fundo enquanto segurava o anel entre o polegar e o dedo indicador.

— Lindo. Espero que ela goste.

Agora eu só precisava pensar quando iria executar meu plano.

— Se não forem necessários mais ajustes, podemos fazer o pagamento, e poderá levar o anel para casa hoje — ele informou.

— Sim. Vamos fazer isso. Obrigado.

Sequei a testa. Jesus, eu estava suando?

Não estava nervoso por ficar noivo, era exatamente o contrário. Queria que fosse tudo perfeito e esperava que Gia quisesse se casar tanto quanto eu.

O dono me perguntou se eu precisava de uma sacola, mas falei que não, guardando a caixa do anel dentro da minha jaqueta, onde eu sentia que seria mais seguro. Não queria correr o risco de Gia encontrar a sacola.

Quando voltei ao carro, percebi que havia deixado o celular no banco do passageiro enquanto estava lá dentro da loja. Estava aceso com chamadas perdidas, mensagens e notificações de mensagens de voz. Eram todas de Gia.

Gia: Não sei onde você está. Estou tentando te ligar, mas você não atende. Tenho quase certeza de que minha bolsa acabou de estourar. Tentei ligar para o médico, mas não consegui encontrá-lo, então estou indo sozinha para o hospital. Estou com medo. Minha data prevista é só para daqui a duas semanas!! Não posso ter o bebê agora!

Merda!

Meu coração estava acelerado conforme digitava, minhas mãos tremendo.

Rush: Onde você está agora? Já chegou lá?

Esperei um minuto, e não houve resposta. Então apertei para ouvir as mensagens de voz mais recentes enquanto ligava o carro e saía em disparada.

"Ei, Rush. Já te enviei mensagem, mas pensei em tentar ligar de novo. Não sei onde você está, mas queria muito que atendesse. Eles acabaram de me internar. Me examinaram e disseram que vou ter o bebê logo. Talvez não consiga te ligar de novo. Se ouvir isto, por favor, apresse-se."

Senti que minha cabeça estava girando. A mensagem foi enviada dez minutos antes. Conforme eu ia na direção da estrada principal que me levaria ao hospital, me deparei com o trânsito parado.

Batendo as mãos no volante, gritei:

— Porra! — Buzinei. — Vamos!

O trânsito não estava se movendo. Ao longe, eu podia ver um monte de pedestres com nomes grudados no peito. Estavam correndo cinco quilômetros ou algo assim. Devia ser isso que estava travando tudo.

Eu não podia esperar. Quando vi um cara parado na calçada com sua bicicleta, saí do carro e corri até ele.

Abrindo a carteira, tirei todas as notas de dinheiro que tinha. Deveria ter, no mínimo, quinhentos dólares.

— Minha namorada está em trabalho de parto. O trânsito não está se movendo. Preciso da sua bicicleta. Vou te dar todo o meu dinheiro e meu carro durante a tarde.

Ele deu uma olhada para o meu Mustang, que estava parado com a porta aberta, e disse:

— Maneiro.

Eu sabia que era um risco, mas não me importava o que acontecesse com o maldito carro. Só o que me importava era que Gia e o bebê ficassem bem e que eu pudesse estar lá.

Rapidamente, trocamos números de celular, eu subi na bicicleta dele e saí voando pela estrada, costurando por entre carros e pessoas. A bicicleta estava gritando; era velha pra cacete. Eu não andava de bicicleta há uns anos. O que dizem sobre não esquecer como andar em uma, aparentemente, era verdade.

Parecia que o ar tinha sido sugado do meu corpo quando cheguei ao Hospital South Hampton. Estava suando. Ainda bem que estávamos em um hospital, porque havia uma grande chance de eu desmaiar.

Corri até a recepção.

— Onde é a ala de parto?

— Quarto andar.

Sem fôlego, corri para os elevadores e apertei várias vezes o botão para subir.

Quando cheguei no andar, fui direto para a enfermaria.

— Minha namorada, Gia Mirabelli, está em trabalho de parto. Me ajude a encontrá-la.

— Você é o pai do bebê?

— Sou.

— Seu nome?

— Ru... — Parei. — Heathcliff Rushmore.

— Documento, por favor?

Tirei minha carta de motorista da carteira e entreguei a ela.

— Espere um instante. — A mulher se levantou e foi até o fim do corredor.

Ela acabou de sair e me deixar aqui?

Cadê a Gia?

Ela voltou com uma pulseira de plástico que enrolou no meu pulso. Então olhou para cima e sorriu.

— Venha por aqui.

Minha pulsação estava acelerada conforme a segui pelo corredor. Olhei para a pulseira, que simplesmente dizia *Mirabelli*, junto com um monte de números.

Quando ela abriu a porta do quarto de Gia, quase caí para trás. Enquanto antes eu estivera correndo, tudo de repente parou.

O tempo simplesmente desacelerou.

Meu coração apertou com uma sensação desconhecida conforme andei na direção da cama onde Gia estava deitada com um lindo bebê acomodado em seu peito, seus dedos das mãos e dos pés se mexendo.

Estava vivo.

Meu bebê.

Meus olhos se encheram de lágrimas quando me abaixei para beijar sua cabeça macia que tinha um monte de cabelo escuro.

Ainda encarando o bebê com admiração, sussurrei:

— Sinto muito por não estar aqui, Gia. Fiz tudo que pude para chegar quando ouvi sua mensagem. Tinha ido a uma loja sem meu celular, estava trânsito e...

— Tudo bem. Provavelmente, você não conseguiria ter chegado, de qualquer forma. Foi muito rápido. Dez minutos depois que cheguei aqui, ela saiu. Tudo acabou bem. Ela está aqui.

Engoli em seco.

— Ela?

Gia sorriu, e sua voz ficou rouca.

— Sim, nós temos uma filha.

Demorei alguns segundos para absorver.

— Uma filha?

— Sim. — Gia estava sorrindo.

Acariciando seu rostinho com meu polegar, observei, maravilhado, Gia tentar fazer a bebê agarrar seu seio.

— Como pude estar tão enganado?

Dei risada ao me abaixar e beijar sua cabeça de novo, sentindo seu cheiro. Ela tinha um cheiro tão doce — tinha o cheiro de Gia. Eu já a amava tanto que meu coração, literalmente, doía com a sensação.

Ficamos ali sentados em silêncio, e o medo começou a me preencher. Seriam longos dezoito anos. Vamos admitir... mais do que isso — a vida inteira. Todas as visões de fazer coisas masculinas com meu filho voaram pela janela. O que eu sabia quanto a ter uma filha? Nada. Só sabia que já a amava mais do que a minha própria vida. Teria que ser suficiente até eu descobrir como fazer isso.

De repente, um médico entrou.

— Olá! Parabéns. Só vim ver como estavam. — Ele se virou para mim. — Sou o dr. Barnes. E você?

Olhei-o bem nos olhos e respondi:

— Eu estou fodido. Tenho uma filha. Estou *fodido*.

CAPÍTULO 29

Gia

Tinha se passado apenas um dia, mas já parecia que a tínhamos desde sempre, como se eu não conseguisse imaginar a vida sem ela.

Ainda não tínhamos dado um nome para nossa menininha. Tínhamos escolhido um monte de nomes de menino, mas nenhum para menina, então realmente precisávamos pensar em um.

Rush tinha acabado de chegar com o almoço do restaurante mexicano no fim da rua. A bebê estava dormindo ao meu lado no bercinho do hospital depois de sua última mamada. Meu pai acabara de sair. Era a hora perfeita para comer alguma coisa antes de alguém entrar para verificar meus sinais vitais ou a bebê acordar para mamar.

Assim que acabara de desembrulhar meu burrito, um visitante inesperado apareceu na porta.

Rush ficou boquiaberto ao secar suas mãos e pareceu chocado ao dizer:

— Edward...

Ele assentiu.

— Heathcliff.

Edward estava bem-arrumado, vestindo um casaco comprido de lã.

Rush se levantou e foi até o berço. Parecia que, instintivamente, ele estava protegendo nossa filha.

— O que está fazendo aqui?

— Lauren me disse onde te encontrar. Vim ver minha neta... e conversar com você.

Era surpreendente ver Edward ali, não somente por causa do seu relacionamento com Rush, mas por causa de sua saúde. Deveria ter um motorista aguardando-o do lado de fora para levá-lo de volta para casa.

Edward olhou para a bebê dormindo.

— Ela é linda como a mãe.

Engoli em seco, sem saber como responder.

— Obrigada.

Ele olhou para Rush.

— Podemos ir a algum lugar para conversar?

— Não. O que tiver que dizer, pode dizer diante de Gia.

— Certo. — Edward se sentou devagar. — Tem uma coisa me incomodando há meses.

Rush se sentou e prendeu a respiração.

— Certo...

— Quando você veio ao meu quarto do hospital com Elliott, para propor seu acordo, falei coisas que preciso explicar, precisamente que engravidar sua mãe foi o maior arrependimento da minha vida, que você era um fardo.

— É... Definitivamente, ouvi tudo da primeira vez. Não precisa repetir.

Meu coração estava se partindo por Rush. Que desgraçado. Nunca soube que ele tinha falado tudo aquilo. Por que será que ele veio aqui?

Parecia que Edward estava com dificuldade de encontrar as palavras.

— Preciso que saiba que não quis dizer nada daquilo. Eu sabia o que era necessário para fazer Elliott assinar seu acordo. Ele precisava da minha aprovação, como faz em toda decisão que toma. Eu sabia que, se não escolhesse minhas palavras com sabedoria, ele poderia nunca lhe dar a liberdade de que precisava. Então menti e disse aquelas coisas para convencê-lo a dar a você o que queria, para colocar as coisas a seu favor. Era o mínimo que eu poderia fazer por você.

Rush ficou em silêncio enquanto Edward continuou:

— Ouvi muitas das coisas que falou para mim quando eu estava internado. Não conseguia abrir os olhos nem falar, mas não significa que tudo que você disse passou despercebido. Embora eu não entenda por que sentiu a necessidade de estar lá quando meu comportamento com você foi menos do que admirável ao longo dos anos, quero que saiba o quanto sou grato por isso e o quanto tenho orgulho do homem que se tornou, apesar de nunca ter dito. — Edward expirou de forma trêmula. — Você *não* é meu maior arrependimento. Meu maior arrependimento é nunca ter sabido como ser um pai para você. É algo que nunca vou poder mudar e que vou me arrepender até o fim dos meus dias.

Houve um longo momento de silêncio.

Rush, que não estivera olhando para Edward, finalmente se virou para ele.

— Certo. Isso é tudo que veio dizer?

— Não. — Ele se levantou lentamente. — Criei um fundo para sua filha. Vai conter uma herança significativa quando ela fizer dezoito anos.

— Não quero seu dinheiro.

— Você não tem escolha nesse assunto. Estará no nome dela independente de como você se sinta. Ela pode tomar a decisão na época em relação ao que quer fazer com o dinheiro. Eu só queria avisar que arranjei tudo. Meu advogado vai enviar todos os detalhes. — Edward foi até o berço, colocou a mão dentro e passou um dedo na bochecha de sua neta, então voltou sua atenção para mim. — Parabéns.

— Obrigada — agradeci. Minha capacidade de falar parecia estar limitada a essa única palavra desde que ele chegara.

Então, Edward simplesmente saiu.

Rush, que estivera estoico durante toda a visita, fechou os olhos brevemente e soltou a respiração. Depois, vi uma única lágrima escorrer dos seus olhos. Por mais que Rush tentasse fazer as pessoas acreditarem que ele não sentia necessidade do amor do seu pai, isso estava longe de ser verdade. E, apesar de eu desconfiar que as coisas nunca seriam ótimas entre Edward e Rush, fiquei feliz pelo nascimento da nossa filha poder ajudar Edward a admitir alguns de seus erros e fazer com que ele pudesse consertá-los.

Rush se virou para mim ao secar os olhos.

— Você não acabou de ver isso, ok?

Sorri e sussurrei:

— Ok.

Uma enfermeira entrou com uma papelada.

— Então, sem querer pressionar vocês, mas aqui está o formulário para a certidão de nascimento. Seria melhor se conseguissem escolher um nome para sua filha antes de saírem do hospital, para podermos ajudá-los com o processo todo. Vou deixar aqui com vocês.

Rush olhou para mim enquanto segurava nossa filha sem nome.

— Caramba... é melhor decidirmos, hein?

Não estávamos mais perto de um nome do que estávamos no dia anterior, tendo vetado todas as sugestões um do outro.

Rush olhou para a bebê em seus braços.

— Sabe qual é o problema? Não há nome bom o suficiente para minha linda anjinha. Nada é bom o bastante.

Então tive uma ideia.

Era isso!

O anjo pendurado no carro dele.

As mulheres aladas que ele desenhou que pareciam metade anjo e metade fada.

— Por que não Angel, então? — perguntei.

Ele coçou o queixo.

— Humm. Nunca nem pensei nisso. — Rush olhou para ela por muitos segundos, então sorriu. — Acho que adorei, na verdade. — Ele se inclinou para beijá-la. — O nome da minha anjinha é... Angel. Perfeito.

Naquela noite, Rush deve ter pensado que eu estava dormindo na cama de hospital quando começou a conversar baixinho com nossa filha.

Eu estava virada de costas para ele e estivera tirando sonecas, então ele não conseguia ver que eu estava acordada.

— Vou errar muito, Angel. Simplesmente sei disso. Preciso que tenha paciência comigo, ok? Juro dar o meu melhor. Nunca vou te magoar de propósito, mas vai acontecer sem querer às vezes. Posso garantir.

Não pude deixar de sorrir sozinha enquanto ouvia essa conversa unilateral.

— Tipo... vou te dar um bom exemplo. Não sei se sabe disso... mas errei grotescamente logo que abriu o portão. Perdi seu parto. Que pai faz isso? Você, provavelmente, nem sabia. Devia estar ocupada demais, sabe, chegando ao mundo e tal, para perceber, mas, sim, eu não estava aqui. E sempre vou me repreender por isso porque nunca poderei rever esse momento. Nunca.

Pude ouvi-lo beijá-la.

— Um dia, vou te contar por que cheguei atrasado. — Ele pausou. — Certo... você me convenceu. Vou contar agora. Sabe... sua mamãe e eu... nós não tivemos um caminho fácil para chegar onde chegamos agora. Houve muitos momentos em que pensei que não conseguiríamos. E, quase desde o comecinho, foi uma caminhada louca. Sua mãe fala bastante coisa indecente, sabe? Foi uma das primeiras coisas que me atraiu. Mas amo isso nela. Amo *tudo* nela... e em você. Enfim, estou divagando... perdi a linha de pensamento pensando na sua mãe. Estava te contando por que perdi o momento em que nasceu. Queria planejar algo bem especial. Eu tinha saído para comprar um lindo anel de diamante para sua mamãe porque queria lhe pedir em casamento antes de você chegar. Mas perdi minha chance porque você chegou cedo. Eu tinha um plano elaborado de como iria pedir. Sabia que sua mamãe escreveu um livro? Planejava surpreendê-la com a primeira cópia de tudo impresso e pronto, depois colocar o anel dentro como uma surpresa dupla. Mas nem sei mais se isso é bom... porque olhe o que ela fez... ela me deu você. Agora sinto que preciso pensar no pedido mais incrível... algo bem maior... bem mais espetacular do que eu tinha em mente. O que acha? Acha que consigo fazer o melhor pedido?

Eu sorri e fechei os olhos.

Acho que acabou de fazer, Rush.

EPÍLOGO

Rush

— Vamos, só me faça feliz — eu disse.

Gia balançou a cabeça.

— Não tem como eu caber nessa coisa.

— Não vai ficar do mesmo jeito, mas é por isso que quero ver... com todas essas curvas. — Uni as mãos, implorando. — Por favor? É meu aniversário.

— Seu aniversário é na semana que vem.

Ergui as sobrancelhas.

— Presente adiantado de aniversário?

Minha missão hoje era conseguir que Gia provasse seu antigo biquíni amarelo. Eu tinha tantas lembranças lindas daquela coisa, particularmente de quando ela me provocava antes de ficarmos juntos. O problema era que... agora ela estava grávida de oito meses e pensava que não fosse caber. *Detalhes.*

Continuei fazendo meu olhar de cachorrinho até ela finalmente ceder.

Gia suspirou.

— Tá bom.

Soquei o ar e, não tão pacientemente, esperei na cama enquanto ela o pegou da gaveta e o colocou. Com uma visão de suas costas, fiquei embasbacado com as asas tatuadas que consegui fazer em sua lombar logo depois do nascimento de Angel, antes de ela engravidar de novo.

É, meio que engravidei Gia de novo dois meses depois de Angel nascer.

Nem foi de propósito, juro. Foi um acidente, mas um do qual não me arrependo porque me deu mais nove meses para aproveitar seu lindo corpo grávido, desta vez com o prazer adicional de saber que tinha sido eu a deixá-la daquele jeito. Não tem como ficar mais excitante do que isso para um pregnófilo incorrigível.

Tivemos a impressão de que era mais difícil engravidar enquanto amamentava. Ops! E, apesar de ter sido ideal ter maior distância entre os filhos, de certa forma, era até bom tê-los próximos. Então poderíamos ter uma longa pausa para ter mais, se é que ela iria querer mais. Eu sabia que eu queria, mas era o corpo dela, então seria sua decisão. Mas sabia que ela não iria engravidar por um bom tempo depois disso.

Em um mês, ela iria dar à luz ao nosso filho, Patrick. Eu estava empolgado. E isso significava que Patrick e Angel seriam o que são considerados "gêmeos irlandeses", bebês que nascem com menos de um ano de diferença.

Ela girou para mostrar o biquíni, o tecido amarelo mal cobrindo suas partes.

— Esta coisa era de Riley, mas eu nunca devolvi porque amei muito. Bem, isso era antes, quando eu cabia no biquíni. — Gia empinou a bunda. — O que acha?

Gesticulei para a protuberância na minha virilha.

— O que parece que acho?

Ela mordeu o lábio ao olhar para o meu pacote.

— Percebeu que, durante todo o tempo que me conhece, só não estive grávida por dois meses?

— Caramba. É meio louco quando você fala assim. — Puxei-a para cima de mim. — Venha aqui.

Por mais grávida que estivesse, Gia estava ajudando a nos sustentar. Tinha conseguido outro contrato de livro, e escrevia durante o dia enquanto me ajudava a gerenciar o The Heights nas noites em que Tony cuidava de Angel. O pai de Gia havia se aposentado cedo da polícia e se mudado para os Hamptons a fim de ficar mais perto de nós. Conseguiu um trabalho de meio período como segurança na praia e alugou um pequeno apartamento perto do The Heights.

Gia e eu ainda não tínhamos nos casado. Eu meio que gostava da ideia de viver em pecado enquanto ela estava grávida. Embora usasse meu anel, concordamos em fazer a coisa toda de casamento com tudo que era direito depois do nosso filho nascer.

Nosso filho.

Eu adorava como isso soava. Sabe... Eu não estava tão errado em sentir que teria um menino. Senti, em minhas entranhas, esse menino vindo. Ele só veio um pouco depois, só isso.

Minha doce Angel estava tirando uma soneca enquanto Gia e eu aproveitávamos esse momento sozinhos. Felizmente, Elliott nunca violou nenhum dos termos do acordo que fizemos quando se tratava da nossa filha. Lauren o aceitou de volta, deu à luz a bebezinha deles e, até onde eu sabia, ainda não sabia a verdade sobre Angel.

Me estiquei para o armário e peguei o protetor solar, apertando uma quantidade enorme na mão.

Gia arregalou os olhos.

— O que está fazendo?

— Deite-se de costas. Vou relembrar a primeira vez que vi você nesse biquíni. Lembra quando me provocou, me pedindo para passar esta merda no seu corpo inteiro, sendo que eu estava tentando resistir a você?

Ela riu sem emitir som.

— Sim. Foi divertido.

— Aposto que foi. Me masturbei por três dias seguidos depois disso.

— Só que agora não tem como me deitar de bruços, então vai ter que cuidar de mim de frente. — Ela zombou. — Pode passar um pouco mais para baixo?

Exatamente como da primeira vez, minha respiração ficou irregular, e meu pau, imediatamente, se enrijeceu conforme passei as mãos em sua pele.

— Mais para baixo — ela comandou.

Isso estava me dando um gigante déjà vu.

Ela fechou os olhos e estava emitindo uns sons bem sexy quando comecei a tirar a parte de baixo do biquíni.

Bem quando as coisas estavam começando a ficar boas, o celular de Gia tocou.

— Não atenda — eu disse rápido.

Ela ergueu a cabeça para olhar para o celular.

— É o meu pai. É melhor eu atender.

Resmunguei e rolei para me deitar de costas.

— Oi, pai. — Após um tempo, ela olhou para mim, parecendo quase preocupada. — Ãh... Acho que sim.

Piscando os olhos, me apoiei na cabeceira da cama e continuei ouvindo o que ela estava dizendo.

— Como sabe que ela está interessada? — Gia sorriu para mim e revirou os olhos. Pelo menos eu sabia que não era nada sério.

— Certo. Vou te mandar mensagem. — Ela pausou. — Ok. Tchau, papai. — Ela desligou e soltou a respiração de frustração.

Coloquei a mão na barriga dela.

— O que foi tudo isso?

— Parece que meu pai quer o número da sua mãe. Ele acha que seria uma boa ideia ligar para Melody e convidá-la para sair, nas palavras dele, para jantar e dançar.

Dei uma risadinha.

— Eita.

Minha mãe tinha terminado com o namorado uns seis meses atrás, então estava disponível. Sempre meio que desconfiei que Tony gostasse dela. Durante o batizado de Angel, minha mãe e o pai de Gia ficaram sentados juntos o tempo todo e pareceram realmente se dar bem.

Gia balançou a cabeça.

— Não sei se é bom.

Por mais estranho que fosse imaginá-los juntos, não podia pensar em um cara melhor que quisesse namorando minha mãe do que Tony.

Dando de ombros, eu disse:

— Não sei... Até que acho legal.

— A dinâmica da nossa família já não é bastante pouco convencional? Preferiria que não estivesse, de forma inadvertida, me casando com meu meio-irmão!

Joguei a cabeça para trás, rindo.

— Você não leu isso em um livro uma vez?

— Sim! Mas era ficção! *Ficção*, Rush.

Isso estava me divertindo demais.

— Não sei se você vai ter escolha nesse assunto.

Gia se encolheu.

— Não diga isso!

— Venha aqui, irmãzinha — zombei, puxando-a para mim na cama.

Ela acariciou meu rosto e disse:

— Felizmente, Gia se apaixonou por Rush muito tempo antes de descobrir sobre esse fim potencialmente perturbador.

Beijei seu nariz.

— Infelizmente, mesmo que não tivesse sido assim, Rush a teria perseguido muito, de qualquer forma, até ela, enfim, ceder.

— Felizmente, com a coação correta, Gia, provavelmente, poderia aprender a fazer esse tabu dar certo para ela.

Isso, porra.

Minha empolgação foi interrompida quando, bem na hora, o choro de Angel ressoou pelo monitor da babá eletrônica que estava na mesa de cabeceira.

Apoiei a cabeça na barriga de Gia, frustrado.

— Infelizmente, Rush não vai transar esta tarde, vai?

Ela deu risada e um tapinha nas minhas costas antes de se levantar.

Quando ela voltou e colocou minha bebezinha no meu peito, algo que uma vez dissera para Gia veio à mente, e a verdade era que estava mais claro do que nunca naquele momento.

Realmente não *existia* mais *infelizmente* em nossa história.

AGRADECIMENTOS

Gostaríamos de agradecer aos incríveis blogueiros que apoiam nossos livros e ajudam a espalhar a empolgação a cada novo lançamento. Sem vocês, muitos leitores poderiam não ter nos encontrado, e somos eternamente gratas por todo o tempo e dedicação que nos dão.

A Julie. Nos tempos bons, nos ruins e nos difíceis, você está lá conosco. Obrigada por sua estimada amizade. Virão *maaais*!

A Elaine. Obrigada por nos deixar te enlouquecer com nossas rápidas reviravoltas e nossa agenda maluca.

A Eda. Obrigada por suas excelentes habilidades de edição e por dar a este projeto os toques finais de que ele precisava.

A Luna. Detestamos compartilhar você com o mundo, porém seu talento não poderia ser contido. Estamos animadas para ver seu novo negócio crescer e florescer! www.heartandsolgraphics.com

A Erika. Obrigada por todo o seu apoio nesta duologia, inclusive por ser nossa última *gatekeeper*[5].

A Sommer. Não poderíamos ter pedido capas melhores para esta duologia! Obrigada por dar vida à história de Rush com seu design.

---

5 É a pessoa que define o que será noticiado no jornal. Também conhecido como porteiro da redação. (N.E.)

A Dani. Obrigada por organizar este lançamento e por todo o seu apoio.

A nossa (super) agente, Kimberly Brower. Você não perde nada para Ari Gold! Obrigada por ser durona por nós.

Por último, mas não menos importante, a nossos leitores. Temos muita sorte em ter os melhores leitores do mundo! Obrigada por sua empolgação, apoio e encorajamento. Vocês tornam nossos sonhos possíveis!

Com muito amor,

Penelope e Vi

Entre em nosso site e viaje no nosso mundo literário.
Lá você vai encontrar todos os nossos
títulos, autores, lançamentos e novidades.
Acesse www.editoracharme.com.br

Você pode adquirir os nossos livros na loja virtual:
loja.editoracharme.com.br

Além do site, você pode nos encontrar em nossas redes sociais.

 https://www.facebook.com/editoracharme

 https://twitter.com/editoracharme

 http://instagram.com/editoracharme